AF284788

Burkhard Berens

Ebberg

Ein Heimatkrimi

Dieses Buch ist ein Roman.

*Ähnlichkeiten mit lebenden oder verstorbenen Personen
oder Begebenheiten sind rein zufällig und
von mir nicht beabsichtigt.*

© 2021

Alle Rechte liegen beim Herausgeber Burkhard Berens

Umschlagsgestaltung und Coverdesign:

Markus Föhrenbacher

*Herstellung und Verlag: BoD - Books on Demand,
Norderstedt*

ISBN: 978-3-7543-0235-4

Und mögliche Fehler liegen natürlich in meiner Verantwortung.

3

Freitag, 24.05.2019

Er fuhr mit seinem SUV in den Wald und suchte die Stelle, die er bei seiner letzten Wanderung für sein heutiges Vorhaben als ideal entdeckt hatte. Er war froh, dass er einen allradgetriebenen Wagen hatte. Der Waldboden war nicht nur weich, nein er war auch äußerst holperig. Es war später Vormittag. Aber er hatte in der Vergangenheit beobachtet, dass hier in dem abgelegenen Teil des Berges kaum Spaziergänger oder Wanderer unterwegs waren. Und da sah er den Steinbruch vor sich, tiefe Wunden von Menschenhand in die Felsformationen geschlagen. Der Steinbruch war schon lange stillgelegt. Am oberen Rand, wo er sein Auto zum Stehen gebracht hatte, säumten riesige Douglasien und einige knorrige Eichen den tiefen und steilen Abgrund. Er stieg aus und scannte mit seinen Augen vorsichtig die Umgebung. Wie von ihm erhofft, war weit und breit keine Menschenseele zu sehen. Von seinem Standort aus konnte er über die Wipfel Teile der Autobahn A1, das Westhofener Kreuz und den Süden von Schwertes Vorort Westhofen ausmachen. Zu seinen Füßen lagen auf weichem Untergrund einige kleinere und größere Gesteinsbrocken. Er musste sich also bei seinem Vorhaben ein wenig vorsehen, um nicht umzuknicken.

Als er sich nochmals vergewissert hatte, die richtige Stelle wiedergefunden zu haben und nach wie vor niemand in der Nähe war, der ein nicht gewollter Zeuge hätte sein können, öffnete er die Heckklappe des SUV, indem er seinen rechten

Fuß unter das Heck des Fahrzeugs hielt. Er war immer wieder von dieser neuen Technik beeindruckt.

Voller Genugtuung schaute er in den Kofferraum. Dort lag ganz friedlich wirkend der erwürgte Mann, der ihm soviel Verdruss bereitet hatte. Heute früh hatte er seinem Ärger und seiner Wut freien Lauf gelassen. Sein Widersacher hatte es nicht anders verdient. Er wuchtete den leblosen Körper aus dem Kofferraum und zog ihn zu der von ihm vorgesehenen Stelle des Steinbruchs. Er schaute über die Kante nach unten. Tief unten sah er den mit brakigem Wasser gefüllten morastigen Tümpel . Dieses Wasserloch sollte für immer das Grab des von ihm so sehr gehassten Menschen werden. Und so wuchtete er den Leichnam über die Steinkante und ließ ihn in den Abgrund fallen. Er hörte das wässrige, modrige Platschen. Ohne noch einmal herab zu blicken, stieg er in sein Auto und fuhr zufrieden davon. Auch jetzt begegnete ihm kein Mensch. Besser hätte es nicht laufen können.

Er hatte seinen Plan zu seiner Zufriedenheit erledigt.

Samstag, 25.05.2019

Es war ein wunderschöner Frühsommermorgen, der letzte Samstag im Mai. Die Sonne erwärmte schon merklich die Luft. Veronica Weber wanderte mit ihrem Rhodesian Ridgeback Oskar trotz des tollen Wetters total missmutig über die Höhen des Schwerter Ebbergs. Die tolle Aussicht auf den Dortmunder Sommerberg, den der Volksmund wegen der vielen neuen Ein- und Zweifamilienhäuser nur Hypothekenhügel nannte, nahm sie kaum wahr. Sie war sauer, einfach sauer. Hatte ihr Ehemann Dietmar ihr doch versprochen, an diesem Samstagmorgen mit dem Hund Gassi zu gehen, damit sie mal länger liegen bleiben konnte. Aber es war bei ihm am Vorabend, wie sooft freitags, wieder sehr spät geworden. Er hatte mit seinen Weinfreunden lange zusammen gesessen, zu lange. So musste sie doch wieder früh raus. Oskar konnte schließlich nicht alleine seine Runde drehen. Sie war auch sauer, weil Dietmar ihr den Hund als Welpen einfach, ohne sie vorher zu fragenvor gut drei Jahren von einer Weinreise aus Südafrika mitgebracht hatte. Er hatte sie einfach vor vollendete Tatsachen gestellt. Ihm fehlte doch durch seine Gutachtertätigkeit jegliche Zeit, sich selbst um den Hund zu kümmern. Sein eigenes Kfz–Gutachterbüro mit mehreren Angestellten ließ ihn stets frü morgens aus dem Haus gehen und erst am frühen Abend zurückkommen. Bei Außenterminen konnte es noch später werden. So blieb die Hundebetreuung an ihr hängen, obwohl sie auch berufstätig war. Zwar arbeitete sie nur halbtags in Bochum in einer Steuerberaterpraxis. Aber es blieb nicht immer bei der Halbtagsarbeit. Wenn noch kurz vor ihrem Dienstschluss einer ihrer Mandanten kam, war sie gezwungen, länger zu bleiben. Also kam der Hund oft zu kurz. Dazu hatte sie schon seit mehreren Jahren ein Dressurpferd auf einer nahegelegenen Reitanlage stehen, das täglich betreut werden musste. Aber wieder abgeben mochte sie den Hund auch nicht.

So in ihre Gedanken gehüllt, schlenderte sie über die Höhen des Ebbergs. Links tauchte das Gebäude aus verwitterten roten Ziegeln auf. Die einsehbare Giebelseite war mit Ranken wilden Weins überwuchert, den man offensichtlich schon länger nicht zurückgeschnitten hatte.

Für die Westhofener war es nur „Das rote Haus auf dem Ebberg". Obwohl sie oft hier lang ging, wusste sie bis heute immer noch nicht, wer dieses einsam stehende Bauwerk bewohnte. Sie dachte nur, dass sie hier im Winter bei Eis und Schnee auf keinen Fall wohnen wollte.

Weit über ihr an dem wolkenlosen blauen Frühlingshimmel zog ein Bussard träge seine Frühstückskreise. Ab und zu ließ er einen Schrei erklingen, der ein bisschen wie das Miauen einer Katze klang. Insekten summten geschäftig um sie herum. Ganz in ihrer Nähe raschelte irgendein kleines Tier, vielleicht eine Maus. Veronica stellte sich vor, wie das kleine Mäuseherz vor Angst panisch pochte, weil die Maus den Bussard hörte und nicht wusste, ob und wann er herabstoßen würde, pfeilschnell und lautlos. Und wenn sein Schatten über sie fiel, dann war es meist zu spät, um zu fliehen.

Wie sie so gedankenversunken daher ging, bemerkte sie erst gar nicht, dass sich Oskar, den sie frei laufen ließ, auf einmal ganz unruhig gebärdete. Er lief laut bellend in den Wald. Sie

7

rief ihn, aber er hörte nicht. Jetzt noch ein anderer rauflustiger Hund, dachte sie, das fehlt mir gerade noch.

Sie rannte laut rufend hinter ihm her. Aber da war kein anderer Hund. Sie erstarrte. Vor ihr hing in dem halb heraufgezogenen Kugelfang des Schützenvereins festgebunden ein lebloser männlicher Körper.

Als Veronica sich ängstlich dem Kugelfang genähert hatte, sah sie, dass der Mann ein blutiges Loch mitten in seiner braunen Lederjacke hatte. Er war tot, bestimmt erschossen. Sie erkannte den Toten. Veronica wurde speiübel.

Nachdem sie sich ein wenig beruhigt hatte, Oskar von dem Kugelfang und der Leiche weggezerrt hatte, schaffte sie es, durch einen Anruf, die Polizei zu verständigen.

Es dauerte eine Weile, bis ein Streifenwagen der Schwerter Polizei bei ihr eintraf. Die beiden Polizisten sahen mit geschultem Blick sofort, dass es sich hier um ein Gewaltverbrechen handeln musste. Sie forderten umgehend die Mordkommission aus Dortmund an.

Natürlich durfte Veronica Weber als wichtige Zeugin den Fundort nicht verlassen. Bis die Kripo eintraf, nahm einer der Polizisten schon einmal ihre Personalien auf. Sein Kollege sperrte unterdessen mit einem blauweißen Flatterband den Fundort großräumig ab. Veronica wurde erlaubt, bis zum Eintreffen der Mordkommission im Streifenwagen zu warten. Oskar hatte sie mit seiner Leine an einen Baum angebunden.

Aus dem Polizeiauto heraus versuchte sie mehrmals, ihren Ehemann telefonisch zu erreichen. Aber vergebens. Er schlief wohl noch immer seinen Weinrausch aus, während sie hier in der mehr als unangenehmen Situation steckte. Sie war verzweifelt und nur noch mehr sauer.

Inzwischen war es 10 Uhr morgens. Rund um den abgesperrten Kugelfang wimmelte es nur so von Polizisten. Jeder von ihnen schien genau zu wissen, was zu tun war. Und so entspann sich ein emsiges Treiben. Mehrere Frauen und Männer in weißen Overalls mit der Rückenaufschrift „KT", was für Kriminaltechnik stand, suchten systematisch den Waldboden nach möglichen Spuren ab.

Der federführende Kriminalbeamte, Herr KHK Willi Krautzucker, hatte sich zunächst von Veronica Weber berichten lassen, wie und wann sie den Toten gefunden hatte. Nachdem sie verneinte, den Toten zu kennen, entließ der Kommissar sie nach Hause. Ihre Personalien waren ja schon aufgenommen worden. Zugleich wütend, ängstlich und verwirrt stapfte sie mit Oskar über den Ebberg zurück. Sie hatte es nicht weit. Sie wohnte mit ihrem Mann, ihrer Tochter und eben Oskar in einem schicken Häuschen etwas unterhalb des Ebbergs.

Kommissar Krautzucker wandte sich an den Pathologen Dr. Kurt Rundholz, der die Leiche eingehend in Augenschein genommen und bereits deren Verbringung in die Rechtsmedizin angewiesen hatte. Der Kommissar und der Kriminalarzt kannten sich über viele Dienstjahre. So hatten sie schon eine Menge kniffliger Gewaltverbrechen gemeinsam aufgeklärt.

„Nun, Doc, kannst Du was zum Todeszeitpunkt und zur Todesursache sagen?"

„Krauti, immer die gleichen Fragen! Du weißt genau, dass ich es erst nach genauer Obduktion seriös sagen kann. Nach dem Zustand der Leiche, Temperatur, Leichenstarre, na, Du weißt

9

schon, schätze ich, dass er seit ca. 8–10 Stunden tot ist. Der Tod ist durch einen Schuss in die Brust herbeigeführt worden. Und noch eins kann ich Dir mit Sicherheit sagen. Er ist nicht hier in diesem Kugelfang des Schützenvereins erschossen worden."

„Was macht Dich da so sicher?"

„Nun, nach dem Einschussloch und der auf dem Rücken des Toten befindlichen großen Austrittsstelle muss die Tatwaffe ein großkalibriges Gewehr gewesen sein, möglicherweise ein Jagdgewehr. Solche Löcher werden in aller Regel von Teilmantelprojektilen verursacht. Aber weder im Kugelfang noch in der näheren Umgebung konnte die KT ein Projektil finden, was im übrigen auch die Ermittlung der Tatwaffe sehr schwierig machen wird."

„Und haben wir beim Toten irgendetwas gefunden? Ausweispapiere, Führerschein, Handy oder irgendwelche anderen persönlichen Sachen?"

„Nee, nichts dergleichen, Krauti. Nur ein Schlüsselbund in einer seiner Hosentaschen, vermutlich Haus- und Wohnungstürschlüssel. Hier"

„Chef", jetzt mischte sich Krautzuckers Assistent, KK Harry Winkler, ein. „Hier sind ziemlich frische Reifenspuren rund um den Kugelfang. Sie deuten darauf hin, dass der Tote möglicherweise im Auto hierher geschafft und quasi postmortem im Kugelfang festgebunden worden ist."

„Mhm, wahrscheinlich, aber was ist der Sinn? Warum der Kugelfang? Und wo ist der eigentliche Tatort? Die KT soll auf jeden Fall die Reifenspuren sichern."

„Schon geschehen, Chef."

10

Krautzucker legte seine Stirn in Falten, was seiner rasierten Glatze ein besonderes Aussehen verlieh.

„Außerdem ist nach dem Aussehen der Ein- und Ausschussstelle ziemlich sicher, dass der Tote aus nächster Nähe exekutiert worden ist", meldete sich der Pathologe noch einmal zu Wort.

„Okay, Doc Aber was soll diese Inszenierung? Wer findet Gefallen daran, das Opfer, nachdem er oder sie es irgend woanders erschossen hat, in so einen Kugelfang zu binden?"

Krautzucker kratzte sich seinen Dreitagebart.

„Ja, Krauti, alles kann ich auch nicht für Dich ermitteln. Das musst Du mit Deiner Mordkommission schon selbst rauskriegen."

Der Doktor machte Anstalten zu gehen, als sich der Kommissar noch einmal an ihn wandte. „Ich weiß, Du kannst es nicht mehr hören. Aber wann bekomme ich Deinen Bericht?"

„Oh Mann, Krauti! Heute ist Samstag, morgen ist Sonntag, normal gehe ich erst Montag wieder in die Rechtsmedizin."

„Wie bitte? Das glaube ich jetzt nicht. Ich habe auch kein Wochenende!"

„Kleiner Scherz! Ich werde noch heute die für Dich notwendigen Schnitte an der Leiche vornehmen. Rechne mal morgen früh mit meinem Bericht." „Dann ist ja gut. Ich dachte schon."

Dr. Rundholz entfernte sich, um sogleich in sein Reich der Leichen und Skalpelle zu fahren. Er wollte schließlich Wort halten mit dem Obduktionsbericht.

Am Fundort der Leiche war nun nicht mehr viel zu tun. Krautzucker wollte gerade seinem Assi Winkler einige Aufgaben auftragen, die dieser als Erstes im Büro erledigen sollte, als sich einer der uniformierten Polizisten auf die beiden Kriminalbeamten zukam.

„Polizeiobermeister Wurzel, Herr Kommissar, kann ich Sie kurz sprechen? Ich glaube, ich kann Ihnen möglicherweise zwei nützliche Hinweise geben."

„Ja gerne, Herr Kollege. Immer raus damit."

Der Polizist räusperte sich. „Also, ich habe vorhin Ihr Gespräch mit der Zeugin, also Frau Weber, mit angehört."

„Ja und?" „Sie hat nicht die Wahrheit gesagt. Sie kennt den Toten." „Wie kommen Sie da drauf?" „Die Zeugin und der Tote sind beide Mitglied im Reiterverein, der hier ganz in der Nähe seine Stallungen hat. Ich habe die beiden öfters zusammen gesehen. Ich bin selbst Mitglied in dem Verein. Meine Tochter hat dort eine Reitbeteiligung. Ich helfe ihr oft beim Misten und Reinigen des Stalls. Und dabei bekommt man natürlich einiges mit. Der Tote heißt übrigens Robert Lenzig. Ich habe auch zufällig einmal mitbekommen, dass er beim Hauptzollamt in Dortmund beschäftigt ist, sorry, war."

„Das ist ja sehr interessant. Vielen Dank, Herr Kollege. Falls Ihnen noch mehr einfallen sollte, speziell zu Frau Weber und dem Toten, melden Sie sich bitte bei mir. Hier meine Karte mit meiner Durchwahl. Herr Wurzel, Sie sind auf der Wache in Schwerte?" „Ja genau, Herr Kommissar." „Ja dann nochmals vielen Dank und tschüss!" Krautzucker wandte sich an seinen Assistenten.

„Winkler, Sie haben das mitbekommen?" Winkler nickte. „Okay, dann fahren Sie jetzt ins Präsidium und versuchen, so viel wie möglich zu den beteiligten Personen herauszufinden.

Ich werde dem Reiterhof noch einen kleinen Besuch abstatten. Vielleicht erfahre ich ja noch etwas, was uns weiterhilft." Beide verließen den Leichenfundort.

Total zwiegespalten war Veronica Weber von ihrem dramatisch verlaufenen Hundespaziergang nach Hause gekommen. Von ihrem Ehemann war nichts zu sehen. Er schlief wohl immer noch seinen Rausch aus. Als sie gerade wütend ins Schlafzimmer stapfen wollte, um die Schlafmütze zu wecken, hörte sie von draußen Motorengeräusche. Als sie aus dem Fenster blickte, sah sie zu ihrer Überraschung, ihre Tochter und deren Freund in die Garageneinfahrt fahren. Ihre Tochter hielt eine große Brötchentüte in der Hand. Veronicas Wut legte sich sofort, freute sie sich doch immer, das glückliche Paar zu sehen. Ihre Tochter war vor einem halben Jahr zu ihrem Freund gezogen und seitdem nicht mehr so oft zu Hause. Außerdem war Veronica Weber immer wieder stolz, wenn sie ihre Tochter betrachtete. Die kurzen blonden Haare, die stahlblauen Augen, die nicht enden wollenden langen Beine. Toll sah sie aus. „Hallo Mama!" Kerstin Weber freute sich auch, ihre Mutter zu sehen. Sie umarmten sich herzlich. Oskar sprang ganz aufgeregt um beide herum. „Was für eine schöne Überraschung!" „Wir wollten mit Euch frühstücken. Brötchen haben wir mitgebracht." Sie deutete auf die große Tüte. „Da habt Ihr aber Glück gehabt. Normalerweise hätten Papa und ich schon gefrühstückt. Aber mir ist etwas dazwischen gekommen. Und Papa liegt noch im Bett. Es war wohl wieder sehr spät gestern mit seinen Weinfreunden. Ich habe ihn jedenfalls nicht nach Hause kommen gehört."

„Und was kam Dir dazwischen, Mama?"

„Ach eine schreckliche Geschichte. Denk Dir, Oskar und ich haben bei unserem Frühspaziergang Robert tot im Wald gefunden."

„Welchen Robert? Und wieso tot?"

„Ja, Robert Lenzig vom Reiterverein. Er ist wohl erschossen worden. Er hing angebunden im Kugelfang vom Schützenverein. Schrecklich!"

„Wieso erschossen? Wieso im Kugelfang?" stotterte ganz blass geworden Sebastian Bommert, Kerstin Webers Freund.

„Ich habe keine Ahnung, Basti."

Das Frühstück fiel sehr bedrückt aus. Als dann auch noch der Hausherr miese Laune verströmte, weil er sich ohne ein Wort der Entschuldigung dazugesellt hatte und entsprechend von seiner Ehefrau mit Vorwürfen bombadiert wurde, war es um die traute Familienidylle geschehen.

„Und hat die Polizei schon einen Verdacht?" Sebastian sprach so leise, dass ihn keiner richtig verstanden hatte.

„Basti, hast Du was gesagt?" „Ja, Frau Weber. Hat die Polizei schon einen Verdacht?" Seine Stimme klang ungewohnt belegt, wenn nicht gar ängstlich.

„Nein, Basti. Ich habe keine Ahnung. Bin ja auch sehr schnell aus dem Wald nach Hause." Und mit bösem Blick zu ihrem Mann: „Hatte eigentlich gedacht, dass ich schon vermisst würde."

„Vera, ich habe es verstanden. Ich hatte auch nicht vor, so spät nach Hause zu kommen."

Dietmar Weber versuchte mit einem Dackelblick seine Ehefrau milde zu stimmen, hatte schließlich oft genug geklappt. Aber

14

dieses Mal hatte er keinen Erfolg bei seiner Ehefrau. Dietmar Weber war keine besondere Erscheinung, seine Augen jedoch waren bemerkenswert. Sie waren von einem ungewöhnlichen warmen Goldbraun, eingebettet in Lachfältchen und umkränzt von dichten Wimpern. In solche Augen konnten sich Frauen verlieben, selbst wenn der Rest der Person nichts Besonderes war. Frau Weber hatte aber in diesem Moment keinen Sinn für diese Äußerlichkeiten.

„Wärst Du, wie versprochen, heute früh mit Oskar gegangen, wäre mir viel erspart geblieben", giftete sie ihn an. „Ich weiß gar nicht, was Du daran findest, jeden Freitagabend mit Deinen Weinfreunden stundenlang bis mitten in die Nacht hinein über so verschiedene Weinsorten und Winzer zu reden." Bevor er antworten konnte, meldete sich seine Tochter zu Wort. „Ach Paps, Du bist doch dauernd am Freitagabend weg", zu ihrem Freund gewandt: „Komm Basti, lass uns fahren."

Im Polizeipräsidium trafen beide Kriminalbeamten um die Mittagszeit wieder zusammen. Harry Winkler hatte in der kurzen Zeit schon einiges recherchiert. Er war ein totaler Computerfreak.

„Chef, über wen soll ich zuerst berichten?"

„Okay, zunächst mal zum Opfer, Winkler."

„Der Polizist aus dem Wald hatte Recht. Der Tote ist, war, Robert Lenzig. Er war 47 Jahre alt, ledig, Zollfahnder beim Hauptzollamt Dortmund. Er wohnte zur Miete in Dortmund-Holzen, also nicht weit weg vom Reiterhof und vom Tatort."

„Fundort, Winkler."

„Ja natürlich, Chef."

15

„Und warum sind Sie so sicher, dass es sich bei dem Toten um diesen Lenzig handelt?"

„Aber Chef, das Internet ist doch eine nützliche Sache. Also ich habe ..."

„Ersparen Sie mir Details, Winkler. Sie wissen doch, Computer und ich, zwei Dinge, die nicht zusammen passen. Berichten Sie bitte über Ihre weiteren Ergebnisse."

„Klar Chef. Der Tote wohnte – zumindest, was das Melderegister hergibt – alleine in seiner Wohnung in Dortmund–Holzen. Seine Eltern leben seit Jahren in Freiburg. Sein Vater war auch Zollbeamter. Er ist seit sechs Jahren pensioniert. Die Mutter ist Hausfrau. Geschwister gibt es keine.

Nun zur Zeugin Veronica Weber. Sie ist 45 Jahre alt, verheiratet mit Dietmar Weber. Sie haben eine 21 Jahre alte Tochter. Sie heißt Kerstin und ist Studentin an der Uni Bochum. Frau Weber arbeitet als Teilzeitkraft bei einem Steuerberater in Bochum. Herr Weber betreibt ein Kfz–Gutachterbüro mit mehreren Angestellten in Schwerte. Sie leben in einem Einfamilienhaus unterhalb des Ebbergs im Schwerter Ortsteil Westhofen, auch nicht weit weg vom Reiterhof und dem Fundort der Leiche.

Und vielleicht noch ein interessantes Detail. Herr Weber ist Mitglied im Schützenverein, besitzt einen Jagdschein. Auf seinen Namen sind zwei Jagdgewehre eingetragen."

Der Kommissar war beeindruckt von seinem Assi.

„Respekt, Winkler, gute Arbeit in der kurzen Zeit!"

„Danke Chef, aber Dank des PC`s war es einfach. Und Sie? Konnten Sie bei Ihrem Besuch auf dem Reiterhof auch etwas in Erfahrung bringen?"

„Ja tatsächlich habe ich etwas erfahren, was vielleicht wichtig sein könnte. Ich habe mit dem Betreiber und Eigentümer der Anlage, Herrn Klaas, sprechen können. Abgesehen davon, dass ihn die Nachricht vom Ableben des Lenzig doch sehr getroffen hat, berichtete er, dass Frau Weber und Herr Lenzig irgendwie ein besonderes Verhältnis zueinander hatten. Ob es sich vielleicht um eine Liebesbeziehung handelte, wollte er nicht bestätigen, aber auch nicht ausschließen. Er wollte sich da nicht festlegen, zumal er auch mit dem Ehemann der Weber gut befreundet ist, hilft dieser ihm doch bei jedem Reiterfest in der Gastronomie." Krautzucker warf mal wieder seine Stirn in Falten und sprach erst nach einer kurzen Pause weiter.

„Warum hat die Weber uns gegenüber geleugnet, das Mordopfer zu kennen?"

„Chef, wir werden es herausbekommen. Was ist mit einem Kaffee?"

„Sage ich nicht Nein."

„Wie immer, pechschwarz?"

„Wie immer, pechschwarz."

Harry Winkler ging zu der Schweizer Nobelkaffeemaschine, die sich die beiden Kommissare vor gut einem Jahr zusammen gekauft hatten, und drückte auf den Startknopf. Eine wahre Symphonie von Mahl-, Saug- und Brodelgeräuschen ertönte, die Vorboten des Genusses. Und dann lief der Kaffee in die zwei schönen schwarz–gelben BVB Tassen. Bald breitete sich der Duft von frischem Kaffee über das Großraumbüro aus. Außer ihnen schien niemand im PP Dortmund zu sein. Zumindest ihr Stockwerk war menschenleer. Gut, es war Samstag, aber so ruhig war es doch selten im Polizeipräsidium.

17

Den köstlichen Kaffee schlürfend kam Winkler noch eine Gedanke.

„Chef, hat der Reiterhofbetreiber nichts dazu gesagt, ob der Tote auch ein Pferd auf dem Hof stehen hatte oder warum er Mitglied im Reiterverein war?"

„Ja doch, hat er. Unser Lenzig hatte bis vor ca. einem Jahr ein Pferd dort stehen. Es soll elendig zugrunde gegangen sein. Hatte irgendwas mit falschen Medikamenten zu tun. War wohl eine ziemlich düstere Geschichte. Lenzig hat damals auf dem Hof für mächtig Wirbel gesorgt. Beschuldigungen gegen Tierarzt, Stallburschen und so weiter. Viele Vereinsmitglieder gingen danach auf Abstand. Wohl nur unsere Frau Weber, die ab und zu von ihrer Tochter und deren Freund zum Training begleitet wurde, hielt weiterhin einen normalen Kontakt zu ihm. Lenzig war weiterhin Mitglied im Verein, von einem neuen Pferd wollte er allerdings nichts wissen. Ach ja, Frau Weber hat auch ein Pferd, dem Vernehmen nach ein sehr gutes Dressurpferd, dort im Stall stehen."

„Vielleicht liegt hier der Schlüssel für das Mordmotiv."

„Vielleicht Winkler. Vielleicht. Aber im Augenblick ergibt das alles noch keinen Sinn für mich.

Aber als erstes müssen wir die Eltern des Getöteten kontaktieren. Die müssen ja die gesetzlich notwendige Identifizierung ihres Sohnes vornehmen. Können Sie das in die Wege leiten?"

„Klar mach ich, Chef. Ich werde sofort unsere Kollegen in Freiburg bitten, den Eltern die traurige Nachricht zu überbringen und zu veranlassen, dass zumindest ein Elternteil zu uns in den Pott kommt."

18

„Was können wir heute noch tun? Der Obduktionsbericht kommt erst morgen. Die Dienststelle des Opfers können wir erst Montag aufsuchen. Das heißt, die Wohnung des Toten ist vielleicht noch interessant. Ob es dort Hinweise auf die Hintergründe der Gewalttat gibt?"

„Chef, das kann ich übernehmen. Die Wohnung liegt quasi auf meinem Heimweg."

„Einverstanden. Winkler, aber lassen Sie den Quak mit dem Gerichtsbeschluss für die Durchsuchung der Wohnung. Ich habe keinen Bock auf dieses ganze Prozedere. Der Staatsanwalt, der heute Bereitschaft hat, ist eh eine Lusche. Und ihn zu bitten, beim Amtsrichter vom Dienst einen solchen Beschluss zu besorgen, das wird alles viel zu lange dauern. Deshalb schauen Sie sich die Wohnung nur ganz vorsichtig an. Falls Sie was Wichtiges, was Interessantes finden, besorgen wir uns am Montag über Frau von Biberg einen entsprechenden Beschluss und machen dann den Fund offiziell. Sie wissen ja, ansonsten besteht die Gefahr des Verwertungsverbotes."

„Klar Chef, wird beachtet."

„Dann mach ich jetzt Schluss für heute. Ich hoffe, dass Doc Rundholz morgen auch seinen Bericht liefert. Obwohl, viel Neues erwarte ich nicht. Sie sind morgen wieder mit ihrem Fußballverein unterwegs?"

„Ja, Chef. Wir haben im Münsterland bei TuRa Lüdinghausen das letzte Qualispiel zum Aufstieg. Deshalb werden wir uns schon morgens um 10 Uhr treffen, eine Kleinigkeit essen, letzte Einstimmung auf das Spiel und ab ins Münsterland."

„Okay, dann drücke ich mal die Daumen."

„Danke, jeder Daumen hilft!"

19

Willi Krautzucker verließ das Präsidium. Als interessierter Fußballfan freute er sich auf die abendliche Fernsehübertragung des Pokalendspiels aus Berlin Bayern München gegen RB Leipzig.

Sonntag, 26.05.2019

Der Sonntagmorgen war regnerisch. Krautzucker war froh, dass er direkt vor dem Präsidiumseingang seinen alten 5er BMW parken konnte und so halbwegs trocken ins Gebäude kam. An der Pforte saß der alte Bräuer, wie jedes Wochenende. „Moin Bräuer, gut geschlafen?"
„Guten Morgen, Herr Hauptkommissar. Nee, gar nicht, bin seit gestern Abend hier. Erst gewinnen die blöden Bayern mit 3 : 0 gegen die noch blöderen Leipziger das Pokalendspiel. Und dann war es hier ein Kommen und Gehen. Wie in einem Bienenhaus. Total nervig! Keine ruhige Minute. Im Westfalenpark war irgend so ein Musikfestival. Und die jungen Leute heutzutage können nicht mehr mit Anstand feiern. Wo das noch mal endet!"
„Die es überstehen, werden auch älter so wie wir, Bräuer."
Krautzucker hatte gerade sein Büro betreten, als das Faxgerät begann, bedrucktes Papier auszuspucken. Es war ein Fax von Dr. Rundholz, ein erster offizieller Obduktionsbericht. Der Doktor hatte mal wieder Wort gehalten. Und er hatte Rücksicht auf Krautzuckers begrenzte PC-Kenntnisse genommen und den Bericht per Fax und nicht per Mail geschickt.
Bevor Krautzucker den Bericht studieren konnte, entdeckte er einen Zettel auf seinem Schreibtisch. Harry Winkler hatte ihm eine Nachricht hinterlassen. Wohl noch am Samstag waren die Eltern des Mordopfers über den Tod ihres Sohnes informiert worden. Nach Winklers Notiz würden sie bereits heute gegen

21

Mittag zur Pathologie kommen, um ihren Sohn zu identifizieren. Der Doktor war auch schon informiert.

Krautzucker war immer wieder begeistert, wie zuverlässig sein Assi arbeitete. Da hatte er in früheren Zeiten schon ganz andere Transusen an seiner Seite gehabt.

Bis auf die präzisere Angabe zum Tatzeitpunkt ergab der Bericht vom Pathologen nichts Neues. Lenzig war also zwischen 0.00 und 1.00 Uhr erschossen worden. Die Tatwaffe war großkalibrig, möglicherweise ein Jagdgewehr. Aber ohne Projektil war das nur Spekulation. Ja toll, bis auf die Tatzeit immer noch nichts Konkretes.

Als die Eltern des Opfers eintrafen, war Krautzucker schon vor Ort. Er wollte sie nicht warten lassen. Der Doktor kam auch sofort dazu. Ohne große Umschweife gingen sie zusammen in den Kühlkeller - eine respektlose Bezeichnung Dr. Rundholz für seinen Leichenaufbewahrungsort. Wie zu erwarten war, brach die Mutter beim Anblick des Leichnams sofort in lautes Schluchzen aus. Ihr Ehemann stützte sie liebevoll.

Er war es dann auch, der bestätigte, dass es sich bei der Leiche um ihren Sohn handelte. Schnell verließen sie die ungastlichen Räumlichkeiten wieder.

Der Ermittler und der Pathologe verabredeten, sich am Montag kurzzuschließen, um weitere Details zu erörtern.

Dann folgte Krautzucker dem trauernden Ehepaar und bat es noch in sein Büro. Sie kamen unwillig der Bitte nach. Bevor der Kommissar das Wort ergriff, überfiel ihn die Mutter mit Fragen.

22

„Wer macht sowas? Warum? Unser Sohn war doch so ein liebenswerter Mensch!"

„Ich kann Ihnen dazu noch keine Antworten geben. Aber wenn Sie mir bitte meine Fragen beantworten könnten, bringt es uns vielleicht weiter, diese schäbige Tat aufzuklären."

„Was können wir Ihnen denn sagen, Herr Kommissar?"

Der Ehemann schaute ihn mit traurigen Augen an.

„Nun. Erzählen Sie mir doch bitte etwas über Ihren Sohn. Dass er Zollbeamter ist, sorry, war, wissen wir bereits. Dass er Besitzer eines Pferdes war, das vor ca. einem Jahr unter fragwürdigen Umständen zugrunde gegangen ist, wissen wir auch. Aber wie war sonst sein Privatleben? Hatte er eine Freundin? Wer waren seine Freunde? Hatte er noch andere Hobbys außer dem Reiten?"

Die Mutter begann zögerlich „Eigentlich wissen wir nicht viel. Wir leben ja seit der Pensionierung meines Mannes seit sechs Jahren in Freiburg. Und in der Zeit waren wir vielleicht nur zwei oder drei Mal hier zu Besuch. Und unser Robert hatte ja überhaupt keine Zeit, uns zu besuchen. Er sagte immer, dass er soviel zu tun hätte beim Zoll und dass er sich auch täglich um sein Pferd kümmern müsse."

„Von einer Freundin wissen wir nichts. Und Freunde hatte er wohl nur im Reiterverein", merkte der Vater noch an.

„Okay, dann wäre es das für heute. Vielen Dank! Hier noch meine Karte, falls Ihnen doch noch etwas einfällt, was der Aufklärung dienen könnte."

Krautzucker gab ihnen seine Karte und geleitete sie zum Ausgang.

„Ach noch was, Herr Kommissar. Wann können wir unseren

23

Sohn denn beerdigen?" Die Mutter schaute den Kommissar mit rot geränderten Augen an.

„Das kann ich Ihnen leider noch nicht sagen. Der Leichnam muss erst einmal von der Gerichtsmedizin freigegeben werden. Ich schätze, dass das wohl noch eine Woche dauern wird. Ich wünsche Ihnen viel Kraft."

Krautzucker fühlte sich, wie immer bei solchen Anlässen, total überfordert. Dann hasste er seinen Job.

Es war mal wieder so ein Sonntag, den Veronica Weber so gar nicht mochte. Ihr Mann saß nach einem wortlosen Frühstück vor seinem Laptop und recherchierte wie so oft nach irgendwelchen wertvollen Weinen. Sie war daher schon früh zu ihrem Pferd gefahren.

Auf dem Reiterhof hatte sich die Nachricht vom Mord an Robert Lenzig schon rumgesprochen. Jeder sprach sie darauf an. Sie hatte aber alle gebeten, nicht darüber sprechen zu müssen. Also mistete sie nur, fütterte ihre Stute und fuhr gefrustet wieder heim.

Dort traf sie zu ihrer Überraschung auf ihre Schwester.

Die Eltern der Schwestern hatten die witzige Idee gehabt, ihren Töchtern fast gleichlautende Vornamen zu geben: Veronica und Verena. Dies hatte in früherer Zeit häufig zu Verwechselungen geführt. In der Grundschule und auch auf der Realschule, wo die beiden jeweils zwei Schuljahre auseinander gewesen waren, war schon einmal die Falsche getadelt worden oder auch bei der Benotung waren sie von den Lehrern, die beide Mädchen unterrichteten, das eine oder andere Mal verwechselt

24

worden. Die beiden Schwestern hatten es nicht nur mit Humor genommen, sondern es schon mal darauf angelegt, vom Vornamen her verwechselt zu werden.

Verena Witzel war nicht ganz drei Jahre jünger als Veronica. Sie war ledig und arbeitete als Pflegekraft in einem Schwerter Altenheim. Wie meist hatte sie ihre langen dunkelblonden Haare zu einem Zopf gebunden. Veronicas Ehemann hatte sich von seinem Laptop gelöst und trank in angeregter Unterhaltung mit seiner Schwägerin einen Kaffee. Worum es dabei ging, konnte Veronica nicht ausmachen, denn das Gespräch endete bei ihrem Eintreffen abrupt.

„Vera, Schwesterherz, wie schön, dass Du schon von Deinem Pferd zurück bist."

„Ja, Schatz, so schnell warst Du ja selten vom Hof zurück."

Ihre Schwester und ihr Gatte machten auf sie irgendwie einen komischen Eindruck.

„Soll ich wieder gehen", schnippte sie.

„Nein nein, Schwesterchen."

„Schatz, darf ich Dir einen Kaffee machen?"

„Ja bitte."

Ach, dachte sie, wahrscheinlich bin ich nur überreizt nach den ganzen Vorkommnissen.

Montag, 27.05.2019

Trotz der frühen Stunde herrschte schon rege Betriebsamkeit im Polizeipräsidium. Alles, was Rang und Namen hatte, war schon im Konferenzraum des Morddezernats vertreten. Frau Staatsanwältin Rita von Biberg, Herr Polizeirat Walter Becker und Kriminalhauptkommissar Willi Krautzucker. Für Krautzucker überraschend fehlte nur sein Assistent, Kriminalkommissar Harry Winkler.

Wie bei jedem akuten Mordfall üblich waren die Staatsanwältin und der Polizeirat vom KDD, dem Kriminaldauerdienst, bereitsüber die Geschehnisse vom Samstag informiert worden.

„Herr Krautzucker, was haben wir denn", begann die Staatsanwältin die Besprechung. Der Kommissar berichtete in kurzen, klaren Worten von den Geschehnissen am Ebberg.

„Herr Krautzucker, ich hatte ja am Wochenende frei. Aber warum haben Sie denn nicht den Bereitschaftsdienst der Staatsanwaltschaft zum Fundort der Leiche gerufen. Es sollte doch immer ein Vertreter der Staatsanwaltschaft vor Ort sein", bohrte Frau von Biberg nach.

„Das weiß ich."

Die Staatsanwältin nickte, „Aber?"

„Ich wusste, wer Bereitschaftsdienst hatte. Und ob Ihr Kollege vor Ort gewesen wäre, oder peng. Hat er sich bei Ihnen schon ausgeheult?"

„So in etwa, Herr Krautzucker. Sie wissen, das war nicht korrekt."

„Können wir wieder zu unserem Fall zurückkommen", räusper-

26

te sich der Polizeirat, um gleich an den Kriminalhauptkommissar gewandt fortzufahren.

„Viel haben wir ja bis jetzt nicht", fasste er den Bericht Krautzuckers zusammen.

„Kann man so sagen, Herr Polizeirat. Ich habe gleich noch ein Gespräch mit dem Leichenfledderer und dann wollen wir den Dienststellenleiter des Ermordeten beim Hauptzollamt Dortmund aufsuchen. Vielleicht wissen wir dann mehr."

„Wo ist eigentlich Kriminalkommissar Winkler?"

„Keine Ahnung, Herr Becker. Winkler hatte gestern ein wichtiges Fußballspiel um den Aufstieg. Vielleicht hat er zu lange gefeiert. Eigentlich ist er immer pünktlich und total verlässlich."

„Wie auch immer, Krautzucker, ich verlasse mich auf Sie." Der Polizeirat machte Anstalten zu gehen, da trat Dr. Rundholz in den Raum und nickte allen Anwesenden grüßend zu.

„Na Doc, haben Sie die Lösung des Falles?" Frau von Biberg wollte lustig erscheinen, aber keiner lachte.

„Nee, das nicht, Frau Staatsanwältin. Aber möglicherweise habe ich doch etwas, was den Ermittlern weiter helfen kann"

„Und was?" Krautzuckers Antennen fuhren aus.

„Nun ja, ich war gestern früh, als die Eltern unseres Toten zur Identifizierung kamen, noch nicht ganz fertig mit meinen Untersuchungen. Ich habe später noch unter den Fingernägeln des Toten fremde Hautpartikel sichergestellt. Und an seiner Kleidung habe ich Spuren von fremden Textilien gefunden. Wir haben damit fremde DNA – Spuren, die uns unter Umständen zum Täter führen könnten."

„Doc, wir sollten die dann mit unserer Datenbank abgleichen."

„Krauti, habe ich schon gestern gemacht."

„Und?"

„Nix."

„Ja wäre auch zu schön gewesen." Frau von Biberg wollte auch noch etwas zum Gespräch beitragen.

„Ich höre, die Ermittlungen laufen." Der Polizeipräsident stand auf und verabschiedete sich. Die Staatsanwältin fühlte sich auch überflüssig.

„Okay, ich gehe dann mal in mein Büro."

Krautzucker schaute ihr nach. Sie hatte eine tolle Figur und ihre braunen langen Haare wippten lässig um ihre schlanken Schultern. Sie trug einen äußerst modischen dunkelgrünen Hosenanzug. Ob sie wohl wusste, was ihr sich aufreizend bewegender Po mit Krautzucker machte?

„Hey Krauti, ich habe noch eine vielleicht nicht uninteressante Entdeckung gemacht."

Der Pathologe riss ihn aus seinen schwärmerischen Gedanken.

„Entschuldige, Doc, was hast du gesagt?"

„Ich habe bei dem Toten noch feststellen können, dass er kurz vor seiner Ermordung Kokain gesnieft hat."

„Ach, das ist ja wirklich interessant. Aber wie konntest Du feststellen, dass er kurz vor seinem Tod Kokain geschnupft hat?"

„Krauti, es gibt verschiedene Untersuchungsmethoden. Da gibt es zum Beispiel die noch recht neue Methode, entwickelt von dem Universitätsklinikum Freiburg, über die Zähne mittels eines Massenspektrometers gekoppelt mit einem Flüssigkeits-Chromatografen einen Drogenkonsum nachzuweisen. Du

28

musst wissen, die Zähne sind wunderbare toxikologische Fingerabdrücke…"

„Doc, bitte nicht soviele Fachinformationen."

„Entschuldige, Krauti. Also über die Zähne kann man auch noch nach Jahren die Einnahme von Drogen ermitteln. Aber, und das habe ich bei Eurer Leiche gemacht, über den Urin kann man einen Kokainkonsum nur nach zwei bis maximal vier Tagen noch feststellen. Im Blut ist die Droge nur 24 Stunden noch nachweisbar."

„Und Deine Urinuntersuchung hat den Kokainnachweis ermöglicht?"

„Exakt, Krauti. Freitag ist der Lenzig erschossen worden. Sonntag habe ich Urin und Blut analysiert. Im Blut war das Kokain bereits abgebaut. Der Urintest hingegen war positiv."

„Also ist es möglich, dass unser Opfer zum Zeitpunkt seiner Ermordung unter Drogeneinfluss stand. Gute Arbeit, Doc. Das könnte vielleicht noch von Bedeutung sein. Danke."

„Kann ich mich dann wieder meinen Toten widmen?"

„Ja klar. Nur melde dich, wenn Du noch was Neues entdeckst. Dann bis später."

Der Doktor schlurfte aus dem Konferenzraum. Krautzucker packte seine Unterlagen zusammen und ging in sein Büro. Zu seiner Überraschung saß dort sein Assi.

„Winkler, wo waren Sie?"

„Chef, ich bin gerade erst gekommen. Da wollte ich nicht noch stören."

„Es ist nie zu spät, unpünktlich zu sein. Aber wo waren Sie denn? Sie haben sich doch noch nie verspätet."

29

„Chef, ich war beim Arzt, habe mich gestern beim Spiel am Oberschenkel verletzt."

„Schlimm?"

„Nee, es geht schon wieder. Pferdekuss, Salbe gegen Schwellung, ein bis zwei Wochen Pause."

„Und wie ist das Spiel ausgegangen? Sind Sie aufgestiegen?"

„Chef, fragen Sie lieber nicht. Wir haben in den letzten zehn Minuten den Aufstieg vergeigt. Wir hatten seit der 12. Minute 1:0 geführt. Und dann haben uns die Lüdinghauser in den letzten Minuten noch zwei Tore eingeschenkt."

„Das ist tragisch."

„Nee, total blöd!"

„Das tut mir leid. Sie werden es verkraften. Aber nun wieder zum Fall. Was hat am Samstag die Besichtigung der Wohnung ergeben?"

„Chef, die Wohnung war spartanisch eingerichtet. Funktionsküche, kleines Bad, Schlafzimmer mit französischem Bett und Kleiderschrank, Wohnzimmer mit Sofa, Tisch, Fernseher und kleiner Musikanlage mit mehreren CD`s. Im Kleiderschrank wenig Kleidung, davon auch noch diverse grüne Dienstkleidung."

„Und sonst? Schmuck, Fotoalben, Bilder?"

„Nö, eigentlich lieblos eingerichtet. Aber eins hat mich stutzig gemacht. Im Flur hingen zwei Fotos an der Wand. Eins zeigte ein Pferd, vermutlich *sein* Pferd."

„Und das andere Foto?"

„Ja Chef, da waren drei Personen abgebildet, zwei Frauen und ein junger Mann. Die eine Frau war unsere Veronica Weber, die andere Frau – übrigens sehr hübsch – war jünger als die Weber, vielleicht ihre Tochter."

„Und der junge Mann?"

„Keine Ahnung. Aber wo das Bild aufgenommen worden ist, konnte ich erkennen. Die drei standen vor einer Pferdebox, also vermutlich auf dem Reiterhof. Im Hintergrund sieht man noch einen Pferdekopf. Scheint dasselbe Pferd wie auf dem anderen Foto zu sein. Sah für mich Laien zumindest genauso aus."

„Wir werden es herausbekommen. Gute Arbeit, Winkler."

„Danke, Chef. Aber war doch nur Routine."

„Trotzdem."

Im Hauptzollamt Dortmund herrschte rege Betriebsamkeit. Zollrat Jörg Melzer, der Dienststellenleiter von Robert Lenzig, war schnell gefunden. Er wusste noch nichts von den Geschehnissen des Wochenendes. Als die Kriminalbeamten ihm eröffneten, dass sein Kollege und Mitarbeiter ermordet worden war, lief sein sowieso schon vom Bluthochdruck gerötetes Gesicht knallrot an. Krautzucker machte sich kurz Sorgen um den Gesundheitszustand des Zollrates. Aber dann fing der sich wieder und bombadierte die Kriminalbeamten mit einem Stakkato an Fragen.

Krautzucker starrte fasziniert auf den Hals des Zollbeamten. Der Zollrat hatte an der linken Seite seines Halses eine Warze. Sie sah eher aus wie ein Polyp. Sie war bestimmt mehr als ein Zentimeter lang. Vielleicht hieß dieses Ungetüm nicht einmal mehr Warze – bei diesem Ausmaß. Die Oberfläche war körnig wie die Haut von Hühnerbeinen. Winkler riss seinen Chef mit einem leichten Ellbogenstupser aus seiner Betrachtung dieses

31

Auswuchses der Natur. Eigentlich wollten die Beiden ja Zollrat Melzer befragen. So würgten sie seine Fragen mit der üblichen Floskel, dass sie zum jetzigen Zeitpunkt der Ermittlungen keine Auskünfte geben dürften, mehr unhöflich als höflich ab.

Melzer schien ein wenig pikiert. Aber darauf konnten die Mordermittler keine Rücksicht nehmen.

„Herr Melzer", begann Krautzucker, „mein Kollege Winkler und ich würden gerne mit Ihnen besprechen, ob die Ermordung des Herrn Lenzig eventuell eine dienstliche Ursache haben könnte. Woran hat er zuletzt gearbeitet? War er vielleicht mit brisanten Ermittlungen betraut? Wie war er mit seiner Arbeit in der Dienststelle mit anderen Zollfahndern eingebunden?"

„Also, Robert Lenzig ist, eh war, eigentlich ein Einzelkämpfer", sinnierte der Zollrat. „Seine letzten Fälle waren ganz normale Ermittlungen. Zigarettenschmuggel, Sozialversicherungsbetrug, Schwarzarbeit. Aber alle mir von ihm vorgelegten Abschlussberichte hatten keine besondere Brisans, eigentlich normale Routinefälle, wie sie hier zu Hauf zu erledigen sind."

„Und hat er vielleicht noch nicht ausermittelte, noch nicht abgeschlossene Fälle, die interessant sein könnten", bohrte Winkler weiter.

„Klar hatte er noch mehrere Anzeigen, denen er noch nachzugehen hatte. Wie jede andere Kollegin und jeder andere Kollege auch. Aber ich wüsste nicht, dass ich ihm da etwas Besonderes zugeteilt hätte."

„Könnten wir mal seinen Arbeitsplatz und die ihm anvertrauten Arbeiten sehen? Gegebenenfalls bringt uns das weiter." Krautzucker erhob sich in der Erwartung, dass der Zollrat seiner Bit-

32

te nachkam. Aber dieser sperrte sich sichtlich unsicher gegen diese Bitte .

„Meine Herren, ich weiß nicht, ob ich Ihnen das erlauben kann. Sie wissen, welch hohes Gut das Steuergeheimnis ist?"

Irritiert blickte Krautzucker den Leiter des Hauptzollamtes an.

„Herr Melzer, sicher kenne ich § 30 der Abgabenordnung. Aber hier geht es um Mord! Und ich muss Sie ja wohl nicht belehren, dass in einem solchen Fall das Steuergeheimnis nicht gewahrt werden muss. Wie sagt die Abgabenordnung? Hier besteht ein zwingendes öffentliches Interesse. Ist das nicht § 30 Absatz 4 der Abgabenordnung? Danach dient unter anderem die Offenbarung steuer- und zollrechtlicher Sachverhalte der Durchführung eines außersteuerlichen Strafverfahrens, also hier unseren Mordermittlungen."

Nicht nur Winkler, auch der Zollrat war verblüfft über die juristischen Kenntnisse des Kriminalhauptkommissars.

„Herr Melzer, wenn Sie ein Problem damit haben, kommen wir auch gerne mit einem richterlichen Beschluss wieder. Aber ich glaube, die hier zuständige Staatsanwältin Frau von Biberg, die mir bestimmt sofort diesen Beschluss beim Amtsgericht besorgen würde, wäre über ihr sperriges und auch rechtlich falsches Verhalten doch sehr verwundert."

„Ist ja schon gut, Herr Krautzucker", lenkte der Zollrat ein.

„Ich weiß zwar nicht, was es bringen soll. Aber bitte kommen Sie mit. Ich führe Sie zu Robert Lenzigs Arbeitsplatz."

Lenzig hatte ein Einzelbüro gehabt. So konnten die Ermittler ungestört arbeiten.

Bevor sie mit der Sichtung begannen, fiel Winkler noch etwas ein.

33

„Herr Zollrat, noch eine Frage. Ist Ihnen etwas über das Privatleben des Ermordeten bekannt? Hobbys, Freunde, Leidenschaften? Sie wissen schon, was ich meine."

„Nein. Herr Winkler. Über sein Privatleben hat Herr Lenzig nie mit mir gesprochen. Er kannte nur seinen Dienst. Er war sehr fleißig. Das heißt doch, eine Sache gibt es. Sein Hobby war das Reiten. Er hatte auch ein eigenes Pferd. Aber soviel wie ich weiß, muss dieses Pferd vor gut einem Jahr ziemlich mysteriös verendet sein. Er machte damals mal so Andeutungen. Nach dem Tod des Pferdes wirkte er eine Zeitlang sehr traurig, ja deprimiert. Es brauchte eine Weile, bis er seine sonst übliche Arbeitsgeschwindigkeit wieder fand."

„Ja, von dem Pferd haben wir auch schon gehört", hakte Krautzucker ein, „aber wie war Lenzig im Kollegenkreis integriert? Gab es Kolleginnen oder Kollegen, mit denen er vielleicht über den Dienst hinaus noch verkehrte?"

Melzer überlegte. „Nein, ich glaube nicht. Er war eigentlich stets hilfsbereit, ihm war keine Hilfe bei Einsätzen anderer Kollegen zuviel. Aber darüber hinaus war er immer für sich. Deshalb wollte er auch unbedingt dieses Einzelzimmer haben."

„Okay, danke, Herr Melzer." Winkler bemühte sich betont höflich zu sein.

„Meine Herren, kann ich Sie hier alleine lassen? Sie werden verstehen, dass ich hinsichtlich dieses schrecklichen Ereignisses als Dienststellenleiter einiges zu tun habe." Melzer schien sich wieder beruhigt zu haben.

„Na klar, Herr Melzer. Wir kommen klar", antwortete Winkler, während Krautzucker sich hinter Lenzigs Schreibtisch gesetzt hatte. Eigentlich waren beide froh, alleine gelassen zu werden,

34

konnten sie doch so in Ruhe ihrem Job nachgehen. Im Hinausgehen fiel dem Zollrat noch etwas ein. „Eine Bitte noch, meine Herren. Sollten Sie etwas mitnehmen wollen, zeigen Sie es mir bitte vorher."

„Das ist doch selbstverständlich. Wir werden bestimmt nach der Durchsicht auch noch Fragen haben."

Winkler beugte sich zu seinem Chef: „das mit dem Steuergeheimnis und Ihrer Kenntnis der Abgabenordnung hat den Zollrat ganz schön ins Schwitzen gebracht. Woher wissen Sie eigentlich solche juristischen Sachen?"

„Sie waren doch auch an der Polizeihochschule in Münster? Haben Sie da nicht aufgepasst?"

„Schon, aber bei dem Thema war ich wohl Kreide holen."

„Dafür beherrschen Sie alles, was mit dieser Computertechnik zu tun hat. Und das ist genauso wichtig. Für mich sind das nur böhmische Dörfer. So passt das schon."

Veronica Weber saß in ihrem Büro in Bochum und konnte sich überhaupt nicht auf ihre Arbeit konzentrieren. Ihre zwei Kolleginnen, die sich mit ihr das Büro teilten, hatten sie schon mehrfach gefragt, ob etwas wäre, ob sie etwas bedrücke. Aber sie hatte all die gut gemeinten Fragen nur damit abgetan, dass sie ein nerviges Wochenende hinter sich hätte. Mehr wollte sie nicht sagen. Tatsächlich aber ließen sie die Geschehnisse von Samstag früh nicht in Ruhe. Diese leblosen Augen des Ermordeten, die sie mit einer Intensität angeblickt hatten, als wollten sie sich für immer in ihr Gedächtnis einbrennen, jagten ihr schon beim bloßen Gedanken wieder einen kalten Schauer über den Rücken. Wer konnte so etwas Abscheuliches getan haben?

35

Welche Feinde muss Robert gehabt haben? Wie schwerwiegend muss er mit jemanden aneinander geraten sein, dass er so hingerichtet worden war?

Sie kannte Robert schon eine ganze Weile, eigentlich so lange, wie sie ihr Pferd auf dem Reiterhof stehen hatte und Mitglied im Verein war. Und das waren nach ihrer Schätzung gut drei Jahre. Sie hatte ihre Stute im Alter von vier Jahren gekauft und sofort auf dem Reiterhof eine Box angemietet. Jetzt war das Pferd sieben Jahre alt. Ja, also drei Jahre. Nie war Robert unfreundlich gewesen, stets jedermann auf dem Hof eine Hilfe, wenn nötig. Nie hatte es Streit mit ihm gegeben. Alle Vereinsmitglieder hatten ihn gemocht. Gut, nachdem das mit seinem Pferd passiert war, hatte sich einiges geändert. Es war für ihn schon ein großer Schock gewesen, wie sein Springpferd zugrunde gegangen war. Verständlicherweise hatte er einen Schuldigen gesucht. Dabei hatte sich seine Wut gegen den auf den sonst auf dem Hof allseits geschätzten Tierarzt Dr. Budde gerichtet. Unter vorgehaltener Hand war einige Male erzählt worden, dass der Tierarzt verschiedenen Sportpferden mit nicht erlaubten Mitteln zu mehr Leistung verholfen hatte. Und so ein Mittel sollte Roberts Hengst zum Verhängnis geworden sein. Aber Veronica tat diesen Gedanken wieder ab. Dieser Vorwurf schien ihr einfach zu ungeheuerlich. Aber Robert hatte lange mit dieser Behauptung auf dem Hof für Wirbel gesorgt. Viele hatten sich daraufhin von ihm abgewandt. Sie hatte doch immer wieder auf ihn eingeredet, den Tod seines geliebten Pferdes zu akzeptieren und Ruhe zu geben. Er hatte es dann wohl auch getan. Aber ihrer Wahrnehmung nach war die Wut auf den Tierarzt nie abgeebbt.

36

Krautzucker und Winkler durchsuchten mit größter Akribie das Büro. Im Großen und Ganzen fanden sie nur Hinweise auf Fälle, die nach reiner Routine aussahen. Ein bisschen Schmuggel, kleine Schwarzarbeit. Also nichts, wofür man jemanden umbringt. Sie wollten schon das Büro verlassen, als Winkler im obersten Regal eines Schrankes voller alter Ordner eine Mappe fand, auf der in roten Lettern der Name „Dr. Henning Budde" stand. Zunächst konnten beide mit dieser Mappe so Recht nichts anfangen. Aber dann fanden sie einen Hinweis, der zu erkennen gab, dass es sich bei diesem Dr. Henning Budde um den Tierarzt handelte, der Lenzigs Pferd behandelt hatte. Als sie dann noch Vermerke, offensichtlich von Lenzig gefertigt, über irgendwelche Dopingmittel fanden, erschien ihnen diese Mappe nun doch interessant. Sie nahmen sie an sich. Außerdem nahmen sie Lenzigs Dienst-Laptop mit. Als sie zum Büro des Zollrats gingen, mussten sie zunächst eine Weile untätig rumstehen. Melzer führte ein längeres Gespräch wohl mit einem Vorgesetzten aus der Oberfinanzdirektion. Es war schon fast lustig, wie unterwürfig dieses gestandene Mannsbild, immerhin Leiter des Hauptzollamtes Dortmund, sich bei diesem Telefonat gab. Als er endlich aufgelegt hatte, zeigten ihm die beiden Kriminalbeamten die gefundene Mappe und eröffneten ihm, diese Mappe beschlagnahmen zu müssen. Melzer schaute sich den Inhalt an und wusste damit nichts anzufangen. Bei dem Inhalt würde es sich um keinen Zollvorgang handeln. Er wäre ihm jedenfalls nicht bekannt. Der Inhalt schien ihm privater Natur zu sein. So hatte er auch nichts dagegen, dass Krautzucker und Winkler diese Mappe mitnehmen wollten. Außerdem eröffnete Winkler dem Zollrat, dass sie für kurze Zeit den

Dienst-Laptop zur Durchsicht mit ins PP nehmen müssten. Darüber händigte er dem Zollrat eine entsprechende Nachweisung aus. Der Zollrat willigte ohne Zögern ein. Krautzucker hatte den Eindruck, dass er sich mit ihm nicht noch einmal über juristische Feinheiten anlegen wollte, war er doch hinsichtlich seiner Auffassung zur Wahrung des Steuergeheimnisses ziemlich vorgeführt worden. Krautzucker gab dem Zöllner noch eine Karte von sich mit der üblichen Bitte, sich zu melden, wenn ihm noch etwas Sachdienliches einfallen sollte. Dann verließen sie das Hauptzollamt und hinterließen einen doch reichlich überfordert wirkenden Dienststellenleiter.

Auf der Rückfahrt zum Präsidium kam Krautzucker eine Idee. „Winkler, haben Sie die Wohnanschrift der Webers parat?"

„Ja, hab ich. Warum, Chef?"

„Ich setze Sie am PP ab und werde mal der Frau Weber einen überraschenden Besuch abstatten. Sie arbeitet doch nur halbtags?"

„Ja, so ist das."

Auf seine Uhr schauend murmelte der Kriminalhauptkommissar: „Dann müsste sie eigentlich schon zu Hause sein. Bin gespannt, wie sie erklären will, warum sie uns angelogen hat. Das muss doch einen Grund haben, dass sie Lenzig nicht kennen wollte."

Dann wandte er sich zu seinem Assistenten: „Und Sie schauen sich bitte die Mappe von diesem Doktor an, wie heißt der noch mal?"

„Dr. Henning Budde, Chef."

„Ja richtig. Vielleicht bringt uns das weiter."

38

Krautzucker staunte nicht schlecht, als er vor dem Haus der Webers stand. So ein Kfz-Gutachter musste wohl ganz gut verdienen. In der Toreinfahrt parkte ein knallroter Minicooper. Also war zumindest jemand zu Hause. Er parkte seinen alten 5er BMW ein wenig abseits drei Häuser weiter. Auf dem kurzen Weg zu Weber`s Haustür bemerkte er, wie ihn die Nachbarschaft neugierig beäugte. Auf sein erstes Klingeln hörte er ein lautes Bellen, wohl Veronica Webers Hund. Die Hausherrin öffnete ihm so schnell die Tür, dass Krautzucker den Eindruck hatte, sie hätte schon hinter der Tür gelauert.

„Herr Hauptkommissar, was kann ich noch für Sie tun? Aber kommen Sie erst einmal herein." Und ihrem Hund gab sie zu verstehen: „Oskar, ist gut, ich habe gehört, dass Du aufgepasst hast."

Krautzucker sah sich um. Auch die Inneneinrichtung versetzte ihn in Staunen. Er hatte von solchen Dingen keine Ahnung, glaubte aber, dass diese Einrichtung in Flur und Wohnzimmer bestimmt nicht billig war. Die Webers schienen eine Vorliebe für mediterranen Lebensstil zu haben. Terrakottafliesen auf dem Fußboden, Sichtbalkenwerk an der Decke, eine offene Landhausküche aus Olivenholz. An den Wänden hingen neben einem Stilleben von Zitronen und Apfelsinen toskanische Landschaften, Lavendelfelder und auf Leinwand gezogene Fotos von einem prachtvollen schwarzen Pferd mit einer langen Mähne. Der Blickfang im Wohnzimmer war ein schwerer Konzertflügel, auf dem sich gerahmte Fotographien drängten. Frau Weber führte den Kommissar in eine Art Wintergarten. Draußen erblickte er einen großen Swimmingpool. Der Pool

39

sah mit seinen hellblauen Fliesen sehr einladend aus. In dem blau schimmernden Wasser spiegelte sich der klare Himmel.

„Bitte nehmen Sie doch Platz. Kann ich Ihnen was anbieten? Kaffee, Tee, Wasser oder was anderes", flötete sie. Sie machte auf ihn einen sehr aufgekratzten Eindruck.

„Nein danke, machen Sie sich keine Umstände. Ich habe nur ein paar Fragen an Sie, Frau Weber."

„Stört es Sie übrigens, wenn ich rauche?"

„Nein", Krautzucker lächelte und Veronica nahm ein Päckchen Zigaretten aus der Schublade einer Kommode, auf der sich Töpfe und Setzlinge drängten. Sie zündete sich eine Zigarette an und setzte sich im Schneidersitz auf einen Sessel. Dann nahm sie einen tiefen Zug und blickte einen Moment versonnen vor sich hin.

„Frau Weber, ich will nicht lange drum herum reden. Warum haben Sie uns angelogen?"

„Ich verstehe nicht, Herr Hauptkommissar."

„Sie verstehen ganz genau, Frau Weber. Warum haben Sie gesagt, Herrn Lenzig nicht zu kennen? Wir wissen inzwischen, dass Sie beide nicht nur bekannt, sondern, sagen wir mal so, näher befreundet waren. Warum also diese Lüge?"

Veronica Weber errötete merklich. Ihre Wangenknochen spannten sich.

„Ja okay, ich habe etwas Falsches gesagt."

„Und warum?"

„Wenn ich jetzt darüber nachdenke, weiß ich es eigentlich nicht. Ich war durch den Leichenfund so geschockt. Eine falsche Reaktion. Ach, ich weiß auch nicht."

„Wie war Ihr Verhältnis zu Herrn Lenzig? Man sagt, Sie seien sehr gut befreundet gewesen."

„Naja, wenn wir uns auf dem Hof trafen, haben wir eben gerne miteinander gequatscht und gefachsimpelt. Durch unser gemeinsames Hobby ging uns der Gesprächsstoff nie aus. Robert, also Herr Lenzig, war dabei auch noch sehr kompetent. Er konnte mir viele hilfreiche Tipps geben."

„Und mehr war da nicht?"

„Wie meinen Sie das?"

„Es wird gemutmaßt, dass zwischen Ihnen mehr war als nur die Liebe zu Ihren Pferden. So kam doch Herr Lenzig auch immer noch zum Reiterhof, nachdem sein Pferd verstorben war."

„Herr Hauptkommissar, wir waren nur befreundet. Das müssen Sie mir glauben."

Veronica Weber drückte ihre Zigarette in einem schweren Messingaschenbecher aus und klappte den Deckel zu.

„Gut, lassen wir das mal so stehen. Dann erzählen Sie mir doch bitte noch etwas über die Zeit, nachdem das Pferd von Herrn Lenzig zu Tode gekommen war."

„Ja was soll ich da erzählen? Robert war total verbittert. Sein Hengst war unter großen Qualen verstorben. Der Tierarzt konnte ihn einfach nicht retten. Eine schreckliche Geschichte! Herr Lenzig sann nur noch darüber nach, wer Schuld an dem Tod seines Pferdes hatte und wen er zur Verantwortung ziehen konnte. Und er suchte natürlich die Schuldigen auf dem Hof. Das war sicher auch eine der Triebfedern, warum er immer noch zum Hof kam. Ich habe ihm mehrmals geraten: wenn Du leben willst, musst Du vergessen. Nur dann kannst Du an

41

das Leben denken. Dann antwortete er immer: Du kannst das leicht sagen. Deine Stute lebt."

„Frau Weber, ist es richtig, dass sich durch sein Verhalten viele Reiter auf dem Hof von Herrn Lenzig abgewandt haben, nichts mehr mit ihm zu tun haben wollten?"

„Ja, kann man so sehen. Spätestens als er immer wieder unseren Tierarzt Dr. Budde verantwortlich machen wollte. Sie müssen wissen, der Tierarzt ist bei uns allen sehr beliebt. Er ist immer für all unsere Pferde da und hilft, wo er kann. Bei einem Pferd ist es nun mal anders als beispielsweise mit einer Katze oder mit einem Hund. Mit diesen Kleintieren geht jeder Tierhalter zum Tierarzt in seiner Nähe, wenn den Tieren was fehlt. Mit einem Pferd geht das ja nun mal nicht. So sind wir eben dankbar und froh, das Herr Budde, der seine Tierarztpraxis in Hagen hat, ständig auf dem Hof präsent ist."

Krautzucker hatte genug gehört und wollte aufbrechen, da viel ihm die obligatorische Routinefrage ein: „Eine Frage habe ich noch. Reine Routine. Wo waren Sie am Freitagabend zwischen 23 Uhr und Samstag früh um 2 Uhr?"

„Da habe ich im Bett gelegen und geschlafen. Sie wollen doch nicht etwa...?"

„Nur Routine, Frau Weber, nur Routine. Ich muss Sie das fragen", unterbrach sie Krautzucker. „Ich nehme an, Ihr Ehemann kann das bestätigen."

„Leider nicht. Mein Mann war mit seinen Weinfreunden zusammen. Sie tagen Freitags immer sehr lange. Wann er nach Hause gekommen ist, weiß ich nicht. Ich habe schon geschlafen und nicht gehört, wann er nach Hause gekommen ist."

„Dann danke ich Ihnen. Aber halten Sie sich in der näheren

Zeit weiter zu unserer Verfügung. Wenn Ihnen noch was Sachdienliches einfallen sollte, meine Karte habe ich Ihnen ja schon gegeben."

„Ich habe nicht vor, zu verreisen. Auf Wiedersehen, Herr Hauptkommissar."

„Auf Wiedersehen, Frau Weber."

Auf dem Rückweg zum Präsidium fragte sich Krautzucker, ob er der Weber glauben sollte. Hatte sie wirklich nichts mit dem Toten gehabt? Er würde es schon noch herausbekommen.

Kommissar Winkler erwartete seinen Chef schon ganz ungeduldig. Krautzucker bemerkte dies sofort.

„Na Herr Kollege, was haben Sie an Neuigkeiten?"

„Chef, woher wissen Sie, dass es Neuigkeiten gibt?"

„Wie lange kennen wir uns? Wie lange arbeiten wir schon zusammen? Also raus mit der Sprache."

„Ja, es gibt was Neues."

„Und?"

„Erstens hat sich der Kollege Winfried Kellner, der Leiter der Kriminaltechnik, gemeldet. Die KT hat die Reifenspuren vom Ebberg ausgewertet. Die Techniker sind sich ziemlich sicher, dass die Reifenspuren am Fundort von einem Ford Kuga neueren Modells stammen."

„Wieso neueres Modell?"

„Habe ich auch gefragt. Die Antwort: der Kuga der ersten Generation war kürzer und hatte entsprechend auch einen kürzeren Radstand. Und da würden die Radien und auch die Reifen- und Spurbreiten nicht passen."

43

„Okay."

„Und nun Chef, die kleine Überraschung. Wir hatten uns bisher ja noch nicht darum gekümmert, welches Fahrzeug auf den Toten zugelassen war. Überraschung! Es ist ein weißer Ford Kuga, Baujahr 2015, also ein neueres Modell."

„Wenn das mal kein Zufall ist, Winkler."

„Das würde bedeuten, dass der Lenzig mit seinem eigenen Auto zu diesem Kugelfang gebracht worden ist. Nur wo ist das Auto jetzt, Chef?"

„Ja, wenn ich das wüsste. Also, wir sollten der Schutzpolizei, die in dem Bereich des Reiterhofs ihre Streife fahren, bitten, auf dieses Fahrzeug zu achten. Vielleicht finden sie es ja."

„Werde ich veranlassen."

„Und was gibt es noch, Winkler? Das war doch noch nicht alles."

„Nein. Winni Kellner und seine Leute haben versucht, das auf Lenzig angemeldete Handy zu orten."

„Ja und?"

„Die letzte Ortung war am Freitag zirka 23 Uhr im Bereich des Reiterhofs. Seitdem gab es von dem Handy kein Signal mehr. Entweder es wurde ausgeschaltet oder zerstört."

„Und konnten Sie sich schon weiter um diese Akte von dem Tierarzt kümmern?"

„Ja, ein wenig. Offensichtlich hat Lenzig über eventuelle Dopingpraktiken von diesem Tierarzt recherchiert. Sein Pferd scheint an so einem Mittel verendet zu sein."

„Wieso?"

„Ja, er hat sich besonders mit dem Mittel „Ventipulmin" beschäftigt. Sein Hengst litt wohl unter einer Art kleiner Atemnot. Und dieses Ventipulmin stellt die Lungen weit und kann so für eine bessere Atmung sorgen. Aber, Chef, eine über einen längeren Zeitraum zugeführte Verabreichung kann zu Leber- und Nierenschäden führen. Für die Magenschleimhäute ist es auch nicht ungefährlich. Ich habe da in den Unterlagen verschiedene Kommentare gefunden, die Lenzig sich ausgedruckt hatte. Unisono wird vor einer längeren Verabreichung dieses Mittels gewarnt. So schreibt eine Kommentatorin, dass man das Zeug weglassen solle, da man ansonsten sein Pferd bald zum Abdecker bringen könne. Dieser Doktor muss nach den Aufzeichnungen vom Mordopfer aber nicht nur mit diesem Ventipulmin leichtfertig umgegangen sein. Er scheint auch mit weiteren nicht erlaubten Dopingmitteln auf dem Reiterhof gedealt zu haben. In den Aufzeichnungen ist zum Beispiel von Testosteron, Acepromazin, Cortison, Globoli, unerlaubten Salben und auch von Clenbuterol zu lesen."

„Winkler, Sie glauben aber nicht, dass sich das Lenzig nur so ersponnen hat, um einen Schuldigen für den Tod seines Pferdes zu haben?"

„Nein. Die Aufzeichnungen wirken sehr konkret. So hat er auch eine Liste von Vereinsmitgliedern und Pferden vom Hof erstellt. Bei denen hat er wohl direkt mitbekommen, dass der Tierarzt den sportlichen Leistungen unerlaubt nachgeholfen hat."

„Sehr interessant, Winkler. Ich glaube, wir sollten diesem Tierarzt mal einen Besuch abstatten."

In diesem Augenblick klingelte das Telefon. Krautzucker erkannte sofort die Nummer im Display, die Staatsanwältin. Sein Puls ging gleich in die Höhe. Warum eigentlich?

„Frau von Biberg, Sie wollen doch nicht von mir hören, dass wir den Fall Lenzig bereits gelöst haben und Ihnen den Mörder präsentieren können?"

„Lieber Herr Krautzucker, Sie und Ihr Herr Winkler sind zwar sehr schnelle und sehr gute Ermittler, aber so schnell sind auch Sie nicht, oder? Aber im Ernst, die Presse hängt mir im Nacken. Irgendjemand von diesem Reiterhof muss da wohl einen guten Draht zu unserer Lokalpresse und auch zu der Sensationsjournalie mit den 4 großen Buchstaben haben. Und nun wollen die Pressefuzzis etwas zu dem Mord wissen, am besten den Täter auf dem Silbertablett. Können Sie mir mit Ihren bisherigen Ergebnissen weiterhelfen?"

Krautzucker berichtete in kurzen Sätzen über die bisherigen Ermittlungen.

„Ich weiß, viel ist das noch nicht, aber, Frau von Biberg, es tun sich schon einige interessante Denkansätze auf. Sobald wir mehr wissen, melden wir uns."

„Habe ich nicht anders erwartet, trotzdem Danke, Herr Krautzucker."

Und schon hatte sie aufgelegt. Zu gerne hätte er noch ein wenig ihrer angenehmen Stimme zugehört. Welch modische Kleidung sie wohl heute wieder trug? Er riss sich von diesen träumerischen Gedanken los, schaute auf seine Uhr und wandte sich an seinen Assistenten: „Winkler, es ist schon spät, lassen Sie uns morgen weiter machen. Schönen Abend und tschüss."

„Tschüss, Chef."

Veronica Weber bekam an diesem Abend überraschend Besuch von ihrer Tochter.

„Kerstin, schön Dich zu sehen. Gibt es was Besonderes?"
„Nein, nein, Mama. Ich war in der Reichshofstrasse bei einer Studienfreundin. Eigentlich wollten wir zusammen für die Uni lernen. Aber sie hatte mal wieder keine Zeit, musste ihrer Mutter irgend wobei helfen. Also bin ich hier aufgekreuzt. Basti hat Volleyballtraining. So wäre ich alleine gewesen."
„Das freut mich, dass Du Deine alte Mutter besuchst."
„Mama, wieso alt? Ich bitte Dich, Du bist 45 Jahre jung. Sag, ist Papa schon zuhause?"
„Nein, der kann sich wohl wieder nicht von seinen vielen Gutachten trennen. Naja, damit verdient er schließlich auch unser Geld. Warum?"
„Dann kann ich ja ungestört mit Dir über Eure Beziehung, Eure Ehe reden. Seit ich bei Basti wohne, bekomme ich ja nicht mehr so viel mit, was hier bei Euch läuft."
„Kerstin, was soll ich da schon sagen? Dein Vater arbeitet viel, wie schon immer. Ja, freitags hängt er ständig bis mitten in die Nacht mit seinen Weinfreunden zusammen. Und am Wochenendeist er dann froh, wenn er seine Ruhe hat, faulenzt nur rum und schmökert in seinen Fachzeitschriften."
„Ihr beiden scheint es in letzter Zeit nicht leicht zu haben:"
„Wer?"
„Du und Papa."
„Wie kommst Du denn jetzt da drauf?"
„Es geht mich ja nichts an, aber…"
„Ja in der Tat."
„Aber ich bin weder blind noch taub und als Eure Tochter bekomme ich diese Spannungen, die hier in den Räumen hängen, natürlich mit. Wenn ich nur an letzten Samstag denke, als wir

47

zusammen frühstücken wollten. Mama, nach Liebe klingt das nicht."

„Weißt Du, Töchterchen, Ehen ohne Liebe sollen am haltbarsten sein. Vernunft kittet den Bund der Vernünftigen."

„Klingt sehr deprimiert und desillusioniert, Mama."

„Ach Kerstin, passt schon. Außerdem habe ich ja noch Oskar hier Zuhause. Es ist schön, seine Dankbarkeit für die kleinste Zuwendung zu spüren. Hunde sind so ehrlich."

Die beiden tranken noch einen Tee, redeten über dies und das. Dabei vermied Veronica Weber, das Gespräch auf den ermordeten Lenzig zu bringen. Auch Kerstin verspürte offensichtlich keinen Redebedarf hierzu. Kurze Zeit später fuhr sie wieder in ihr neues Zuhause. Bastian müsste jetzt auch vom Training zurück sein.

Dienstag, 28.05.2019

Als Krautzucker am nächsten Morgen das Büro betrat, wartete Kommissar Winkler schon auf ihn.

„Herr Hauptkommissar", er redete seinen Vorgesetzten ganz selten mit dessen Dienstgrad an. Also schien es etwas besonders Wichtiges geben.

„Das Auto von unserem Mordopfer ist gefunden worden. Wanderer haben es auf einem Waldweg in der Nähe der Reitanlage mit offener Fahrertür und auf dem Fahrersitz liegendem Zündschlüssel vorgefunden. Da ihnen das merkwürdig vorkam, haben sie unsere Kollegen über 110 angerufen. Die Beamten haben sofort erkannt, um welches Fahrzeug es sich handelte. Sie haben auf der Stelle die Verbringung des Fahrzeugs in die Kriminaltechnik veranlasst. Außerdem haben sie die Spurensicherung angefordert. Die Spuren rund um den Fundort wurden gesichtet, wir haben aber noch kein Ergebnis. Auch ist noch nicht geklärt, ob Lenzig tatsächlich mit seinem eigenen Fahrzeug zu diesem Kugelfang verbracht worden ist."

„Da bin ich mal gespannt. Aber wirklich weiter bringt uns das erst einmal nicht. Vor allem bleibt die Frage: Warum das Opfer zum Beispiel in der Nähe des Reiterhofs erschossen worden sein könnte und dann in diesem Kugelfang aufgehängt worden ist. Gibt es da vielleicht eine Art Ritual, eine Symbolik? Warum diese Mühe? Oder war es nur eine Inszenierung gewesen, die keinen anderen Zweck gehabt hatte, als von den wahren Hintergründen abzulenken? Noch gibt es für mich keinen Sinn. Und nebenbei, die Gefahr, von irgend jemanden dabei gesehen zu werden, ist doch auch viel größer, als das Opfer einfach dort, wo es erschossen worden ist, liegen zu lassen oder noch besser, dort irgendwo, irgendwie zu verstecken. Alles sehr merkwürdig. " Krautzucker strich sich nachdenklich über seine glatte Kopfhaut.

„Winkler, lassen Sie uns mal zusammenfassen. Wer hatte möglicherweise ein Motiv, den Lenzig aus dem Weg zu schaffen? Dienstlich scheint es keine Motive zu geben. Die Fälle, an denen er arbeitete oder die er bereits abgeschlossen hatte, waren doch von keiner großen Brisans. Da musste sich keiner seiner Beschuldigten vor großer Strafe fürchten, was ein Motiv hätte sein können. Da wird ihm wohl kaum einer nach dem Leben getrachtet haben. Das Motiv müsste sich danach aus seinem privaten Umfeld ergeben. Und weil er offensichtlich nur Umgang mit den Reitersleuten pflegte, könnte eigentlich auch nur hier die Lösung liegen."

„Chef, aber wer vom Hof war so wütend auf Lenzig, dass er zur Waffe griff? Falls es doch zwischen Lenzig und Frau Weber ein Verhältnis gegeben hat, käme ihr Ehemann in Frage. Er hängt doch viel mit diesem Klaas vom Reiterhof zusammen. Vielleicht hat der dem Ehemann was von diesem Verhältnis gesteckt. Eifersucht war schon oft die Triebfeder für eine solche Tat. Und, Chef, falls unser Gerichtsmediziner mit seiner Vermutung Recht hat, dass die Tatwaffe ein Jagdgewehr war. Herr Weber ist im Besitz von zwei Jagdgewehren."

„Ja und was halten Sie von dem Gedanken, dass Frau Weber, obwohl sie es verneint, doch ein Verhältnis zu Lenzig hatte, er mehr von ihr wollte und sie ihn deshalb aus Angst vor Entdeckung zum Schweigen bringen musste? Ein Alibi für die Tat-

50

zeit hat sie jedenfalls nicht. Aber auch hier stellt sich schon wieder die Frage nach dem Kugelfang. Warum den Lenzig abends durch die Gegend fahren und dann mühevoll in diesen Kugelfang hängen? Außerdem hat Frau Weber den Leichenfund gemeldet. Sie als Täterin wäre doch wohl kaum morgens mit ihrem Hund dort Gassi gegangen, wo sie abends vorher die Leiche aufgehängt hatte, und hätte dann noch selbst die Polizei informiert."

„Ja, unwahrscheinlich, Chef. Und was ist mit diesem Tierarzt? Lenzig hatte ja wohl belastende Dopinghinweise gegen den Arzt in Händen. Da ging es nicht mehr nur um den rätselhaften Tod seines Pferdes. Eine Anzeige von ihm hätte den Doktor zumindest unangenehmer Fragen der Ärztekammer und auch der Polizei ausgesetzt. Bei einem Nachweis dieser Dopingpraktiken hätte das nicht nur eine Bestrafung sondern wahrscheinlich auch den Entzug seiner Zulassung bedeutet. Ich finde, der Tierarzt hatte ein starkes Motiv."

„Das ist nicht von der Hand zu weisen, Winkler." Krautzucker machte sich einige Notizen. Als beide überlegten, welche Schritte sie als Nächstes tun sollten, klingelte das Telefon, Kollege Kellner von der Kriminaltechnik. Gespannt hob Krautzucker ab.

„Hallo Winni, ich hoffe, Du hast etwas Brauchbares für uns."

„Wie man es nimmt, Krauti. Aber der Reihe nach."

„Winni, warte bitte. Ich stelle das Telefon auf laut. Dann kann mein Kollege Winkler mithören."

„Okay, also dieses Ford Kuga war mit an Hundert Prozent grenzender Wahrscheinlichkeit an der Fundstelle unserer Leiche, da an diesem Kugelfang. Die Reifenspuren passen mit

51

dem Profil der Reifen überein. Die Spuren rund um den Fundort des Fahrzeugs in der Nähe des Reiterhofs waren allerdings weitestgehend zertrampelt. Wir können nur sagen, dass dort noch ein zweites Fahrzeug bewegt worden ist. Aber da es die letzten Tage sehr trocken war, kann das andere Fahrzeug auch schon ein oder zwei Tage vorher dort bewegt worden sein. Also leider nichts Verwertbares. Dafür war das Innere des Fahrzeugs sehr ergiebig. Der Kofferraum enthält eindeutig Blutspuren vom Mordopfer. Lenzig ist definitiv in seinem eigenen Auto transportiert worden. Aber Überraschung! Im Kofferraum haben wir nicht nur Bluttropfen des Opfers und seine DNA sichern können, nein wir haben noch eine weitere DNA Spur sichergestellt. Der Abgleich mit unserer Datenbank war allerdings leider auch negativ. Wäre auch zu schön gewesen. Und jetzt wird es noch komplizierter. Im Bereich des Fahrersitzes konnten wir neben der DNA des Opfers noch eine dritte DNA Spur sichern. Diese ist identisch mit der Fremd DNA Spur, die Dr. Rundholz an der Leiche gesichert hat. Ein Abgleich mit der Datenbank hatte der Doktor ja schon vorgenommen, auch negativ."

„Komisch, dann haben wir es noch mit einer weiteren unbekannten Person zu tun. Haben gegebenenfalls zwei Personen die Leiche zu diesem Kugelfang transportiert und dort festgebunden? Auf jeden Fall müssen wir zwei Personen finden, zu denen diese DNA Spuren passen."

„Du sagst es, mein Lieber."

„Und war noch etwas im Fahrzeug, was uns weiterhelfen könnte?"

„Ja, im Handschuhfach lagen so olle Reiterhandschuhe. Wahrscheinlich gehörten sie dem Opfer. Ach so ja, wir haben noch ein Handy gefunden, vielleicht vom Opfer. Das war allerdings ziemlich demoliert und unbrauchbar. Sieht so aus, als ob es bewusst zerstört worden wäre. Wir haben das Gerät den Technikern von der IT übergeben. Möglicherweise können die Kollegen noch etwas auslesen. Sie werden sich melden, bitten aber um Geduld."

„Ja, das ist doch was. Gute Arbeit! Vielen Dank! Den schriftlichen Bericht für die Akten schickst Du mir wie immer auf dem Dienstweg."

„Ist schon unterwegs, Krauti."

„Alles mitbekommen, Herr Winkler?"

„Na klar, Chef. Aber verstehen kann ich es nicht, ehrlich gesagt. Hatte Lenzigs Mörder etwa einen Komplizen oder sogar zwei? Einmal die gleiche Fremd DNA am Körper des Opfers und am Fahrersitz und dann noch eine andere im Kofferraum?"

„Die zweite DNA aus dem Kofferraum kann ja von sonst wem stammen, irgendjemand, der irgendwann mal etwas in den Kofferraum gelegt hat zum Beispiel."

Winkler setzte sich an den Computer und tätigte einige Abfragen, deren Sinn sich Krautzucker mal wieder nicht erschloss. Aber er hatte vollstes Vertrauen in die Computerrecherchen seines Mitarbeiters.

„Während Sie auf ihrer Tastatur herum hämmern, fahre ich jetzt zu dem Kfz-Gutachter Weber und fühle ihm mal auf den Zahn."

Krautzucker hatte Glück. Dietmar Weber war in seinem Büro. Spürbar wenig erfreut bat er den Kriminalhauptkommissar in sein Büro.

„Was kann ich für die Kriminalpolizei tun?" fragte er missmutig wie unfreundlich zugleich.

„Die Kriminalpolizei hat ein paar Routinefragen zum Mord an Robert Lenzig."

„Ich wüsste nicht, wie ich Ihnen da helfen kann."

„Um wen es sich bei Herrn Lenzig handelt, wissen Sie aber schon?"

„Ja weiß ich. So ein Typ von der Hoppe-hoppe-Reitertruppe."

„So wie Sie reden, haben Sie wohl nichts mit dem Reitsport am Hut. Sie teilen das Hobby mit Ihrer Ehefrau nicht?"

„Ganz genau. Es ist allein nur ihre exzessive Leidenschaft."

„Herr Klaas, der Betreiber des Reiterhofs, hat mir aber erzählt, dass Sie ihm immer bei der Ausführung diverser Veranstaltungen auf dem Hof helfen. Wie passt das denn dann zusammen?"

„Ganz einfach. Herr Klaas ist ein langjähriger Freund. Wir waren schon in der Schule ganz dicke. Außerdem gehört er seit geraumer Zeit auch zu meinen Weinfreunden. Und so helfe ich ihm gerne. Dass es dabei um Reiterfeste und Turniere geht, ist mir egal. Ich würde ihm auch bei Schachveranstaltungen helfen."

„So, dann wäre das geklärt."

„Sonst noch was? Ich habe gleich noch eine wichtige Unfallbegutachtung."

„Es dauert nicht lange, Herr Weber. Um es kurz zu machen. Sie sind im Besitz von zwei registrierten Jagdgewehren?

„Ja, wenn Sie das wissen, dann müssten Sie auch wissen, dass ich einen Waffenschein, die entsprechenden Waffenbesitzkarten und einen gültigen Jagdschein habe."

„Ist uns bekannt. Das ist auch nicht die Frage."

54

„Sondern?"

„Sagen Sie bitte, wo Sie Freitagabend von 23 Uhr bis Samstag früh 2 Uhr waren."

„Verdächtigen Sie etwa mich des Mordes? Ein Witz!"

„Reine Routine. Also die Antwort."

„Herr Kommissar, wie jeden Freitagabend habe ich mit meinen Weinfreunden in der Gaststätte „Zum goldenen Hahn" in der Reichshofstraße in Westhofen zusammen gesessen. Es wurde wie immer sehr spät. Zufrieden?"

„War Herr Klaas auch dabei?"

„Ja natürlich."

„Okay, danke für Ihre Auskunftsbereitschaft."

Krautzucker sinnierte auf dem Rückweg zum PP darüber, mit was für Ekelpaketen man es doch immer wieder zu tun bekommt. Er staunte über seine an den Tag gelegte Ruhe.

Als Dietmar Weber nach Hause kam, merkte seine Frau sofort, dass er schlechte Laune hatte.

„Didi, was ist passiert? Du machst so einen gereizten Eindruck."

„Ich hatte heute Mittag im Büro einen tollen Besucher."

„Ja, Du bekommst doch oft Besuch. Was hat Dich denn daran so aufgewühlt?"

„Ich hatte Besuch von der Kriminalpolizei. Und denke Dir, da hat mich der Beamte doch tatsächlich gefragt, was ich am Freitagabend gemacht habe. Als ob ich was mit dem Mord an Deinem Reiterspezi zu tun hätte."

„Das hat der Kriminalpolizist mich doch auch gefragt. Das gehört wohl zur Routine ihrer Arbeit. Und Du warst doch bis mitten in der Nacht mit Deinen Weinfreunden zusammen. Also was machst Du Dir einen Kopf?"

„Es stört mich eben. Einen unbescholtenen Bürger zu verdächtigen. Das ist ja wohl das Letzte!"

„Mein lieber Didi, was soll ich da sagen? Ich hatte im Gegensatz zu Dir keinen Zeugen dafür, dass ich am Freitag ab 22 Uhr in meinem Bett lag, alleine."

Wenn Blicke hätten töten können, gäb es jetzt eine Männerleiche mehr.

Der Dienstag war auch schon fast um. Zurück im Büro wollte Krautzucker sich von seinem Assistenten berichten lassen, was dieser bei seinen Recherchen im Internet oder wo auch immer herausbekommen hatte, als das Telefon klingelte. Es war der Polizeirat.

„Herr Becker, was gibt es?"

„Das wollte ich Sie fragen, Krautzucker. Haben Sie schon eine heiße Spur in der Sache Lenzig?"

„Leider nein, Herr Becker. Wir haben ein paar vielversprechende Ansätze. Aber dass wir jemanden als Täter präsentieren könnten, dazu ist es noch zu früh."

Krautzucker gab seinem Chef einen kurzen Abriss über das Ergebnis der bisherigen Ermittlungen.

„Ja, Krautzucker, dann will ich auch nicht länger stören. Ich wünsche Ihnen und Ihrem Kollegen Winkler einen schönen Feierabend."

„Danke, Herr Becker. Ihnen auch." Krautzucker legte auf. Zu seinem Assistenten gewandt: „Herr Winkler, der Chef hat uns einen schönen Feierabend gewünscht. Also Schluss für heute.

Und morgen berichten Sie mir über Ihre Computerermittlungen."

Beide verließen das Gebäude.

Krautzucker hatte es nicht weit nach Hause. Er wohnte zur Miete in einer kleinen schnuckeligen Wohnung im Kreuzviertel. Diese Wohnung lag eigentlich ideal, nur einen Steinwurf weg vom Polizeipräsidium. Seit seiner Scheidung wohnte er hier zu einer Spottmiete. Die Vermieterin Mathilda war vielleicht seine beste Freundin. Sie war schön, sie war klug, sie konnte wunderbar zuhören und sie war nicht seine Geliebte. Das war wichtig. Männer können einfach Freunde sein. Frauen können einfach Freundinnen sein. Aber wenn ein Mann und eine Frau Freunde sind, dann musst man nur ein einziges Mal ganz freundschaftlich miteinander ins Bett gehen, und am nächsten Morgen ist nichts mehr so, wie es vorher war. Das muss nicht so sein, das kann aber so sein. Krautzucker hatte es schon einige Male erlebt. Mathilda war nicht seine Geliebte, Mathilda war jugendliche achtundachtzig Jahre alt.

Mittwoch, 29.05.2019

Krautzucker betrat ziemlich früh- wie er fand - das Büro. Aber Winkler war schon da und hatte Kaffee gekocht. Es roch verführerisch.

„Morgen Winkler, sind Sie aus dem Bett gefallen?"

Er stutzte als er sich Winklers Kopf anschaute. Wie sah der denn aus?

„Haben Sie sich mit dem Hammer gekämmt?"

„Ja, so ähnlich, Chef. Mein blöder Föhn hat seinen Geist aufgegeben. Und dann kommt sowas dabei raus."

„Gibt Schlimmeres. Ich sag immer, lieber Glatze als gar keine Haare mehr."

Krautzucker merkte seinem Assistenten an, dass dieser nicht zum Scherzen aufgelegt war, dafür aber ein großes Mitteilungsbedürfnis hatte.

„Und haben Sie gestern noch was Nützliches am Computer ermitteln können, mein lieber Winkler?"

Winkler strahlte. Endlich konnte er loslegen.

„Ja, gestern und auch heute früh. Zuerst das nicht ganz so Wichtige. Ich habe Lenzigs Dienst-Laptop ausgelesen."

„Wie haben Sie das denn so schnell geschafft? Ohne das Passwort zu kennen."

„Die IT –Stelle des Hauptzollamtes hat mir das Passwort mitgeteilt. Ich wusste, dass bei diesen Stellen alle Passworte der Dienst-Laptops hinterlegt sind."

„Was Sie alles wissen."

„Der Rechner enthielt eigentlich nur belangloses Dienstzeug."

„Und uneigentlich?"

„Der Zöllner hatte einen Ordner angelegt, der nur diverse Informationen über Dr. Budde, den Tierarzt, enthält. Da geht es um verschiedene Medikamente, Tiere, hauptsächlich Pferde, bei denen solche Medikamente verabreicht wurden und deren Besitzer, eine Liste aller Vereinsmitglieder des Reitervereins und so weiter. Weiterhin enthält der Ordner auch Hinweise auf Doping im Pferdesport, ganze Abhandlungen. Und in dem Zusammenhang taucht auch immer wieder der Name des Tierarztes auf. Lenzig muss eine Heidenwut auf Dr. Budde gehabt haben."

„Ist das was für uns? Können wir etwas damit anfangen?"

„Also ich habe selbst noch einmal im Internet recherchiert. Da gibt es im Reitsport ähnlich wie bei den menschlichen Leistungssportlern ganz enge Regeln, was Doping angeht. So ist das Regelwerk der Deutschen Reiterlichen Vereinigung, kurz FN genannt, zum Medikamentenmissbrauch sehr streng. Darüber hinaus verstößt dieses Doping auch gegen das Tierschutzgesetz. In § 3 des Tierschutzgesetzes steht abgekürzt, dass es unter Strafe verboten ist, an einem Tier Dopingmittel anzuwenden. Dabei macht sich nicht nur der Pferdebesitzer strafbar. Auch der behandelnde Arzt ist zur Verantwortung zu ziehen."

„Somit können wir festhalten, dass unser Opfer in der Tat schwerwiegende Vorwürfe gegen den Arzt in Händen hielt."

„Chef, wir hatten den Tierarzt ja eh schon in unseren möglichen Täterkreis aufgenommen. Aber jetzt wird es noch dicker."

„Machen Sie es nicht so spannend, Winkler."

„Ich habe mich heute früh gleich mit diesem Tierarzt beschäftigt. Und, Herr Kriminalhauptkommissar, was soll ich sagen. Auch Budde hat einen Waffenschein, eine Waffenbesitzkarte und einen Jagdschein, auch auf ihn ist ein Jagdgewehr registriert."

„Das ist wirklich interessant. Wissen Sie was, wir werden ihm jetzt sofort einen Besuch abstatten. Auf seine Einlassungen bin ich gespannt. Die Adresse seiner Tierarztpraxis haben Sie doch?"

„Ja klar."

„Dann nichts wie los."

„Ach noch etwas, Chef. Wahrscheinlich völlig unbedeutend. Auf Lenzigs Dienstrechner befand sich ein Bild aus dem Pferdestall. Das gleiche Bild, das ich in seiner Wohnung gesehen habe."

„Wer war da noch einmal abgebildet?"

„Ein Pferd, vermutlich sein Pferd, Frau Weber, wohl ihre Tochter und ein junger sportlicher Mann, wahrscheinlich der Freund der Tochter."

„Naja vielleicht war das zwischen Lenzig und Frau Weber doch mehr. Nun aber zur Tierarztpraxis."

Veronica Weber hatte sich den Mittwoch frei genommen. Der Schornsteinfeger wollte an diesem Tag die turnusmäßigen Messungen an der Heizungsanlage durchführen. Und ihr Gatte war natürlich für so etwas nicht abkömmlich. Also saß sie missmutig in ihrer Küche bei einer Tasse Kaffee und wartete auf den schwarzen Mann. Zu ihren Füßen lag Oskar. Er war offensichtlich zufrieden, sein Frauchen zu Hause zu haben.

60

In ihrer Langeweile nahm Veronica das Telefon zur Hand und wählte die Dienstnummer ihrer Schwester. Diese meldete sich sofort.

„Verena Witzel, was kann ich für Sie tun?"

„Mann Rena, ich bin es, Deine Schwester."

„Ach Entschuldigung, ich habe nicht auf das Display geschaut. Jetzt sehe ich Deine Nummer. Vera, gibt es einen besonderen Grund für Deinen Anruf? Du bist zu Hause. Bist Du etwa krank?"

„Nein, nein, ich habe mir freigenommen, weil der Kaminkehrer kommt. Und einer muss ihn ja ins Haus lassen. Mein Didi hat natürlich für so etwas keine Zeit."

„Dein Mann verdient ja auch viel Geld mit seinem Gutachterbüro."

„Verteidige Du ihn noch. Aber weshalb ich eigentlich anrufe. Rena, früher hast Du mich immer Freitagabends zum Tee oder zum Weinchen besucht und wir haben über den neuesten Tratsch von Westhofen gequatscht. Aber Du warst jetzt schon eine Weile nicht mehr hier. Didi ist mit seinen Weinfreunden bis mitten in der Nacht zusammen. So sitze ich dann immer ganz alleine hier in unserem großen Haus. Unsere Kerstin wohnt ja auch schon eine Weile bei ihrem Sebastian."

Verena Witzel räusperte sich: „Ja, weißt Du Vera, in letzter Zeit habe ich ganz oft am Freitag Spätdienst gehabt. Da ist eine Kollegin, die sonst immer am Freitag Spätdienst hatte, schon länger krank. Und so fiel fast immer die Schicht auf mich. Tut mir leid."

Echt klingt das nicht, dachte Veronica Weber.

61

„Gut, da kann man nichts machen. Aber am letzten Freitag wärst Du mir sehr nützlich gewesen."

„Wieso nützlich?"

„Die Kriminalpolizei hat mich doch tatsächlich gefragt, wo ich zum vermeintlichen Todeszeitpunkt, Du weißt schon, der Mord an Robert Lenzig, gewesen wäre. Ich lag doch schon im Bett, aber habe keinen Zeugen. Wenn Du da gewesen wärst, so wie früher, hätte ich einen Zeugen gehabt."

„Ach so, aber Du wirst doch nicht wirklich verdächtigt?"

„Nein, glaube ich nicht. Aber es ist schon komisch, so etwas gefragt zu werden. Vor allen Dingen, wenn man für sein Alibi keine Zeugen benennen kann."

„Aber sag mal, Vera, ist da eigentlich was dran, was man so erzählt?"

„Was meinst du? Was erzählt man so?"

„Ja das da was zwischen Dir und diesem Mordopfer gelaufen ist."

„Totaler Quatsch! Aber Rena, wer erzählt denn so was?"

„Ach weiß ich auch nicht mehr. Aber noch mal zum Mord. Hast Du schon was Näheres gehört. Wer kann das wohl gewesen sein? Hat man was auf dem Reiterhof erzählt?"

„Nein, keine Ahnung. Ich habe nichts gehört. Didi wurde von der Kripo übrigens auch nach seinem Alibi gefragt. Er war ganz schön ungehalten."

„Wann war denn die genaue Tatzeit?"

„Ich glaube irgendwo zwischen spät abends am Freitag und früh am Samstag."

„Und hat Didi ein Alibi?"

62

„Ja klar. Der sitzt doch zu der Zeit immer mit seinen Weinfreunden zusammen."

„Du, Schwester, entschuldige, ich muss Schluss machen. Ich werde hier gebraucht. Bis dann."

Veronica war ein wenig verdutzt. Warum brach ihre Schwester auf einmal das Telefonat so plötzlich ab? Irgendwie komisch. Wahrscheinlich hatte sie nur sehr viel zu tun. Aber wer den Quatsch mit ihr und Lenzig erzählt hatte, würde sie schon gerne wissen wollen. Ihre Schwester hatte doch so recht keine Verbindung zum Reiterhof. Und woanders konnte dieses Gequatsche doch nicht herkommen. Sie würde bei nächster Gelegenheit bei ihrer Schwester noch einmal nachhaken.

Krautzucker und Winkler hatten Glück. Im Wartezimmer des Tierarztes saß nur eine ältere Dame mit einem vermeintlich genauso alten Dackel. Beide machten den Eindruck, als würden sie vor sich hindämmern. Die Kriminalbeamten stellten sich vor und fragten nach Dr. Budde. Die stylisch super rausgeputzte Dame am Empfang stellte sich als die Ehefrau des Tierarztes vor. Krautzucker legte seinen Dienstausweis auf den Tresen des toll eingerichteten Wartezimmers. Frau Buddes Lächeln wurde unsicher. Ihr Blick ging zu Winkler und wieder zurück zu Krautzucker. Sie zupfte an ihren Haaren. Krautzucker hatte sich schon oft gefragt, weshalb die meisten Leute nervös wurden, wenn die Polizei auftauchte. Lag es an den vielen Krimis im Fernsehen, oder war es tief in den menschlichen Genen verwurzelt, so etwas wie ein angeborenes schlechtes Gewissen?

„Frau Dr. Budde", begann Winkler das Gespräch.

63

„Lassen Sie bitte den Doktor weg. Ich habe diesen Titel nicht. Mein Mann hat den Doktortitel. Was führt die Kriminalpolizei aus Dortmund hier nach Hagen?"

„Das würden wir gerne mit Ihrem Mann persönlich besprechen, Frau Budde." Krautzucker setzte seine dienstliche Miene auf, um der Bitte noch mehr Nachdruck zu verleihen.

„Meine Herren, das tut mir Leid. Mein Mann ist nicht hier. Er ist Freitag früh nach Moskau geflogen. Er hat gute Kontakte zur dortigen Pharmaindustrie und wollte über die Lieferung von günstigen Medikamenten verhandeln, gegebenenfalls auch welche mitbringen. Eigentlich sollte er am Dienstag wieder zurück sein."

„Und warum ist er noch nicht zurück", Krautzucker hakte verwundert nach, während Winkler gleich die Dopingpräparate in den Sinn kamen.

„Ja das weiß ich auch nicht. Er hat sich bis jetzt noch nicht gemeldet. Aber das ist bei ihm nicht ungewöhnlich. Oft hat er dort in Russland kein Netz oder er ist so beschäftigt, dass er ganz vergisst, mir mal Bescheid zu geben."

„Und wer behandelt in seiner Abwesenheit die Tiere?" Winkler bemerkte, dass die ältere Dame noch immer vor sich hin döste.

„Wir beschäftigen noch eine Tierärztin auf Honorarbasis. So kann mein Mann zum Beispiel auch immer zu seinen Lieblingspatienten auf den Reiterhof in Dortmund–Buchholz. Die Ärztin behandelt dann eben alleine hier in der Praxis unsere kleinen Patienten. Sie ist eine Gute, ein echter Glücksfall." Wie auf Kommando kam eine junge blonde Dame im Arztkit-

64

tel aus einem Behandlungsraum und bat die ältere Dame mit ihrem Dackel zu sich herein.

Krautzucker war ein wenig betrübt, dass sie unverrichteter Dinge wieder abziehen mussten.

„Ich lasse Ihnen eine Karte von mir hier. Bitten Sie doch Ihren Mann, sich sofort nach seiner Rückkehr bei uns zu melden."

„Aber können Sie mir denn nicht sagen, worum es geht?"

„Bedaure, das sind laufende Ermittlungen. Auf Wiedersehen, Frau Budde."

Auf dem Rückweg zum PP waren sich beide einig, dass der Tierarzt dann nicht in Frage kommen konnte, wenn Frau Budde die Wahrheit gesagt hatte. Schließlich wäre er während der Tatzeit in Moskau gewesen oder zumindest auf dem Weg dorthin.

Krautzucker hatte noch eine Idee: „Winkler, was ist, wenn er gar nicht am Freitag geflogen ist, sondern erst Samstag früh? Dann käme er doch als Täter in Betracht. Können Sie herausbekommen, wann Dr. Budde tatsächlich geflogen ist?"

„Kein Problem. Werde ich sofort recherchieren, wenn ich wieder an meinem PC sitze."

„Prima. Sie wissen ja, heute ist Mittwoch. Und da besuche ich immer meine Mutter zu einer Tasse Kaffee, ein paar von den vielen Überstunden abfeiern. Ich bin also gleich weg."

„Kein Problem, Chef. Das muss sein. Ihre Mutter freut sich bestimmt über Ihren Besuch."

„Ja bestimmt. Wenn es nur nicht so anstrengend wäre."

„Sie werden es überleben."

„Vermutlich. Dann sage ich mal tschüss. Und für Morgen wünsche ich Ihnen einen ruhigen Feiertag, Ist ja Christi Himmelfahrt.“

Krautzucker ließ Winkler vor dem PP aussteigen und fuhr seinen alten BMW in Richtung der Wohnung seiner Mutter. Wie immer vor so einem Besuch hatte er ein mulmiges Gefühl. Einerseits hatte er keine Lust mit ihr immer wieder über seine leidige Scheidung zu diskutieren. Seine Mutter hatte bis heute nicht verstehen können oder wollen, dass er sich von Trude hatte scheiden lassen. In ihrem Weltbild kam Scheidung nicht vor. Da blieben Eheleute zusammen, egal wie es um ihr Zusammenleben bestellt war. Sein Vater war bis zu seinem nicht überlebten Herzinfarkt auch nicht immer leicht zu nehmen gewesen. Krautzucker hatte oft mitbekommen, wie die Fetzen zwischen seinen Eltern geflogen waren und wie sein Vater mit seiner Mutter umgegangen war. Aber eine Scheidung wäre für seine Mutter nie in Frage gekommen… „Bis das der Tod Euch scheidet“…

Sie machte ihm immer wieder die gleichen Vorhaltungen und er wollte sich aus Rücksicht auf ihr vorgerücktes Alter nicht ständig mit ihr über dieses Thema streiten. Andererseits befiel ihn vor seinen Besuchen immer die Angst und Sorge, wie er seine alte Mutter antreffen würde. Sie war eben schon in einem Alter, in dem man gesundheitlich vor negativen Überraschungen nicht mehr sicher sein konnte.

Im Autoradio war eines seiner Lieblingssongs von Billy Joel zu hören.

66

„Don`t go changing to try and please me
you never let me down before.
Don`t imagine you`re too familiar.
And I don`t see you anymore.
I would not leave you in times of trouble,
we never could have com this far.
I look the good times, I`ll take the bad times.
I`ll take you just the way you are.“

Er wollte gerade die Haustür öffnen, klingeln brauchte er ja nicht. Er hatte schon seit längerer Zeit einen zweiten Satz Schlüssel für Haus- und Wohnungstür. Für alle Fälle. Da schreckte ihn sein Handy aus seinen Gedanken. Es war Winkler. Was wollte der denn noch?

„Chef, sind Sie schon bei Ihrer Mutter? Störe ich?“

„Nein, ich bin gerade vor der Haustür. Aber was gibt es so Wichtiges, dass Sie mich in meiner freien Zeit anrufen? Haben Sie den Täter ermittelt?“

„Sehr lustig, Chef. Nein im Ernst. Ich habe gerade etwas Sonderbares ermittelt. Das muss ich Ihnen unbedingt noch sagen.“

„Und was ist es, dass es nicht bis Freitag warten kann?“

„Der Tierarzt ist gar nicht nach Moskau geflogen. Weder am Freitag, noch am Samstag, überhaupt nicht. Es befindet sich bis heute Mittag kein Dr. Budde aus Hagen auf irgendeiner Passagierliste von Fliegern, die von Deutschland seit Freitag nach Russland geflogen sind. Merkwürdig, oder?“

„Ja wirklich sehr merkwürdig, Winkler. Gute Arbeit!“

„Danke, Chef. Und jetzt störe ich Sie heute bestimmt nicht mehr. Und genießen Sie den freien Tag Morgen. Bis Freitag."

Beim Kaffee sagte seine Mutter, sie müsse über etwas mit ihm reden. Es gäbe so viel Unausgesprochenes zwischen ihnen. Krautzucker entgegnete, er verstünde nicht, was sie damit meinte. Sie wurde traurig und fragte, warum er so kalt zu ihr sei, so lieblos. Er protestierte leicht, aber ohne Überzeugung, nur um keinen Streit aufkommen zu lassen. Die Frau, die neben ihm am Esszimmertisch saß, tat ihm Leid, aber ansonsten konnte er mittlerweile keine weiteren positiven Gefühle mehr für sie aufbringen. Sie hatten sich schon sehr entfremdet. Und dann war es wieder so weit. Er hatte schon förmlich darauf gewartet. Sie erzählte, dass sie ihre Schwiegertochter getroffen habe. Diese Bezeichnung hatte sie auch nach der Scheidung nie abgelegt. Trude sei sehr, sehr nett zu ihr gewesen, sie habe sie in ihrem Auto in die Stadt mitgenommen und sei extra ihretwegen einen großen Umweg gefahren. Sie sei jetzt Rektorin an der Realschule, an der sie schon lange unterrichtete. Verheiratet sei sie aber nicht wieder. Sie habe sich eingehend nach ihm erkundigt und würde ihn wohl gerne einmal wieder treffen. Seine Mutter fragte unvermittelt, ob er sie nicht auch einmal wieder sehen möchte. Krautzucker antwortete seiner Mutter, sie möge keine alten Geschichten aufwühlen, es sei zwecklos.

Nach einer Weile peinlichen Schweigens erzählte die alte Dame dann noch von ihren Nachbarn die ein und andere Geschichte. Als Krautzucker ging, fragte sie ihn noch, ob er es nicht auch fände, dass das Kaffeekränzchen schön gewesen sei, sich mal wieder richtig ausgesprochen zu haben. Er verstand nicht, was sie meinte, sagte aber, er hätte es auch schön gefunden. Draußen auf der Straße musste der sonst so harte Ermittler erst einmal kräftig schlucken. Irgendwie hatte er doch großes Mitleid mit seiner alten einsamen Mutter.

Veronica hatte den Schornsteinfeger schon vor einer Weile hinausbegleitet, als ihr die Idee kam, ihrem Oskar eine Freude zu bereiten und mit ihm eine größere Runde über den Ebberg zu drehen. Ihr tat frische Luft bestimmt auch gut. Allerdings wollte sie auf keinen Fall an dem ominösen Kugelfang vorbei. So wählte sie den Weg durch den ehemaligen Steinbruch, ein zerklüfteter teilweise zugewucherter Pfad. Oskar hatte große Freude, konnte er doch ungestört nach Herzenslust schnüffeln und stöbern. Selten kamen hier Wanderer mit oder ohne Hund lang. Sein Frauchen ließ ihn gewähren und hing ihren Gedanken nach. Sie dachte noch einmal über das Telefonat mit ihrer Schwester nach. Irgendwie machte ihre Schwester in letzter Zeit einen merkwürdigen Eindruck auf sie. Ihr fehlte die alte Vertrautheit. Oder bildete sie sich das nur ein, war sie nur gereizt oder übernervös? Der Job, dann zu Hause, alles lastete auf ihren Schultern, zuletzt noch die Leiche von Robert Lenzig. Wahrscheinlich war das alles zu viel auf einmal. Sie bemühte sich in dieser ruhigen Umgebung zu entspannen, los zu lassen, sich an der Natur zu erfreuen. Sie lauschte in den Urwald hinein.
Der Weg, den sie beschritt, schlängelte sich durch düsteren Wald aus Tannen, Thujen und meterhohen Rhododendronbüschen. Sonne und Regen im Wechsel hatten in den ersten Mai-

wochen die Natur geradezu explodieren lassen. Das Gras wucherte, überall blühten irgendwelche Pflanzen. Sie fand es herrlich, mit all dem Tirilieren von Amseln, Drosseln, Blaumeisen und Rotkehlchen in der Luft unterwegs zu sein. Ein kleiner Rohrsänger räusperte sich, ein Fitis sang verwirrt sein trauriges Lied. Hier und da knackten einige Zweige und Äste im Wind. Im Hintergrund hörte sie vereinzelt Frösche quaken. Die schroffe Bruchkante, die bestimmt über 10 m in die Höhe ragte, ehrfurchtsvoll. Oben hinter der dunklen Bruchkante der Trampelpfad, den sie schon oft auf ihrem Pferd entlang geritten war oder auch mit Oskar gewandert war. Obwohl sie eigentlich schwindelfrei war, hatte sie sich nie an die Kante gewagt und runter geschaut. Dann vor ihr unter der Bruchkante dieser leicht modrige Tümpel. Wie viel Tiere des Waldes hier wohl ihren Lebensraum ziemlich ungestört genießen konnten? Oskar riss sie aus ihren Gedanken und Betrachtungen. Er spielte auf einmal verrückt. War da ein Tier? Hier wimmelte es nur so von Wildkaninchen, Eichhörnchen und auch Rehen. Sie sah aber keines dieser Tiere. Auch war es bis auf das Spektakel, was Oskar veranstaltete, ziemlich still. Sie horchte, nichts. Nur Oskar machte sich weiterhin bemerkbar. Was hatte er bloß? Er sprang ganz aufgeregt am Rande des Tümpels lang. Er wollte ja wohl nicht in das Drecksloch hinein springen? Sie rief ihn zu sich. Aber es blieb bei dem untauglichen Versuch. Und da erblickte sie den Grund für Oskars Erregung. Aus dem brakigen Wasser des Tümpels ragte doch tatsächlich eine menschliche Hand.

Als Krautzucker gerade die Tür von seinem BMW öffnete,

schrillte sein Handy. Es war schon wieder Winkler. „Winkler, Sie wollten mich doch für heute in Ruhe lassen. Was gibt es denn jetzt? Haben Sie doch noch einen Flug gefunden, mit dem dieser Tierarzt nach Moskau geflogen ist? Vielleicht ein Fesselballon?"

„Chef, tut mir Leid. Mit dem freien Tag Morgen wird es wohl nichts."

„Wieso nicht?"

„Wir haben eine neue Leiche. Und wieder auf dem Ebberg."

„Schöne Bescherung! Ich komme sofort."

Er ließ sich von seinem Assistenten den Weg beschreiben. „Chef, das letzte Stück vom Parkplatz oberhalb der A 1 müssen Sie zu Fuß zurücklegen. Zum Fundort führt nur ein schmaler Trampelpfad. Ich schicke Ihnen einen Polizisten zum Parkplatz. Der wird Sie abholen."

„Okay, veranlassen sie schon mal das Übliche. Ich schätze, ich werde so in einer halben Stunde dort sein."

Welch ein Zufall. Krautzucker wurde vom POM Wurzel, den er schon vom Kugelfang, dem Fundort des Robert Lenzig, kannte, zum Ort des Leichenfunds geführt.

„Herr Wurzel, richtig?"

„Richtig, Herr Hauptkommissar."

„Und kennen Sie unsere heutige Leiche auch?"

„Kann ich noch nicht sagen. Ich habe bisher nur eine schmutzige Hand gesehen. Die ragt aus einem modrigen Tümpel."

An diesem Tümpel angekommen, fühlte sich Krautzucker wie in irgendeinen billigen Gruselfilm versetzt. Aber dann sah er, dass die ganze Armada der Kripo Dortmund bereits vor Ort war.

71

Da es sehr düster war, hatten die Techniker einen Generator herbei geschafft, der zwei starke Scheinwerfer mit Strom versorgte. Er brummte ohrenbetäubend laut. Zu Krautzuckers positiver Überraschung entdeckte er seine Staatsanwältin. Selbst in den grünen Gummistiefeln machte sie auf ihn immer noch einen attraktiven Eindruck. Sie hatte eben Klasse.

„Hallo lieber Krautzucker, auch schon da?" flötete sie. Die leichte Ironie überhörte er.

„Schön, Sie zu sehen, Frau von Biberg", begrüßte er sie wahrheitsgemäß. Und zu Winkler, der neben ihr stand, „was haben wir?"

„Männliche Leiche. Sie wurde gerade erst aus dem Morast geborgen. Es dauert hier alles ein wenig länger, weil sämtliches Gerät zu Fuß hierher getragen werden musste. Sie haben es ja selbst erfahren, konnten auch nicht mit dem Auto bis hierher."

„Ja ganz schön enger Trampelpfad. Wer hat die Leiche gefunden?"

„Sie werden es nicht glauben, Chef. Wieder war Frau Weber mit ihrem Hund unterwegs und hat hier diesen grausigen Fund gemacht."

„Wo ist Frau Weber?"

„Sie sitzt da hinten. Unsere Kriminaltechniker haben ihr eine Sitzgelegenheit besorgt. Sie ist total fertig."

„Herr Krautzucker", mischte sich die Staatsanwältin ein, „ich erkundige mich mal bei Dr. Rundholz, ob er schon was zur Todesursache und zum Todeszeitpunkt sagen kann. Herr Winkler kommen Sie mit? Ich glaube, es ist besser, wenn Herr Krautzucker erst einmal alleine mit Frau Weber spricht, oder? "

Krautzucker nickte.

„Ich folge Ihnen, Frau Staatsanwältin", erwiderte Winkler. Dann folgte er ihr zum Fundort.

Frau Weber saß wie ein Häuflein Elend auf einem Klappstuhl der Kriminaltechnik. Krautzucker näherte sich ihr ganz behutsam.

„Hallo Frau Weber, wie geht es Ihnen?"

„Fragen Sie nicht, Herr Hauptkommissar."

„Aber ich muss Ihnen leider einige Fragen stellen. Fühlen Sie sich in der Lage, sie jetzt und hier zu beantworten?"

„Ja wird schon gehen", flüsterte sie mitgenommen.

„Dann erzählen Sie doch bitte, wie Sie ausgerechnet hierher gekommen sind."

„Ich wollte mit dem Hund eine größere Runde über den Ebberg wandern. Frische Luft schnappen, nachdem ich den ganzen Vormittag auf den Schornsteinfeger warten musste. Da wähle ich extra mit meinem Oskar einen anderen Weg, um nicht an diesem Kugelfang, Sie wissen schon, wo Herr Lenzig aufgehängt worden war, vorbei kommen zu müssen, da finden Oskar und ich schon wieder eine Leiche."

„Haben Sie irgendetwas Verdächtiges bemerkt? Ist Ihnen hier in der Nähe jemand begegnet?"

„Nein Herr Hauptkommissar, mein Hund und ich waren hier ganz alleine. Weit und breit niemand anderes außer zwitschernde Vögel. Deshalb gehe ich gerne diesen Weg. Den kennt kaum jemand. Die meisten Wanderer bewegen sich auf den Hauptwegen des Ebbergs. Da oberhalb des Steinbruchs führt ein Weg lang, der auch von Reitern benutzt wird. Ich bin selbst öfters bei meinen Ausritten dort vorbei gekommen. Aber hier unten ist man alleine."

„Und sonst ist Ihnen auch nichts aufgefallen, merkwürdige Geräusche zum Beispiel?"

„Nein nichts dergleichen. Aber, Herr Hauptkommissar, ich kann Ihnen sagen, um wen es sich bei der Leiche handelt."

„Wie bitte? Sie haben doch nur einen Arm und eine Hand sehen können, der Rest des Körpers war doch unter dieser undurchsichtigen Morastschicht."

„Ja, ich mochte auch nicht lange den Arm betrachten. Aber ich hatte ja Zeit, bis die von mir alarmierte Polizei hier eintraf. Da habe ich doch noch einige Male auf den Arm geschaut. Und da ist mir die Uhr aufgefallen."

„Welche Uhr, Frau Weber?"

„Ja, die Uhr, die sich an dem Arm befindet, der da zu sehen war."

„Und?"

„Es ist eine ganz spezielle Breitling. Sie müssen wissen, ich selbst bin ein Breitling Fan und kenne mich ein wenig mit diesem Fabrikat aus. Sehen Sie hier, ich trage eine Breitling, ein Geschenk von meinem Mann zur Geburt unserer Tochter Kerstin. Aber diese ist lange nicht so kostbar, wie die Uhr an dem Leichenarm. Das ist eine Breitling Bentley, ziemlich seltenes Stück. Die kostet mindestens so um die 13.000,-Euro."

„Ja und warum wissen Sie nun, wer der Tote ist?" Krautzucker war ein wenig verwundert und irritiert.

„Unser Tierarzt, Doktor Budde, trägt diese Uhr. Wir beide haben oft über die Breitling Uhren gefachsimpelt. Er war sehr stolz, dieses Stück ergattert zu haben. Also ich bin mir sicher, dass dort unser Doktor liegt. Schrecklich!"

Sie begann zu schluchzen. Krautzucker half ihr hoch.

„Kommen Sie, Frau Weber. Lassen Sie uns ein paar Schritte gehen, weg von diesem unsäglichen Ort und noch ein wenig reden."

„Und was machen wir mit Oskar?"

„Um den kann sich so lange ein Kollege kümmern. Wir holen ihn dann wieder ab."

„Okay, aber was wollen Sie denn noch mit mir bereden? Ich habe Ihnen doch schon alles gesagt."

„Ich möchte gerne mit Ihnen noch einmal über Herrn Lenzig reden. Wenn Sie mir jetzt meine Fragen beantworten können, kann ich Ihnen ersparen, auf das Präsidium kommen zu müssen."

„Aber über Robert habe ich Ihnen doch schon alles erzählt. Was gibt es denn da noch?"

„Frau Weber, ich muss Sie nochmals auf Ihr persönliches Verhältnis zu Herrn Lenzig ansprechen."

„Ich habe Ihnen doch alles erzählt, Herr Hauptkommissar."

„Vielleicht doch nicht, Frau Weber. Es gibt da tatsächlich Stimmen, die Ihnen und Lenzig ein Verhältnis nachsagen. Und dann haben wir in seiner Wohnung und auch auf seinem Dienstrechner jeweils das gleiche Foto gefunden. Und darauf sind Sie abgebildet."

„Ach dieses Foto. Aber da bin ich doch nicht alleine drauf. Ich kann mich erinnern. Das Foto hat Robert vor seiner Pferdebox aufgenommen. Er wollte unbedingt von uns, also von seinem Hengst, meiner Tochter Kerstin, ihrem Freund Sebastian und mir dieses Foto machen. Das hat doch nichts zu sagen. Aber Sie reden von Stimmen, die uns dieses Verhältnis andichten. Zu wem gehört denn eine solche Stimme?"

75

„Eigentlich darf ich Ihnen das nicht offenbaren. Aber ich will nicht mit verdeckten Karten spielen. Also an erster Stelle ist da Herr Klaas, der Hofbetreiber, der mir ziemlich deutlich von Ihrem Verhältnis erzählt hat."

Frau Weber erwachte aus ihrer Lethargie. Ihre Gesichtsmuskulatur geriet in Bewegung.

„Ja, das ist doch klar. Das sagt der Richtige. Toller Freund meines Mannes! Hören Sie, dieser Klaas hat versucht, mich auf einem Reiterfest beim Tanzen anzubaggern, obwohl er ein enger Freund meines Mannes ist. Ich habe ihm natürlich einen Korb gegeben. Seit dem spricht er kaum noch mit mir. Das ist ja wirklich das Letzte!"

„Aber die Art und Weise ihres Umgangs mit Lenzig war doch so nicht nur eine sportliche Kameradschaft, oder?"

Frau Weber überlegte einen Augenblick.

„Damit Sie endlich Ruhe geben, erzähle ich Ihnen, was hier wirklich gelaufen ist. Es ist ja jetzt eh egal."

„Ich verstehe nicht."

„Herr Hauptkommissar, es begann damit, dass auf einer unserer vielen Feiern auf dem Hof unter Alkoholeinfluss bei Robert der Eindruck entstand, dass ich mich an ihn ran machen wollte. Aber das war ganz und gar nicht der Fall war. Und weil er mich nicht verletzen wollte, hat er mir im Vertrauen gestanden, dass er homosexuell ist. Er hat mich inständig gebeten, ihn auf dem Hof nicht zu outen. Es gibt ja nach wie vor leider zu viele Vorurteile gegen Menschen mit dieser Neigung. Und da hatte ich die Idee, dass wir beide ein wenig – nicht übertrieben – ein Pärchen spielen könnten. Robert gefiel die Idee."

„Dann sind Sie so etwas wie eine Sandgräfin gewesen."

76

„Eine was, Herr Hauptkommissar?"

„Eine Sandgräfin. Eine Sandgräfin ist eine Frau, die für das Umfeld des Homosexuellen die Freundin spielt, also anderen Sand in die Augen streut. Ein alter Roman, kennen nicht viele."

„Ja so etwas war ich für Robert. Sandgräfin, sehr interessant."

„Was meinen Sie, wie viele Frauen so eine Rolle spielen? So ist zum Beispiel im Profifußball bei den Männern schwul sein ein no go. Es wird in Insiderkreisen immer wieder gemunkelt, dass sich einige Profis dieser Verschleierung ihrer wahren Neigung bedienen und sogar Ehen auf dieser Basis existieren. Aber ich schweife ab. Diese Tatsache wirft ein völlig neues Licht auf den Mordfall Lenzig. Dann habe ich doch noch eine Frage. Wissen Sie bei Ihrem engen Kontakt zu ihm, ob es da einen Mann, einen Liebespartner in seinem Leben gab?"

„So viel wie ich weiß, war er solo. Da gab es keinen festen Partner. Das hätte er mir bestimmt erzählt."

„Dann danke ich Ihnen. Wenn Sie nichts dagegen haben, lasse ich Sie jetzt nach Hause bringen."

„Nicht nötig, ich schnappe mir Oskar und wir wandern zurück. Das erste Stück müssen wir doch eh zu Fuß zurücklegen. Und den Rest schaffe ich schon."

„Okay, da haben sie auch wieder Recht. Dann auf Wiedersehen, Frau Weber."

Krautzucker schaute ihr hinterher und dachte, dass sie nicht nur sehr attraktiv aussah, eigentlich auch eine sehr taffe Frau sei.

Die Leiche war mittlerweile aus dem Tümpel geborgen worden.

77

„Chef, Sie glauben nicht, um wen es sich bei der Leiche handelt", empfing ihn sein Assistent.

Winkler, ich weiß es. Es handelt sich bei der Leiche um den Tierarzt Dr. Budde."

Winkler war verblüfft.

„Mein lieber Krautzucker, können sie etwa hell sehen? Ja, es ist tatsächlich dieser Doktor", gab die Staatsanwältin ihrer Verblüffung Ausdruck.

„Nein, ich kann ganz bestimmt nicht hell sehen."

„Und wie können Sie dann wissen, dass es sich um Dr. Budde handelt?" Die Staatsanwältin war immer noch irritiert.

„ Frau Weber hat mir den Tipp gegeben." Er berichtete von der Uhr, die die Leiche trug.

„Und, Frau Staatsanwältin, hat unser Doc schon Erkenntnisse zur Todesursache und zur Todeszeit?"

„Ich habe keine Ahnung. Fragen Sie ihn bitte selbst. Da vorne steht er."

Der Pathologe gab den Jungs, die für den Abtransport der Leiche verantwortlich waren, letzte Anweisungen. Dabei sah er, wie ein Techniker in dem Morast am Rande des Tümpels ins Rutschen kam und fast in den Tümpel gefallen wäre. Der Doktor rief ihm belustigt zu: „Eh Kollege, nicht auf die Leiche fallen!"

Wenn die Blicke des Technikers hätten töten können...

Als der Pathologe Krautzucker kommen sah, ließ er ihn gar nicht erst zu Wort kommen.

„Sag nichts, Krauti. Ich kann Dir auf Deine üblichen Fragen keine Antworten geben. Der Leichnam ist zu verdreckt. Du siehst ja selbst. Den muss ich in der Gerichtsmedizin erst einmal in die Badewanne stecken. Nur soviel weiß ich, der lag schon länger hier. Bei dem Zustand kann ich nicht einmal sagen, ob er ermordet worden ist oder ob er einfach von dort oben runtergefallen ist. Suizid oder betrunken, also keine Ahnung."

„Na gut , Doc. Aber da wäre es bestimmt nicht unklug, von unseren Spurenschnüfflern die Gegend da oben nach noch vielleicht vorhandenen Spuren absuchen zu lassen, oder?"

„Was Du nicht sagst. Ich habe bereits Winni Kellner gebeten, seine KT - Truppe ausschwärmen zu lassen. Sie sind bereits unterwegs. Da es hier ein wenig unwegsam ist, wie Du bei Deinem Kommen selbst erfahren konntest, müssen die erst den Weg nach da oben finden. Deine Frau Weber war so nett und hat den Kollegen den Weg beschrieben, der da oben rauf führt. Sie scheint sich hier ganz gut auszukennen."

Zur Staatsanwältin und zu Winkler gerichtet schlug der Kriminalhauptkommissar vor, „hier können wir wohl nichts mehr ausrichten. Überlassen wir der Kriminaltechnik das Feld, oder besser den Tümpel und seine Umgebung. Winkler, wir beide haben noch die unliebsame Aufgabe. Wir müssen Frau Budde die Todesnachricht zu überbringen. Gott, wie ich das liebe! Frau von Biberg, kommen Sie Morgen trotz Feiertag zur Leichenschau in der Pathologie?"

„Aber natürlich, Herr Krautzucker. Im Übrigen habe ich auch Morgen Bereitschaft."

„Okay, da wird uns der Doc hoffentlich alles über den heutigen Leichenfund sagen können."

„Krauti, das habe ich gehört. Aber für Euch werde ich die Nacht zum Tage machen und auch den Feiertag ignorieren.

79

Tschüss."

Im Gehen fiel Krautzucker noch etwas ein.

„Doc, noch eine Bitte. Untersuche die Leiche doch auch nach Schmauchspuren."

„Warum?"

„Erzähle ich Dir Morgen früh."

Auf dem Weg zu Frau Budde informierte Krautzucker noch seinen Assistenten über das Gespräch mit Frau Weber, vor allem über die Tatsache, dass Robert Lenzig homosexuell war. Auf der Fahrt nach Hagen gingen die Vororte in grüne Felder über. Weizenfelder mit halbhohen Halmen zogen vorüber, bis zur Ernte dauerte es noch. Der Himmel war nicht mehr von dem wohlwollenden Blau wie noch am Vormittag. Schwere Wolken hatten sich zusammengeballt und plötzlich wandelte sich alles, was draußen vorbeizog, ins Stürmische und Dramatische. Regen schlug schräg gegen die Autoscheiben, Wiesen verschwommen zu einem undeutlichen Grün. Krautzucker dachte nur: so ist das Wetter im Pott. In einem Moment Ausgelassenheit und Heiterkeit, im nächsten triefende Trostlosigkeit. Winkler meinte, dass dieses miese Wetter irgendwie zum Anlass ihrer Fahrt passte.

Die beiden fanden Frau Budde in den Praxisräumen, die direkt neben dem Wohnhaus der Buddes liegen. Sie sortierte irgendwelche Papiere.

„Was macht die Polizei schon wieder hier? Sie kommen leider wieder vergebens. Mein Mann ist noch immer nicht aus Russland zurück."

„Frau Budde, wir haben Ihnen eine sehr unangenehme Mitteilung zu machen. Ihr Mann wird nicht mehr zurückkommen. Er wurde heute Nachmittag tot in einem Tümpel liegend gefunden. Das heißt, wir haben eine Leiche mit den Ausweispapieren Ihres Mannes gefunden. Die Leiche war durch das Moderwasser so verdreckt, dass wir ihn nicht hundertprozentig identifizieren konnten. Aber eine Zeugin, die ihren Mann vom Reiterhof her gut kennt, hat die Armbanduhr wieder erkannt, eine Breitling."

„Ich verstehe nicht. Okay, mein Mann trug immer voller Stolz seine sau teure Breitling. Aber andere Männer tragen auch solche Uhren. Wie können Sie sicher sein, dass es mein Mann ist? Er ist doch in Moskau."

Winkler mischte sich ein.

„Frau Budde, bei dem Toten haben wir die Ausweispapiere Ihres Mannes gefunden. Und Ihr Mann ist nicht nach Moskau geflogen. Ich habe sämtliche Passagierlisten ab Freitag früh gecheckt. Ihr Mann tauchte auf keiner dieser Listen auf."

„Ich verstehe das nicht. Was sagen Sie, wo wurde er gefunden?"

„In einem Tümpel auf dem Ebberg in der Nähe des Reiterhofs, wo er sich immer um die Pferde kümmerte."

„Was ist denn eigentlich passiert?"

„Das können wir noch nicht genau sagen. Wir wissen nicht, ob er sich absichtlich von dem Felsen gestürzt hat, vielleicht nur abgestürzt ist oder ob er Opfer eines Gewaltverbrechens geworden ist. Der Gerichtsmediziner muss den Leichnam noch genau untersuchen. Sagen Sie bitte, Frau Budde, Sie haben keinen Abschiedsbrief von ihrem Mann gefunden?"

„Meine Herren, meinen Sie, mein Mann hat Selbstmord begangen? Warum sollte er das getan haben? Er war kerngesund. Ihm fehlte nichts. Und was ich so gehört habe, war er im Reiterverein durchaus beliebt. Naja und mit mir hatte er auch keinen Stress. Uns ging es privat wie auch finanziell gut. Also, warum sollte er das getan haben?"

„Entschuldigen Sie, Frau Budde, es war nur so ein Gedanke. Wir müssen schließlich in alle Richtungen ermitteln", Krautzucker ärgerte sich, das so plump angesprochen zu haben. Wenn es wirklich Suizid war, wird es Dr. Rundhals spätestens Morgen wissen.

„Unser aufrichtiges Beileid, Frau Budde", beteiligte sich Winkler nochmals am Gespräch.

„Kommen Sie bitte Morgen früh noch zur Gerichtsmedizin nach Dortmund. Sie müssten den Leichnam Ihres Mannes offiziell identifizieren."

„Muss das sein?"

„Ja das muss leider sein. So sind die Vorschriften." Winkler schrieb ihr auf einen Zettel die genaue Anschrift des gerichtsmedizinischen Instituts.

Die Kriminalbeamten verabschiedeten sich.

Auf dem Weg zu Krautzuckers Auto meinte Winkler noch: „die Ehefrau schien ja nicht besonders mitgenommen vom Tod ihres Mannes zu sein."

„Ja das kommt vor", erwiderte Krautzucker, der mal wieder einen Klos im Hals hatte. Er hasste solche Besuche. Im Auto kam ihm noch eine Idee.

„Winkler, haben Sie es eilig nach Hause zu kommen? Haben Sie noch was vor?"

„Nein, warum?"

„Dann könnten wir noch eben nach Westhofen zu der Gaststätte fahren, wo diese Weinfreunde Freitagabends immer tagen und Herrn Webers Alibi überprüfen. Wir müssen ja nicht alles ungeprüft glauben."

„Ja dann zur Gaststätte", Winkler lümmelte sich in den Beifahrersitz des BMW. Krautzucker dachte nur, wie angenehm die Zusammenarbeit mit seinem Assistenten sei.

Sie fanden die Gaststätte „Zum goldenen Hahn" auf Anhieb. Die beiden betraten den holzgetäfelten Gastraum. Viel Betrieb war nicht. Am Tresen knobelten vier ältere Herren. An einem Tisch saß ein Pärchen, welches sich über einige Bockwürstchen mit Kartoffelsalat hermachte. Hinter dem Tresen zapfte ein Herr mittleren Alters gerade einige Biere. Es stand ihm das Wort „Wirt" förmlich auf der Stirn geschrieben. Dennoch fragte Krautzucker seinen Dienstausweis vorzeigend, ob er der Wirt sei. Dieser bejahte die Frage, um gleich nachzufragen, welchen Grund ihr Besuch hätte.

Krautzucker begann: „Herr Wirt, Freitags haben Sie immer Gäste, die sich Weinfreunde nennen. Sie sollen bei Ihnen stets lange zusammen sitzen und über Wein, Winzer und alles, was damit zusammenhängt, diskutieren. Ist das so?"

„Ja das stimmt. Sie sitzen immer da hinten an dem runden Stammtisch. Stimmt da etwas nicht?"

„Nein, nein, ist alles in Ordnung. Kennen sie diese Herren auch mit Namen?"

„Natürlich, sind doch alles alte Stammgäste."

„Gehören auch Herr Weber und Herr Klaas dazu?"

„Klar, die beiden alten Freunde haben eigentlich noch keinen Stammtisch ausgelassen. Warum?"

„Waren die beiden auch am letzten Freitag hier?"

„Ja waren sie."

„Und wie lange haben sie getagt?"

„Lassen Sie mich überlegen. Gegen 10 Uhr, also 22 Uhr, lösen sie in letzter Zeit immer den Stammtisch auf. Früher sind sie oft bis nach Mitternacht geblieben. Da hatte ich noch die Kegelbahn bis 11 Uhr besetzt. Die Kegler haben nach dem Kegeln am Tresen noch weiter gefeiert. Da hat es sich gelohnt, die Gaststätte noch offen zu halten. Aber nachdem der Kegelklub sich aufgelöst hat, ist hier ab 10 Uhr tote Hose. Und da hab ich die vier Weinfreunde gefragt, ob sie nicht um diese Zeit ihren Stammtisch auflösen, beenden könnten. Es war für sie kein Problem. Das ist seit gut zwei Monaten so."

„Auch am letzten Freitag?"

„Auch am letzten Freitag."

„Also, wenn ich Sie richtig verstanden habe, dann sind die Herren am letzten Freitag gegen 22 Uhr gegangen?"

„Ja, haben Sie richtig verstanden."

„Dann danke ich Ihnen."

„Das war es schon?"

„Das war es schon."

„Darf ich erfahren, warum Sie das wissen wollen?"

„Nein dürfen sie nicht, laufende Ermittlungen."

Winkler bemerkte auf dem Weg zum Auto: „tolles Alibi, Herr Weber!"

„Schließen Sie noch keine voreiligen Schlüsse. Vielleicht waren die Freunde Klaas und Weber noch woanders unterwegs und Herr Weber hatte Gründe, mir das nicht auf die Nase zu binden."

„Glaube ich nicht, Chef. Aber wir können den Klaas ja morgen dazu befragen. Auf dem Reiterhof läuft bestimmt der Betrieb trotz Feiertag"

„Werden wir, Winkler. Das werden wir."

Himmelfahrtstag, 30.05.2019

Am Feiertag herrschte unangenehmes Wetter. Nieselregen und Wind. Zum Leidwesen Krautzuckers gab es keinen freien Parkplatz in der Nähe der Gerichtsmedizin. So kam er vom Regen ziemlich durchgeweicht in den Pathologiekeller. Dr. Rundholz wartete schon ungeduldig.

„Krauti, da bist Du ja endlich! Nur gut, dass unsere Kundschaft nicht mehr weglaufen kann."

„Doc, reg Dich nicht auf. Mit den Parkplätzen hier ist es eine Katastrophe. Und unsere Staatsanwältin ist ja auch noch nicht da."

„Von wegen, Herr Krautzucker", kam es um die Ecke. Frau von Biberg schwebte in den Obduktionsraum.

„Ich habe mich auf der Toilette nur ein wenig zurecht gemacht nach diesem Schnürsenkelregen."

„Das ist Ihnen gelungen", entfuhr es Krautzucker. „Der Regen konnte Ihrem bemerkenswerten Aussehen nichts anhaben." Er war über sich selbst erstaunt, dass ihm ein solch prächtiges Kompliment nicht nur zur Verfügung stand, sondern dass er sich auch getraut hatte, es auszusprechen.

„Wie meinen?" die Staatsanwältin stutzte.

„So wie ich es gesagt habe."

„Oh, danke Herr Krautzucker. Schon am frühen Morgen ein Charmeur? Oder handelt es sich nur um einen gewieften, speziellen Anmachtrick?" "

„Nö, bestimmt nicht. Ich habe doch nur die Wahrheit gesagt." Krautzucker wurde es ein wenig mulmig.

86

Zum Glück rettete ihn der Doktor, der langsam ungeduldig wurde.

„Wenn Sie ihre Nettigkeiten später weiter austauschen könnten, dann würde ich jetzt gerne anfangen."

„Ja natürlich, Herr Rundholz", erwiderte Frau von Biberg mit einem um Entschuldigung bittenden Augenaufschlag. Dann drehte sie sich zu Krautzucker um und kniff ihm ein Auge zu. Krautzucker, ein wenig irritiert, forderte den Pathologen auf, anzufangen.

„Zunächst das Wichtigste. Dr. Budde ist ermordet worden. Kein Suizid, kein Unfall. Er ist gestorben durch Erwürgen. Erst danach, also postmortem, ist er in den Tümpel gestürzt worden."

„Und wie konnten Sie das so genau feststellen", fragte Frau von Biberg.

„Nun zunächst habe ich Reste einer Beule auf der Schädeldecke entdeckt. Sehen Sie, hier", der Arzt hob das Leichentuch an und zeigte auf einen Bereich des Schädelknochens. Wie fast immer konnte Krautzucker nichts erkennen. Aber wozu auch? Dafür hatte er ja seinen Gerichtsmediziner.

„Das Opfer muss einen Schlag mit einem stumpfen Gegenstand auf den Schädel bekommen haben. Durch ein CT, also eine Computertomografie, konnte ich ausschließen, dass dieser Schlag bereits zum Tode geführt hatte. Der Schlag hat maximal den Toten bewusstlos werden lassen. Das Opfer war dadurch quasi wehrlos. Man spricht dabei von einem Schädel-Hirn-Trauma 1. Grades."

„Okay, Doc. Bitte nicht zu viel Fachchinesisch", unterbrach ihn Krautzucker.

87

„Entschuldigung, ja wie schon gesagt, gestorben ist er letztendlich durch Erwürgen. Der Täter wusste, was er tat. Durch den Schlag auf den Kopf hat er sein Opfer bewusstlos gemacht und dadurch erreicht, dass sich das Opfer nicht mehr wehren konnte. Denn um jemanden zu erwürgen, bedarf es einiger Kraft und vor allem Ausdauer. Mit bloßen Händen muss man die Stimmritze seines Opfers zudrücken. Etwa hier", der Doktor zeigte auf seinen eigenen Hals.

„Bis der Erstickungstod eintritt, kann es bis zu zehn Minuten dauern. Bei Bewusstsein hätte sich das Opfer gewiss heftig gewehrt. Und Dr. Budde war ja auch nicht gerade zierlich gebaut.

Der Kampf bei Bewusstsein des Opfers wäre sicherlich heftig gewesen. Und trotz der Wasserlagerung in dem Tümpel über einen längeren Zeitraum konnte ich noch zahllose kleine Blutungen im Gesicht an den Wangen, den Augenlidern, an der Stirn und in den Augen feststellen. Man nennt diese Blutungen auch Tardier`sche Flecken oder Peterchien. Diese Blutungen sind ein untrügliches Zeichen für ein Erwürgen oder Erdrosseln. Für ein Erdrosseln fehlen am Hals allerdings die heftigen Spuren zum Beispiel von einem Seil, einer Drahtschlinge oder so etwas. Es sieht ganz so aus, dass der Täter das Opfer zunächst niedergeschlagen und anschließend erwürgt hat."

„Hört sich logisch an, Herr Rundholz", fasste die Staatsanwältin zusammen.

„Zusätzlich noch Folgendes", Dr. Rundholz war nun in seinem Element und ließ sich nicht mehr bremsen. "Ich habe mir die Atemwege des Opfers angeschaut. Es war weder Blut in den Lungen noch Kieselalgen im Blut, ein untrügliches Zeichen,

dass das Opfer schon tot war, bevor es ins Wasser fiel."
„Also sollte der Tierarzt im Tümpel versenkt werden, damit ihn
niemand mehr findet." Die Staatsanwältin war nun auch ganz
bei der Sache.

„Das wäre dem Täter ja auch fast geglückt. Pech für ihn , dass
das Opfer so unglücklich gefallen ist, dass dieser eine Arm aus
dem Moderwasser herausragte."

„Der Tümpel hatte einfach zu wenig Wasser", ergänzte Krautzucker.

Die Staatsanwältin hatte noch eine Frage.

„Doktor, Sie sprechen immer von dem Täter. Es könnte aber
doch auch eine Frau gewesen sein, oder?"

„Sicherlich, Frau von Biberg. Nur diese Frau müsste schon
sehr kräftig sein. Schlag auf den Kopf und erwürgen kann man
auch mit wenig Physis. Aber bedenken Sie, irgendwie muss
das Opfer ja an den Rand der Steinbruchklippen gewuchtet
worden sein, um es dann herabstoßen zu können. Ich glaube
übrigens nicht, dass Schlag und würgen oberhalb vom Tümpel
durchgeführt worden sind. Dazu gibt es dort laut Kriminaltechnik keinerlei darauf hindeutende Spuren. Allerdings haben die
Techniker dort Fahrzeugspuren gesichert. Ich gehe davon aus,
dass das Opfer dorthin verbracht worden ist, um es dann wie
gesagt in diesem Tümpel verschwinden zu lassen."

„Doc, Du machst schon wieder meinen Job", mischte sich
Krautzucker ein.

„Das wäre dann ähnlich wie bei Lenzig. Der ist ja auch nicht
an diesem Kugelfang getötet worden, sondern nur dorthin verbracht worden. Der kleine Unterschied ist allerdings, dass Len-

89

zig quasi zur Schau gestellt wurde und Dr. Budde sozusagen unsichtbar gemacht werden sollte."

„Aber Doc, das sind noch alles Spekulationen. Viel wichtiger ist jetzt die Frage nach dem Todeszeitpunkt. Wie lange lag er in dem Tümpel?"

„Ja, Krauti, das ist nicht so einfach festzustellen. Durch die Wasserlage ist der Zeitpunkt etwas schwerer zu bestimmen, als wenn der Leichnam in einem wohltemperierten geschlossenen Raum gelegen hätte. Objektiv kann ich feststellen, dass die Rigor mortis..."

„Doc, bitte", unterbrach ihn Krautzucker „mein großes Latinum ist lange her."

„Meins auch", pflichtete die Staatsanwältin ihm bei.

„Oh, sorry, also die Leichenstarre hatte sich bereits gelöst. Das ist frühestens nach 24 Stunden, spätestens nach 48 Stunden der Fall."

„Du meinst der Arzt ist gestern, als er gefunden wurde, vielleicht schon ungefähr vier Tage tot gewesen?" rechnete Krautzucker.

„Mindestens, Krauti. Haut, Fingernägel und Haare hatten sich noch nicht gelöst. Das passiert in der Regel nach zwei bis drei Wochen nach dem Tod. Durch die Wasserlage konnten die Insekten nicht ihren Job machen. Lediglich der Arm, der aus dem Wasser ragte, war ein Ziel der Insekten. Die forensische Entomologie ist hier in der Lage, einen ziemlich genauen Todeszeitpunkt zu ermitteln. Ich habe noch gestern Abend einen Fachmann auf dem Gebiet hinzugezogen. Anhand des Zustandes des Arms ist er sich ziemlich sicher, dass der Tod am letzten Freitag, spätestens am Samstag, eingetreten sein muss."

„Ja das ist doch was. Damit kommen wir sicher weiter, oder Herr Krautzucker?" fragte Frau von Biberg.

„Natürlich. Gute Arbeit in der Kürze der Zeit, Doc! Respekt", strahlte Krautzucker. „Ach, Doc, was ist mit Schmauchspuren? Hast Du das in der Kürze der Zeit schon überprüfen können?"

„Keine Schmauchspuren, Krauti. Aber jetzt sage endlich, warum Du das wissen willst."

„Auf den Tierarzt ist ein Jagdgewehr registriert. Und nach Deinen Feststellungen ist Lenzig vermutlich mit einem Jagdgewehr erschossen worden. Dr. Budde gehörte für uns bei Lenzig mit zum potentiellen Täterkreis. Er hatte einiges Material über Doping in Händen, was den Tierarzt ziemlich in Bedrängnis, einschließlich Verlust seiner Zulassung, hätte bringen können. Ein triftiges Motiv, wie ich finde."

„Ja, aber Herr Krautzucker, ohne diese Schmauchspuren kommt Dr. Budde doch nicht mehr für die Tat an Lenzig infrage, nicht wahr", kombinierte Frau von Biberg.

„So wird es wohl sein", bestätigte der Kriminalhauptkommissar.

„Ich fasse zusammen", überlegte die Staatsanwältin, „wir haben zwei Mordopfer, noch keinen Täter, auch noch kein Motiv für beide Taten. Der einzige gemeinsame Nenner ist bis jetzt der Reiterhof."

„Sag, Doc, bevor Frau Budde zur offiziellen Identifizierung kommt, hast Du den Leichnam von Dr. Budde schon komplett durch, also alle erdenklichen Spuren erfasst?" wollte Krautzucker noch wissen.

„Nein Krauti, ich muss den Leichnam noch ein wenig beschauen. Wollte für Euch und auch für Frau Budde vorrangig die

91

Todesursache ermitteln. Für Frau Budde ist es bestimmt von Bedeutung, dass es sich auf keinen Fall um Selbstmord, sondern um Mord handelt."

„Ja, Du hast Recht."

„Meine Herren, ist es unbedingt nötig, dass ich dabei bin, wenn Frau Budde ihren Ehemann identifiziert? Ich habe gleich trotz Feiertag noch einen delikaten Haftprüfungstermin. Ich muss mich noch ein wenig vorbereiten", die Staatsanwältin schaute fragend in die Runde.

„Wir bekommen das auch ohne Sie hin, Frau von Biberg. Gehen Sie ruhig. Ich schicke Ihnen dann das Protokoll", Krautzucker strahlte sie an.

„Danke, dann verabschiede ich mich, meine Herren."

Krautzucker schaute ihr hinterher. Sie sah - wie er es ihr ja schon gesagt hatte - umwerfend aus.

„Hey Krauti, erkenne ich da was in Deinem Blick?" grinste der Pathologe.

„Ach was Doc, rein platonisch. Ich bewundere sie einfach. Außerdem ist sie eine sehr umgängliche Herrin des Verfahrens. Wenn ich da an manch andere Pappnase von Staatsanwalt denke."

„Wieso Herrin des Verfahrens?" Rundholz verstand nicht.

„Ja, nach der Strafprozessordnung ist die Staatsanwaltschaft uns Polizisten weisungsbefugt. Die von Biberg ist in diesem Verfahren meine Chefin."

„Und der Polizeirat Becker?" Rundholz war immer noch irritiert.

„Herr Becker ist mein Disziplinar- und Dienststellenvorgesetzter. Aber wie gesagt Verfahrensführer ist die Staatsanwalt-

92

schaft. Auf meiner früheren Hundemarke, also der Dienstmarke, bevor Du wieder fragst, stand auf einer Seite Kriminalpolizei Dortmund und auf der anderen Seite Hilfsbeamter der Staatsanwaltschaft."

„Gut, dass ich das jetzt auch weiß. Hast Du mir bisher nie erzählt."

„Doc, hast Du mich jemals danach gefragt? Ist das wichtig für Dich?"

„Nein, reines Interesse."

Die beiden hätten noch lange so fortfahren können, aber ein Gerichtsdiener kam mit Frau Budde im Schlepptau zur Tür herein.

„Guten Morgen, hier ist Frau Budde. Sie sagt, hierher bestellt worden zu sein, um den Leichnam ihres Ehemannes zu identifizieren."

„Ja, danke, Herr Kollege", Rundholz schickte den Gerichtsmenschen weg. Dann begrüßte er Frau Budde.

„Guten Morgen Frau Budde. Wir kennen uns noch nicht. Ich bin Dr. Rundholz, der verantwortliche Arzt der Gerichtsmedizin. Zunächst mein aufrichtiges Beileid."

Zu dem Kriminalbeamten deutend ergänzte er noch: „Herrn Krautzucker haben Sie ja schon kennen gelernt."

Frau Budde nickte nur. Sie war sehr dezent geschminkt. Ihr dunkler Hosenanzug stand ihr ausgezeichnet, wie Krautzucker fand.

„Wenn Sie mir bitte zum Tisch folgen wollen", begann Rundholz den förmlichen Teil.

Er hob das Leichentuch soweit an, dass Frau Budde Gesicht und Teil des Oberkörpers der Leiche gut erkennen konnte. Sie schaute nur kurz zur Leiche und nickte dann. Kaum hörbar sagte sie: „Ja, es ist mein Ehemann. Darf ich kurz mit ihm alleine sein?"

Die beiden Männer verließen den Obduktionsraum und warteten im Flur. Nach kurzer Zeit kam Frau Budde zu ihnen. Sehr gefasst fragte sie den Pathologen, ob er schon was über die Todesursache sagen könne. Dr. Rundholz berichtete ihr in kurzen Sätzen über das Ergebnis seiner Untersuchungen. „Wer hat sowas getan?" fragte sie.

„Wir stehen noch am Anfang unserer Ermittlungen", antwortete Krautzucker.

„Um die Tat aufklären zu können, bräuchten wir auch Ihre Hilfe, Frau Budde. Ich habe da einige Fragen an Sie. Wann können wir uns sprechen?"

„Wenn es bei Ihnen passt, kommen Sie doch heute Nachmittag in die Praxis. Es ist ja Feiertag, also haben wir keine Sprechstunden. Wir sind ungestört."

„Das ist nett, dann komme ich heute Nachmittag."

Frau Budde ging.

Kerstin Weber und ihr Freund Sebastian Bommert saßen in ihrer schnuckeligen Wohnung bei duftendem Tee. Sie genossen den freien Tag, keine Vorlesungen.

„Hey Basti, was hältst Du von der Idee, ganz spontan für einige Tage zu verreisen? Es ist doch zur Zeit überall tolles Wetter. Strand oder wandern in den Bergen?"

„Kerstin, Du überraschst mich. Wieso kommst Du so plötzlich auf diese Idee?"

94

„Ach Basti, ich möchte hier einfach mal für ein paar Tage raus."

„Aber warum?" Sebastian verstand nicht.

„Die ganze Unruhe um diese Mordgeschichten, meine Mutter nervt mich damit, dann der Zoff zwischen meinen Eltern. Hast Du doch selbst mitbekommen. Das nervt mich einfach."

„Kerstin, wir haben doch gar nichts damit zu tun, außer dass wir beide Opfer kannten. Und der Zoff Deiner Eltern ist doch nicht neu."

„Basti, überlege es Dir doch bitte", Kerstin ließ nicht locker. Sebastian dachte irritiert nach.

„Kerstin, zugegeben, die Idee mit Dir irgendwohin in die Sonne zu fahren, hat schon ihren Reiz. Aber ich habe in den nächsten Tagen mehrere wichtige Vorlesungen und auch zwei Workshops, die ich nicht verpassen darf und auf die ich mich am Wochenende vorbereiten wollte. Und was ist mit Dir? Hast Du keine Vorlesungen oder Seminare?

„Nicht so wichtig, Basti. Die kann ich mir auch online reinziehen."

„Also bei mir ist das nicht so einfach. Und nebenbei, Kerstin, Schatz, hat Deine Mutter nicht morgen Geburtstag? Da kannst Du doch nicht fehlen, oder? Ich glaube, Deine Mutter wäre sehr traurig, wenn Du, anstatt mit ihr zu feiern, ausgerechnet jetzt mit mir in den Urlaub fahren würdest? Jetzt mal ehrlich. Da gibt es doch einen anderen Grund, warum Du auf einmal so spontan hier weg willst?"

„Nein, Basti, kein anderer Grund", stotterte Kerstin. Ihre roten Flecken am Hals, die stets ein Zeichen ihrer Aufregung waren, sah Sebastian nicht. Er konnte so recht nichts mit dem Wunsch seiner Freundin anfangen. Er wunderte sich nur.

„Bevor wir zu Herrn Klaas fahren, habe ich noch zwei interessante Neuigkeiten", empfing Winkler seinen Chef im Büro. Krautzucker fuhr sofort seine Antennen aus. Selten hatte Winkler Uninteressantes zu berichten.

„Also, Winkler, dann lassen Sie hören."

„Winni Kellner hat sich vorhin gemeldet. Die Kriminaltechnik hat die Fahrzeugspuren von der Örtlichkeit, wo Dr. Budde wohl in die Tiefe gestürzt wurde, ausgewertet. Chef, das Reifenprofil und die Profiltiefe stimmen genau mit den Reifen von Lenzigs Kuga überein."

„Komisch", entfuhr es Krautzucker.

„Ja und Spuren, die auf einen Kampf oder ein Gerangel hindeuten, haben die Techniker in dem Bereich oberhalb dieses Tümpels allerdings nicht feststellen können."

„Und was haben Sie noch an Neuigkeiten?"

„Dr. Rundholz hat gerade angerufen. Er hat am Hals von Dr. Budde winzige Teilchen braunen Leders sichergestellt. Er schließt daraus, dass der Täter beim Erwürgen möglicherweise Handschuhe aus Leder getragen hat."

„Ja vielleicht. Ein Mosaiksteinchen kommt zum anderen. Nur können Sie ansatzweise ein Bild erkennen? Ich nicht."

Plötzlich kam Krautzucker eine Idee.

„Winkler, stellen Sie doch eine Verbindung zu Winni Kellner her. Der wird hoffentlich noch in seinem Büro sein"

„Hallo, Krauti, was kann ich für Dich tun? Hat Dir Dein Kolle-

96

ge schon von den Reifenspuren erzählt? Ist doch interessant", meldete sich Kellner.

„Ja, Winni, das ist in der Tat sehr interessant. Allerdings können wir uns noch keinen Reim darauf machen. Aber erst einmal herzlichen Dank dafür, dass Deine Truppe und Du auch an diesem Feiertag für uns arbeitet."

„Ist doch selbstverständlich, Krauti."

„Finde ich nicht. Sind nicht alle so ambitioniert. Ich habe noch eine Bitte an Euch. Im Fahrzeug von Lenzig wurden doch Handschuhe, Reiterhandschuhe, gefunden."

„Ja die haben wir im Handschuhfach gefunden."

„Welche Farbe haben diese Handschuhe?"

„Ich meine, die ollen Dinger seien braun gewesen. Kann ich schnell abklären."

„Ja, warte, noch etwas", fiel ihm Krautzucker ins Wort. „Nur so eine Idee. Ihr habt doch im Kofferraum neben der DNA von Lenzig noch eine andere DNA Spur sichergestellt?"

„Ja, da war noch eine weitere Spur."

„Gut. Dann tu uns bitte zwei Gefallen. Dr. Rundholz hat am Hals des erwürgten Tierarztes winzige Partikel braunen Leders gesichert. Gleicht bitte diese Partikel mit den Reiterhandschuhen ab. Und vergleicht bitte die DNA von Dr. Budde mit dieser zweiten DNA Spur aus dem Kofferraum ."

„Okay, wird schnellstens erledigt, Krauti", Kellner hatte schon aufgelegt.

Winkler schaute Krautzucker fragend an.

„Nur so Ideen, Bauchgefühle, Winkler. Aber wer weiß?" Krautzucker strich sich mal wieder über seine spiegelblanke Glatze und dachte, ein Detektiv braucht nicht nur die perfekte

Ausbildung und den messerscharfen Verstand, er braucht auch Bauch, ohne Bauch kein Gefühl, ohne Gefühl kaum eine Chance, dem Täter auf die Spur zu kommen. Vielleicht brauchte ein Detektiv nicht soviel Bauch wie er. Vor fünf Jahren mit weniger Bauch hatte es ja auch geklappt, aber er brauchte auf jeden Fall Bauch.

„Aber jetzt zu Klaas, zum Reiterhof. Mal gespannt, was er uns über den Freitagabend auftischen wird. Und noch eins, Winkler. Haben wir die genaue Ortsangabe, wo der ominöse Kuga von den Wanderern gefunden worden ist?"

„Ja, haben wir, Chef."

„Gut, da fahren wir dann auch noch vorbei."

Im Auto redeten die beiden kaum miteinander. Jeder hing seinen Gedanken nach. Winkler fragte sich, was es zu bedeuten hätte, dass offensichtlich der Kuga von Lenzig auch an der Ermordung von Dr. Budde beteiligt war. Hatte etwa ein und derselbe Täter beide Opfer umgebracht? Hatte er erst Dr. Budde in den Steinbruch gefahren und in den Tümpel gestürzt und hatte er abends Lenzig erschossen und dann zu diesem Kugelfang transportiert, um ihn dort anzubinden? Oder umgekehrt? Fragezeichen über Fragezeichen. Krautzucker riss ihn aus seinen Gedanken.

„Wir sind da. Kommen Sie, suchen wir diesen Klaas."

Die beiden fragten sich durch und fanden den Hofbetreiber schließlich in einer der zwei großzügigen Reithallen.

„Herr Klaas, wir müssen Sie noch einmal stören", begann Krautzucker das Gespräch.

„Was wollen Sie denn noch", antwortete dieser schroff. Was für ein Ekelpaket, dachte Krautzucker. Der passt genau zu diesem arroganten Weber.

„Es geht um den letzten Freitagabend", antwortete Winkler völlig ruhig.

„Ja und was soll da gewesen sein?"

„Wie wir wissen, Herr Klaas, hatten Sie wie jeden Freitag Ihr Treffen mit Ihren Weinfreunden", begann Krautzucker betont höflich.

„Wenn Sie es schon wissen, was wollen Sie dann noch?" Krautzucker fragte sich, warum Klaas so gereizt reagierte. Hatte er was zu verbergen? Hatte er etwa was mit der Ermordung von Lenzig zutun?

„Herr Klaas, können wir uns nicht wie normale zivilisierte Männer unterhalten?" Krautzucker versuchte weiterhin zu deeskalieren.

„Ja, entschuldigen Sie, aber ich habe hier seit der Ermordung von Robert Lenzig nur noch Theater. Meine Reitersleute sind völlig aufgescheucht und drehen am Rad. Was da alles für Verschwörungstheorien verbreitet werden. Man glaubt es nicht." Krautzucker überlegte. Offensichtlich wusste man hier noch nichts vom Mord an Dr. Budde. Er hielt es für richtig, auch erst mal nichts darüber zu erwähnen. Frau Weber, die ja auf jeden Fall Bescheid wusste, war wohl gestern nicht mehr auf dem Hof gewesen. Und heute an ihrem freien Tag ist sie bestimmt auch nicht in aller Frühe zum Stall gekommen.

„Herr Klaas, nur um die Formalitäten zu wahren, Sie sind ein Zeuge in einem Mordfall. Dies ist ein informelles Gespräch, was wir auch im Präsidium führen könnten. Es ist quasi eine

99

Zeugenbefragung. Also bitte ich Sie letztmalig, mit uns zu kooperieren."

Man merkte Krautzucker an, dass er kurz davor stand, seinen Geduldsfaden zu verlieren.

„Herr Klaas, wie lange haben Sie mit Ihren Weinfreunden, speziell mit Ihrem Freund Dietmar Weber, an diesem Abend zusammen gesessen", sprang Winkler seinem Chef zur Seite.

„Das war wie immer sehr spät. Ich denke bis nach Mitternacht, meine Herren." Klaas wirkte unsicher und nervös. Krautzucker hatte das kurze Stocken bemerkt. In seinem Leben als Polizist war er so oft angelogen worden, dass er einen sechsten Sinn dafür entwickelt hatte, wenn jemand log.

„Sind Sie sicher, dass Sie bis nach Mitternacht mit Herrn Weber zusammen waren", Krautzucker hakte nach.

„Ja, schon, ist das wichtig?" Klaas Souveränität schwand zusehens.

„Herr Klaas, der Wirt vom Goldenen Hahn hat uns glaubhaft versichert, dass Ihre Truppe schon seit Wochen den Stammtisch immer gegen 22 Uhr auflöst. Ist das richtig?"

Klaas fühlte sich ertappt und nickte nur ohne die beiden dabei anzusehen.

„Sind Sie und Herr Weber dann noch woanders gewesen? Und wenn ja, wo?" Krautzucker wurde nun bewusst deutlich. Klaas schwieg.

„Herr Klaas, wir können Sie hierzu auch richterlich vernehmen lassen. Da müssten Sie dann unter Eid aussagen. Und nur zu Ihrer Information, auf Meineid steht eine empfindlich hohe Strafe."

„Also", druckste Klaas, „ich bin nach Hause gegangen, war ungefähr um 22:30 Uhr zu Hause."

„Und Herr Weber? Ist der auch nach Hause gegangen", wollte Winkler wissen.

„Kommen Sie, Klaas, Sie wissen mehr als Sie bisher zugeben wollen. Raus mit der Sprache. Was hat Ihr Freund Weber an diesem Abend noch gemacht. Wo ist er hin? Nach Hause ist er jedenfalls um diese Uhrzeit noch nicht gegangen." Krautzucker suchte den direkten Augenkontakt zu Klaas. Dieser schien auf einmal in sich zusammen zufallen, merkte wohl, wie aussichtslos es war, die Beamten anzulügen. Ihm fiel auch nichts Glaubwürdiges ein.

„Ach fragen Sie doch seine Schwägerin", rutschte es ihm heraus.

„Herr Klaas, nur zur Vollständigkeit. Gibt es Zeugen, dass Sie um 22:30 Uhr zu Hause waren", Winkler war jetzt in seinem Element.

„Hören Sie einmal , junger Mann! Sie wollen doch nicht allen Ernstes mich verdächtigen? Ich soll den Mord begangen haben? Was nehmen Sie sich da heraus?"

Klaas hatte sich wieder gefasst und konnte kaum noch an sich halten, vielleicht auch weil er über sich selbst wütend war, hatte er das mit Webers Schwägerin doch unwillentlich und leichtfertig ausgeplaudert.

„Jetzt wollen wir uns erst einmal beruhigen", Krautzucker glättete die Wogen.

„Herr Klaas, beantworten Sie doch einfach die Frage meines Kollegen. Gibt es Zeugen?"

101

„Ja, meine Frau und mein Sohn saßen beide vor dem Fernseher, als ich nach Hause kam. Die können Sie gerne befragen."
„Werden wir zu gegebener Zeit tun, falls es nötig werden sollte. Auf Wiedersehen, Herr Klaas. Ach so, noch etwas. Halten Sie sich bitte weiter zu unserer Verfügung."
Krautzucker merkte mal wieder, dass Polizist zu sein, einen im Laufe der Dienstjahre sehr verändert. Auch wenn man versucht, den anderen Menschen vorbehaltlos zu begegnen, sucht man in ihnen unweigerlich nur noch nach dem Schlechten statt nach dem Guten. Er gab Winkler das Zeichen zum Rückzug. Winkler kochte.
„Chef, es ist unglaublich, was man sich alles gefallen lassen muss. Also ich finde, dieser fiese Typ ist so unglaublich arrogant, der hat eine High Five verdient, und zwar mitten ins Gesicht, mit einer Bratpfanne!"
„Winkler, wenn Sie beliebt sein wollen, haben Sie sich den falschen Beruf ausgesucht", Krautzucker amüsierte sich ein wenig über seinen jungen Kollegen. Aber eigentlich hatte er Recht. Die beiden verließen den Reiterhof mit einem großen Fragezeichen. Was hatte Klaas wohl gemeint, als er in einem unüberlegten Augenblick gesagt hatte, sie sollten doch Webers Schwägerin fragen? Ob zwischen den beiden was lief? Oder war wohlmöglich auch die Schwägerin irgendwie in die Mordgeschichte Lenzig verwickelt? Aber jetzt mussten sie sich, wie geplant, erst einmal auf den Waldweg, den Fundort des Kuga konzentrieren.
Die Waldlichtung, wo Wanderer den Wagen mit geöffneter Tür und Zündschlüssel auf dem Sitz gefunden hatten, war schnell ausgemacht. Auf dem Waldboden waren ungewöhnlich viele

Fuß- und Reifenspuren zu sehen. Die Spurensicherung hatte ihre eigenen Spuren hinterlassen. Während Krautzucker wie ein alter Indianer auf Spurensuche ging, wusste Winkler gar nicht so recht, wonach er suchen sollte. Die Spurensicherung hatte doch ihren Job gemacht. Darum fragte er: „Chef, wonach suchen wir eigentlich?"

„Das weiß ich erst, wenn wir es gefunden haben."

„Toll", dachte Winkler und versuchte seinerseits den Eindruck zu erwecken, auf der Suche nach wichtigen Beweismitteln zu sein.

So schlichen beide minutenlang kreuz und quer über die Lichtung, gingen einige Schritte in die abgehenden Wege, kamen wieder zurück, um es gleich im nächsten Weg weiter zu versuchen. Während Krautzucker hochkonzentriert Quadratmeter für Quadratmeter in Augenschein nahm, verlor Winkler langsam die Motivation, sah er in ihrem Tun doch ein unnötiges Unterfangen. Lustlos lehnte er sich an einen Stamm, als ihn von gegenüber etwas anblinkte. Was war es, was die spärlichen Sonnenstrahlen reflektierte? Seine Neugierde war geweckt. Was steckte da in einem Baumstamm? Als er näher trat, traute er seinen Augen nicht.

„Chef, kommen Sie bitte mal zu mir herüber", rief er ganz aufgeregt.

„Schauen Sie mal hier", er deutete auf den kleinen metallenen Gegenstand, der da in der Rinde steckte. Krautzucker hatte sofort eine Pinzette zur Hand. Damit zog er den Gegenstand aus der Rinde. Beide staunten um die Wette. Sie hatten ein Projektil gefunden. Ob es das Projektil war, welches Lenzig die tödliche Verletzung zugefügt hatte? Ganz vorsichtig ließ

103

Krautzucker das mögliche Beweismittel in ein Plastiktütchen gleiten, von denen er immer mehrere bei sich trug.

„Winkler, das Projektil muss sofort in die Kriminaltechnik. Können Sie das übernehmen? Ich muss ja noch zu Frau Budde."

„Mach ich, Chef. Das wäre ja wohl der Kracher, wenn es sich hierbei um das Mordprojektil handelt."

„Das wäre wirklich der Kracher! Aber auch Kracher, weil die Kollegen von der Spurensicherung offensichtlich nicht sorgfältig genug ihren Job gemacht haben."

Vor dem Polizeipräsidium trennten sich mal wieder ihre Wege. Während Winkler eiligen Schrittes zur Kriminaltechnik hastete, fuhr Krautzucker nach Hagen.

Dietmar Weber saß trotz Feiertags in seinem Büro und brütete über einem Gutachten. Die Versicherung des Schädigers hatte über einen Anwalt, mit dem Weber schon öfter Probleme hinsichtlich seiner Schadensberechnungen gehabt hatte, ein Gutachten angezweifelt, die von seinem Büro angesetzten Reparaturkosten als viel zu hoch angesehen. Da wollte man wieder die Versicherungsleistungen drücken. Das Übliche. Der schrille Ton des Telefons riss ihn aus seinen Überlegungen. Im Display erkannte er den Anrufer.

„Klaas, Du alter Reiterknecht, was gibt es?"

„Ich habe wahrscheinlich eine große Dummheit begangen, alter Freund", murmelte Klaas ins Telefon.

„Wenn Du mich schon mit alter Freund ansprichst, muss es wohl wirklich dumm sein. Hast Du einen Unfall gebaut? Oder was ist los?"

„Hör zu, die Kripo war vorhin bei mir."

„Etwa dieser Kauz von Krautzucker?"

„Ja, zusammen mit seinem Lehrhauer, diesem Winkler."

„Wirst Du jetzt auch verdächtigt, den Lenzig erschossen zu haben", unterbrach ihn Weber.

„Nein, lass mich ausreden. Die beiden Beamten haben nach Freitagabend gefragt, wie lange wir mit unseren Weinfreunden im Goldenen Hahn zusammen gesessen sind."

„Und was hast Du ihnen erzählt", Webers ganze Aufmerksamkeit war geweckt.

„Ich habe erzählt, dass wir wie immer bis nach Mitternacht zusammen gesessen sind."

„Dann ist es doch gut."

„Nee, nichts ist gut. Die beiden ließen sich mit dieser Aussage nicht abspeisen. Sie sagten mir vor den Kopf, ich würde lügen, der Wirt vom Goldenen Hahn hätte ausgesagt, dass wir so gegen 22 Uhr gegangen wären, wie es ja auch war. Bevor ich versuchen konnte, ihnen zu erklären, dass wir noch woanders waren und somit erst nach Mitternacht nach Hause gegangen seien, haben sie mich mit ihrer Belehrung über Zeugenaussage, Meineid und so einen Quatsch dermaßen in die Enge getrieben, dass ich unter diesem Druck zugegeben habe, um 22 Uhr nach Hause gegangen zu sein. Und als sie dann noch weiter bohrten, was mit Dir gewesen sei, ja da ist es mir rausgerutscht."

„Was ist Dir rausgerutscht, Klaas", Weber wurde laut.

„Ja, da ist mir rausgerutscht, sie sollten Deine Schwägerin fragen. Das habe ich gesagt. Didi, ich weiß, das war mehr als blöd. Aber die beiden haben mich so in die Enge getrieben und unter Druck gesetzt."

105

„Ja, Klaas, das war wirklich blöd", Weber sprach jetzt ganz leise.

„Mein Freund, entschuldige bitte", bettelte Klaas.

Weber überlegte.

„Ist zwar für mich jetzt total doof, aber nun ist es gesagt. Und für mich lügen und Dich der Gefahr einer Falschaussage und deren Folgen konntest Du Dich ja auch nicht aussetzen. Ich muss sehen, wie ich da jetzt mit umgehe. Aber danke, dass Du mich sofort informiert hast. So werde ich zumindest nicht ohne Wissen in eine mögliche Falle laufen. Man sieht sich." Weber beendete das Telefonat, ohne abzuwarten, ob sein Freund noch was sagen wollte. Er überlegte kurz. Dann wählte er die Dienstnummer von Verena Witzel, seiner Schwägerin. Es klingelte sehr lange. Weber wollte gerade wieder auflegen, als doch noch jemand abhob. Es war eine Kollegin von Rena.

„Hallo, ich hätte gerne Frau Witzel, meine Schwägerin, gesprochen. Weber hier."

Die Altenpflegerin gab Weber zu verstehen, dass er Frau Witzel vorerst nicht sprechen könne. Sie hätte eine Heimbewohnerin auf deren ausdrücklichen Wunsch hin in einem RTW, einem Rettungstransportwagen, zum Marienkrankenhaus begleitet. Dies sei zwar ungewöhnlich. Aber die beiden hätten ein so inniges Vertrauensverhältnis, dass Frau Witzel die Bitte der alten Dame nicht ausschlagen konnte. Wann Frau Witzel zurückkomme, könne sie nicht sagen, denn um die alte Dame sei es nicht gut bestellt. Und im Krankenhaus könne er seine Schwägerin auch nicht telefonisch erreichen. Dort herrschte Handyverbot. Nur dem Krankenhauspersonal sei das Telefonieren erlaubt."

106

Weber bedankte sich und beendete zerknirscht das Gespräch. Er musste sich wieder um das leidige Gutachten kümmern. Er würde es am Abend bei seiner Schwägerin zu Hause erneut versuchen.

Frau Budde hatte noch nicht mit ihm gerechnet.

„Sie sind früh, Herr Krautzucker."

„Passt es Ihnen noch nicht? Soll ich später wieder kommen?" Krautzucker merkte erst jetzt, dass es erst 14 Uhr war, also ganz früher Nachmittag.

„Nein, ist schon in Ordnung, kommen Sie rein", sie trat zur Seite und deutete auf eine Art Sozialraum. Hier mochten wohl die Sprechstundenhelferinnen und die angestellte Ärztin ihre Pausen verbringen.

„Darf ich Ihnen etwas zum Trinken anbieten?" Frau Budde machte kaum den Eindruck einer trauernden Witwe.

„Ja gerne, ein Glas Wasser wäre nicht schlecht", Krautzucker schaute sich im Raum um. Er war sehr geschmackvoll eingerichtet. Sogar ein Radio mit Musikanlage und Fernseher fehlten nicht. Er hatte schon bei seinem ersten Besuch den Eindruck gehabt, dass die Einrichtung der Tierarztpraxis von mehr als gehobener Qualität war. Der Praxisbetrieb musste sich wohl lohnen. Wie anders war die Finanzierung all dieser edlen Einrichtungsgegenstände möglich? Auch der in der Einfahrt abgestellte dicke Porsche SUV unterstrich seinen Eindruck vom Wohlstand der Buddes. Sie mussten wohl ein Leben auf der vielzitierten Überholspur geführt haben.

„Ich muss Sie bitten, sich kurz zu fassen", Frau Budde riss ihn aus seinen Betrachtungen.

„Sie können sich bestimmt vorstellen, dass hier jetzt Einiges zu organisieren ist. Und ich muss die Praxis so schnell wie möglich, möglichst schon Morgen, wieder öffnen, sonst laufen mir die Kunden weg."

Sie schien weniger an den Verlust Ihres Ehemannes als an die möglichen finanziellen Schäden zu denken. Jetzt fiel Krautzucker die modische Kleidung der Witwe ins Auge. Kleidete sich so eine Frau, die quasi erst vor Stunden vom Mord an ihrem Gatten erfahren hatte? Sie sah so gar nicht wie eine trauernde Witwe aus. Aber andererseits fand Krautzucker, dass ihr Outfit sie sehr attraktiv aussehen ließ. Und es ging ihn ja auch nichts an. Jeder geht anders mit seiner Trauer um, dachte er noch.

„Ja, ich versuche es, Frau Budde", begann Krautzucker. „Wo soll ich anfangen? Als erstes die übliche Frage: können Sie sich vorstellen, wer das Ihrem Mann angetan haben könnte? Hatte er Feinde? Hat er sich möglicherweise durch seine, ich sage mal, Behandlungsmethoden auf dem Reiterhof unbeliebt gemacht?"

Frau Budde überlegte. „Nein, ich habe keine Idee, wer den Mord verübt haben könnte. Von Feinden weiß ich auch nichts. Nein, keine Ahnung. Aber wieso fragen Sie das so? Bezüglich des Reiterhofs weiß ich nur, dass er dort sehr vielen ambitionierten Pferdesportlern geholfen hat, ihre Pferde für die Turniere richtig fit zu bekommen."

„Das ist ein Punkt, Frau Budde. Uns ist bekannt, dass Ihr Mann bei diesem Fitmachen, wie Sie es nennen, hier und da auch zu nicht legalen Mitteln gegriffen haben soll. Man spricht von Doping."

Frau Budde zeigte sich bei diesem Vorwurf völlig locker.

„Ja einige Reiterinnen und Reiter wollten das so. Sie sind einfach überehrgeizig, denen ist jedes Mittel Recht, nur um so eine blöde Turnierschleife zu gewinnen, die sie dann voller Stolz für jedermann sichtbar an der Pferdebox ihres erfolgreichen Pferdes aufhängen können. Ich weiß von meinem Mann, dass auf dem Hof ein großer Konkurrenzkampf herrscht."

„Und es wurde offen darüber geredet?"

„Nein, nicht so offen. Ich habe meinen Mann das ein oder andere Mal darauf angesprochen und ihn gefragt, ob er keine Angst hätte, dass ihn irgend ein Reiter mal anschwärzen könnte. Da hat er mir immer geantwortet, jeder der beteiligten Reiter hätte eine oder mehrere Leichen im Keller und dadurch hätte auch niemand Interesse daran, das Thema Doping, wie Sie es nennen, hoch zu kochen. Dazu kommt dann auch noch, dass diese Reiter die unerlaubten Mittel von meinem Mann zu sehr günstigen Konditionen, günstiger als üblich auf dem Deutschen Markt, beziehen konnten. Und diese Mittel sind weiß Gott nicht billig."

„Wie das", fragte Krautzucker interessiert.

„Alle Details weiß ich auch nicht. Aber ich habe so viel mitbekommen, um sagen zu können, dass er die fraglichen Mittel in Russland wesentlich billiger als auf dem hiesigen Markt einkaufen konnte und diese guten Konditionen auch weitergab. Deshalb flog er durchschnittlich alle zwei Monate nach Moskau, um für entsprechenden Nachschub zu sorgen."

„Gab es da nicht Zollvorschriften, die zu beachten waren?"

„Ich weiß es nicht, schon möglich. Ich wollte damit nichts zu tun haben. Wissen Sie, diese Reitersmenschen sind nicht so mein Fall. Ich bin ganz selten mal auf dem Hof gewesen.

Ich habe mich hier in der Praxis nur um den normalen Tierarztbetrieb mit Kleintieren und so gekümmert."

„Frau Budde, zu den Russlandflügen habe ich noch eine Frage. Mein Kollege hatte ja festgestellt, dass Ihr Ehemann an dem fraglichen Wochenende auf keiner Passagierliste stand. Hat er den Flug nicht vorgebucht?"

„Das hat er früher gemacht, bis er festgestellt hat, dass es meistens kostengünstiger ist, erst am Terminal direkt vor dem Flug das Ticket zu kaufen. Die Flüge nach Moskau sind – so mein Mann – eigentlich nie ausgebucht."

„Und was ist mit den Einreisebestimmungen?"

„Für Russland brauchen Sie einen gültigen Reisepass und ein Visum. Da mein Mann wie gesagt ca. alle 2 Monate rüber flog, hat er seit einiger Zeit ein Visum mit der Gültigkeit für ein Jahr."

„Okay, ich verstehe. Noch etwas. Sagen Sie bitte, machen Sie die Buchführung für Ihre Praxis?"

„Ja, mache ich. Ich habe in jungen Jahren bei einer großen Wirtschaftsprüfungsgesellschaft gelernt und gearbeitet. Daher kann ich das. Aber ab und zu, wenn mal Not am Mann ist, kümmere ich mich auch um den Empfang."

„Als sogenannte Buchhalterin wissen Sie doch bestimmt auch über die Kosten und die Einnahmen dieser verbotenen Substanzen Bescheid."

„Nee, eigentlich nicht."

„Wollen Sie sagen, dass diese Gelder nicht Bestandteil der Buchführung sind?"

„Ja, das will ich sagen", Frau Budde überlegte kurz. „Jagen Sie mir jetzt das Finanzamt oder den Zoll auf den

Hals?"

„Frau Budde, Ihre möglichen Steuer- und Zollvergehen interessieren mich nicht, sofern sie nichts mit dem Mord am Ihrem Ehemann zu tun haben. Ob allerdings die Staatsanwaltschaft, der ich berichten muss, diese Sachverhalte ignoriert oder an die zuständigen Stellen weitermeldet, vermag ich nicht zu sagen. Aber noch mal zu möglichen Feinden Ihres Ehemannes. Sagt Ihnen der Name Robert Lenzig etwas?"

„Ja und ob. Der hat doch meinen Mann für den unglücklichen Tod seines Pferdes verantwortlich machen wollen. Dauernd hat er angerufen oder kam persönlich vorbei und hat Stress gemacht."

„Und hatte ihr Mann etwas mit dem Tod des Pferdes zu tun?"

„Wie soll ich das wissen? Ich bin kein Veterenär. Ich weiß nur, dass mein Mann immer fuchsteufelswild wurde, wenn ich ihm sagte, dass dieser Lenzig wieder angerufen hatte oder persönlich in der Praxis gewesen war."

Krautzucker überlegte. So wie Frau Budde von Lenzig redete, schien sie noch nichts von seiner Ermordung zu wissen.

„Frau Budde, Sie wissen es noch nicht?"

„Was weiß ich noch nicht", Frau Budde schaute irritiert.

„Robert Lenzig ist am letzten Freitag erschossen worden. Mord."

„Was? Er hat doch noch Freitag früh hier angerufen."

„Tatsächlich? Wann hat er angerufen und was wollte er", Krautzucker zeigte sich erstaunt.

Frau Budde überlegte: „Die Praxis hatte gerade aufgemacht. Ich schätze also, es war so um kurz nach 8 Uhr. Was er wollte? Na, wahrscheinlich wieder mit seinen Dopingvorwürfen ner-

111

ven."

„Und was haben Sie ihm gesagt? War Ihr Mann noch da?"

„Mein Mann war gerade aus dem Haus. Ich habe Lenzig das gesagt."

„Und was hat er geantwortet? Erzählen Sie doch bitte, Frau Budde. Es ist wichtig." Krautzucker wurde ungeduldig.

„Er hat gefragt, wo mein Mann hin sei und wann er zurückkomme, ob er zum Reiterhof wolle. Ich habe ihm geantwortet, dass mein Mann noch kurz am Reiterhof vorbeischauen und dann nach Moskau fliegen wolle, somit am Freitag auch nicht mehr zurückkommen würde. Daraufhin hat er mich angeschrien und sowas gesagt wie, holt er wieder neue Dopingpillen oder Spritzen aus Russland für den Reiterhof. Weiter sagte er noch, dass er meinen Mann oft genug gewarnt hätte. Jetzt sei Schluss. Dann hat er aufgelegt."

„Und das war morgens, nachdem Ihr Mann das Haus verlassen hatte?"

„Ja hab ich doch gesagt, Herr Krautzucker. Was hat das alles zu bedeuten?"

Krautzucker überlegte: „Frau Budde, mal ganz ehrlich. Wenn der Lenzig so sauer war, warum hat er Ihren Mann dann nicht angezeigt?"

„Weil er seinem Pferd ja auch diese Dopingmittel verabreicht hat. Da hätte er sich doch selbst anzeigen müssen. Mein Mann hat mir irgendwann mal gesagt, wenn der mal nicht mit den Mitteln übertreibt, er verabreicht seinem Pferd bestimmt zu hohe Dosen. Lenzig war wohl auch einer von den Überehrgeizigen."

„Frau Budde, erlauben Sie mir noch eine letzte Frage. Ich muss sie stellen, reine Routine. Was haben Sie vom Freitag Vormittag bis gegen Mitternacht gemacht?"

„Sie fragen nach meinem Alibi für die Tatzeit?"

„Für die Tatzeiten, Frau Budde."

„Ach ja, Sie ermitteln in zwei Morden. Lassen Sie mich überlegen. Ich weiß, von vormittags bis gegen 19 Uhr war ich in der Tierarztpraxis. Das können meine Helferinnen und unsere Tierärztin bezeugen. Dann bin ich mit meiner besten Freundin ins Roadstop nach Dortmund-Syburg gefahren . Wir haben dort vielleicht bis 23 Uhr gegessen und getrunken. Danach bin ich nach Hause gefahren und zu Bett gegangen. Dafür gibt es kein Zeuge. Die Adresse meiner Freundin kann ich Ihnen geben."

„Ist erst einmal okay. Ich bedanke mich für Ihre ehrlichen Antworten. Ich wünsche Ihnen alles Gute und viel Kraft. Auf Wiedersehen, Frau Budde."

„Auf Wiedersehen, Herr Krautzucker."

Sie begleitete ihn noch zur Tür. Als Krautzucker den Porsche in der Einfahrt stehen sah, fiel ihm noch etwas ein.

„Frau Budde, noch etwas. Mit welchem Fahrzeug ist Ihr Mann am Freitag eigentlich zum Flugplatz gefahren?"

„Er nimmt, eh, nahm immer ein Taxi. Er hatte da in Dortmund einen bestimmten Taxiunternehmer, den er für solche Fahrten buchte. Er sagte mir einmal, dass er bei dem Unternehmer gute Konditionen bekomme. Das wäre fast billiger als die unverschämt hohen Parkgebühren am Flugplatz. Wenn Sie wollen, kann ich Ihnen das Taxiunternehmen nennen. Ich müsste allerdings die Kontaktdaten erst einmal heraussuchen."

„Frau Budde, das wäre sehr nett. Sie haben ja meine Karte. Senden Sie mir einfach eine Nachricht mit den Daten."

Im seinem BMW ließ Krautzucker das Gespräch mit Frau Budde noch einmal vor seinem geistigen Auge ablaufen. Entweder ist ihr der Mord am Ehemann ziemlich egal oder sie hatte sich verdammt gut unter Kontrolle.

Krautzucker kam gespannt zurück ins Büro. Was Winkler wohl für eine Reaktion der Spurensicherung hinsichtlich der Schlamperei mit dem nicht gefundenen Projektil bekommen hatte?

„Na Winkler, haben Sie den Blinden der Spurensicherung anständig den Marsch geblasen?"

„Chef, Winni Kellner war ziemlich angesäuert, hat seine Kollegen derbe angeraunzt. Ich habe unseren Fund direkt bei der Kriminaltechnik abgegeben. Leider können sich die Kollegen heute nicht mehr damit befassen, ein Großeinsatz in der Nordstadt bindet so ziemlich alle Kräfte. Aber spätestens Morgen früh wollen die Kollegen sich melden."

„Schade, aber da kann man nichts machen", grummelte Krautzucker.

„Winkler, haben Sie von den anderen Aufträgen, Reiterhandschuhe und DNA im Kofferraum, Sie wissen schon, etwas gehört?"

„Nein, leider konnten die entsprechenden Untersuchungen auch noch nicht durchgeführt werden. Wie gesagt, Großeinsatz. Aber Chef, dafür gibt es ein anderes, vielleicht sehr interessantes Detail."

„Winkler, machen Sie es nicht so spannend", Krautzucker schaute seinen Assistenten mit großen erwartungsvollen Augen an.

„Sie glauben es nicht. Das Ekelpaket von Klaas hat hier ange-

114

rufen."

„Wie bitte? Was wollte der denn?"

„Er wollte sich erst einmal nach seinem Ausraster bei mir für die unangemessene Wortwahl entschuldigen. Ja und dann sagte er, gerade von dem schrecklichen Mord an Dr. Budde erfahren zu haben. Bevor er sein Wehklagen über diesen Verlust und die Frage, wer für diesen fähigen Doktor die Nachfolge antreten könnte, ausführlich darlegen konnte, habe ich ihn unterbrochen und ihn daran erinnert, dass er mir noch etwas mitteilen wolle. Ja und da berichtete er, das ihm eine Begebenheit vom letzten Freitag wieder in den Sinn gekommen sei. Ob es wichtig wäre, wüsste er nicht. Jedenfalls habe er Freitag in der Früh auf dem Reiterhof zufällig mitbekommen, dass sich Budde und Lenzig sehr heftig gestritten hätten. Auf meine Frage, worum es bei dem Streit gegangen sei, meinte er etwas von unzulässigen Medikamenten gehört zu haben. Klaas mutmaßte, dass es dem Lenzig wohl wieder um sein verendetes Pferd gegangen sei."

„Also sind die beiden Streithähne doch noch aufeinander getroffen." Krautzucker berichtete Winkler von seinem Gespräch mit Frau Budde.

Krautzuckers Handy gab einen Signalton von sich, das Zeichen für eine eingegangene Nachricht. Frau Budde hatte ihm die Kontaktdaten des Taxiunternehmers geschickt. Er rief den Unternehmer sofort an, erreichte ihn im Auto, zum Glück ohne Fahrgast. So konnten sie sprechen. Krautzucker erläuterte ihm sein Anliegen. Der Taximensch antwortete daraufhin, dass er Dr. Budde am letzten Freitag ziemlich früh zum Reiterhof gefahren hätte. Da sein Fahrgast nicht genau wusste, wie lange er dort bleiben würde, hätte er ihn erst einmal weggeschickt. Er wollte dann wieder anrufen, wenn die Fahrt zum Flugplatz fortgesetzt werden sollte. Dieser Anruf sei allerdings nie erfolgt. Jetzt, wo sie darüber redeten, wunderte sich der Taxiunternehmer, da so etwas in der langen Zeit der Geschäftsbeziehung noch nie vorgekommen sei. Krautzucker bedankte sich und fasste zusammen.

„Somit wissen wir, dass Dr. Budde zuletzt lebend auf dem Reiterhof gesehen worden ist. Die geplante Fahrt zum Flughafen hat nicht mehr stattgefunden. Das deckt sich mit den Feststellungen von Doc Rundholz zum Todeszeitpunkt. Dr. Budde ist also ziemlich sicher am Freitag Vormittag ermordet worden." Krautzucker überlegte und schaute auf seine Uhr.

„Winkler, es ist schon spät. Hier können wir heute nichts mehr tun. Was halten Sie von einem Feiertagsbier in unserer Pinte auf der Hohen Straße? Da können wir mal ein wenig abschalten. Soll ja manchmal ganz fruchtbar für frische Gedanken sein. Na, Lust?"

„Kein Problem, Chef. Es ist zwar heute Training, aber mein Oberschenkel lässt ein richtiges Training noch nicht zu."

„Ja, dann los", Krautzucker freute sich.

In der Pinte trafen sie auf weitere Kollegen, die auch an dem Feiertag Dienst gehabt hatten und nun noch einen Absacker zischten. Die beiden setzten sich an einen kleinen Tisch in der Ecke. So waren sie ziemlich ungestört. Krautzucker bestellte zwei Pils und zwei Mettbrötchen. Winkler rief dem Wirt hinterher, dass er gerne ein alkoholfreies Bier hätte. Krautzucker rümpfte verwundert die Nase.

„Seit wann alkoholfrei? Alkoholfreies Bier, das ist doch wie ein Büstenhalter auf der Wäscheleine, das Beste ist raus."

Winkler grinste.

„Eigentlich ja, Chef. Aber mein Arzt hat mir am Montag geraten, vorerst auf Alkohol zu verzichten, damit die Heilung des Blutergusses in meinem Oberschenkel sich nicht verlängert. Und ich möchte schnell wieder fit werden. Der Aufstieg ist zwar gelaufen. Aber da kommen noch ein paar schöne Turniere, die ich gerne noch spielen möchte."

„Okay Winkler, das lasse ich gelten."

Als Krautzucker sein frischgezapftes Bier in der Hand hielt, breitete sich dieses Gefühl in seinem Brustkorb aus, dieses Gefühl, dass man nur mit einem einzigen Wort beschreiben kann, Feierabend!

Die beiden Beamten unterhielten sich zunächst ganz angeregt über Fußball, dem gemeinsamen Hobby. Aber es dauerte nicht lange und sie waren doch wieder bei ihren Mordfällen.

„Chef, ich puzzel immer wieder alle Einzelheiten, alle Ermittlungsergebnisse, aber es ergibt sich für mich nicht im Ansatz ein Bild von unserem Täter oder unseren Tätern. Da dachten wir doch, mit Dr. Budde denjenigen mit dem stärksten Motiv ausgemacht zu haben. Dann wird er selbst umgebracht und der negative Test bei den Schmauchspuren nimmt uns zusätzlich die Hoffnung, den Mörder von Lenzig ermittelt zu haben. Ja und dann der Tierarztmord. Wer das gewesen sein kann, da tappe ich total im Dunkeln."

„Ja mein Lieber, da liegt noch viel Detailarbeit vor uns. Warten wir den morgigen Vormittag ab. Die Kriminaltechnik und auch die IT können uns möglicherweise entscheidende Hinweise geben."

„Hoffentlich, Chef", Winkler war noch nicht überzeugt.

117

Die Beiden tranken aus und verabschiedeten sich in einen ruhigen Abend.

Freitag, 31.05.2019

Krautzucker freute und wunderte sich gleichzeitig, war er doch tatsächlich vor Winkler im Büro. Kam selten genug vor, eigentlich kam er morgens immer nur schwerfällig in die Gänge. Aber das bedeutete leider auch, dass er den Kaffee aufsetzen musste, ein ungeschriebenes Gesetz zwischen den beiden Ermittlern. Wer zuerst im Büro ist, setzt den Kaffee auf. Also bediente er die Schweizer Supermaschine. Und kam ihm eine Idee. Er rief das Hauptzollamt in Dortmund an und ließ sich mit Zollrat Melzer verbinden.

„Hallo Herr Melzer, nur eine Frage. Hatte Herr Lenzig eigentlich letzten Freitag Dienst?"

Melzer schaute in seinen Organiser.

„Nein Herr Krautzucker, nach meinen Unterlagen feierte er an dem Freitag Überstunden ab. Gibt es denn was Neues?"

„Nein nichts, was der Rede wert wäre. Danke und einen schönen Tag, Herr Melzer", Krautzucker ließ bewusst kein weiteres Gespräch aufkommen.

Als Winkler das Büro betrat, strahlte Krautzucker.

„Erster, Winkler!"

„Ich muss Sie enttäuschen, Chef. Ich bin schon gut eine Stunde im Hause. Ich war schon bei der IT und habe nachgehört, ob die Kollegen noch irgendetwas aus Lenzigs Handy herausholen konnten."

„Winkler, Sie verblüffen mich immer wieder", Krautzucker war mal wieder von Winkler überrascht. Seit Winkler ihm von Polizeirat Becker zugeteilt worden war, unterstützte er sein

Gehirn mit der Tüchtigkeit eines Generals. Absurderweise gab es noch eine Parallele zwischen seinem Gehirn und seinem Assistenten. Er konnte nicht ohne ihn. Ohne Winkler war er nur halb so gut. Neugierig fragte er: „Und können die Jungs uns bei der Auswertung des zerstörten Handys helfen?"

„Sie waren noch nicht ganz mit der forensischen Aufbereitung fertig. Es gestaltet sich wie erwartet sehr schwierig. Aber eine SMS, wohl die letzte gesendete Nachricht, konnten sie bisher sichtbar machen. Leider waren aber der Empfänger und die Absendezeit nicht mehr rekonstruierbar."

„Und wie lautet diese SMS, Winkler?"

„Warten Sie, ich hab es mir aufgeschrieben. Hier: Wenn Du heute Abend nicht zu der abgemachten Uhrzeit zum bekannten Treffpunkt kommst, lasse ich Dich auffliegen."

„Da wäre der Empfänger dieser Drohung doch sehr interessant. Ist da nichts mehr zu machen?"

„Leider nein, Chef. Die Kollegen haben allerdings die Hoffnung noch nicht ganz aufgegeben. Über den Provider hoffen sie, noch eine Anrufliste rekonstruieren zu können. Das dauert aber."

„Ja, danke, Winkler. Kommen Sie, trinken wir erst mal einen Kaffee."

„Winkler", begann Krautzucker laut nachzudenken, „wenn diese SMS am letzten Freitag versandt worden ist, mit wem wollte Lenzig sich treffen? Der Tierarzt kann es dann nicht sein. Mit dem hatte er sich laut Klaas ja am Morgen schon auf dem Reiterhof gestritten. Und nach Doc Rundholz war der Arzt kurze Zeit später tot. Und Lenzig selber ist am Freitagabend erschossen worden. Scheint so, dass diese SMS dem Mörder von Lenzig gegolten hat."

„Chef, ich würde die SMS viel besser verstehen, wenn sie an Lenzig gerichtet gewesen wäre."

„Wieso, Winkler?"

„Lenzig war homosexuell. Er hatte es, wie wir von Frau Weber wissen, geheim gehalten, sich nicht geoutet. Er hatte bestimmt Angst vor der Häme vieler Leute in seinem Umfeld, zum Beispiel der Reitersleute. Jemand hat trotzdem von seiner sexuellen Neigung erfahren und wollte ihn nun damit erpressen."

„Ja, klingt logisch. Das ergäbe irgendwie einen Sinn", Krautzucker wirkte ein wenig durcheinander.

„Aber es ist eindeutig. Die SMS ist von Lenzigs Handy versandt worden. Also hat er versucht, jemanden zu erpressen oder unter Druck zu setzen. Um sich dessen zu erwehren, hat dieser ihn dann erschossen. Nur, worum ging es da? Womit hat er wen auch immer zu erpressen oder sonst wie unter Druck zu setzen versucht?"

„Chef, was ist, wenn der Derjenige und der Mörder nicht identisch sind? Wenn hier die Uhrzeiten nur zufällig zusammen liegen? Dieses Treffen könnte ja zum Beispiel um 21 Uhr gewesen sein und der Mord an Lenzig war etwa um Mitternacht. Ohne zu wissen, wer der Empfänger der SMS war, kommen wir nicht viel weiter. Es lässt uns nur spekulieren, dass es möglicherweise ein Mordmotiv für die Ermordung des Zöllners gibt, an das wir bisher überhaupt noch nicht gedacht haben."

„Und der Mord an Dr. Budde scheint ja so gar nichts damit zu tun zu haben, oder", Winkler nahm einen letzten Schluck aus der Borussentasse.

121

Das klingelnde Telefon riss beide aus ihren Überlegungen. Krautzucker nahm das Gespräch entgegen. Ein Kollege der Kriminaltechnik war am anderen Ende.

„Guten Morgen, Herr Hauptkommissar. Wir haben das Projektil untersucht."

„Schön, und zu welchem Ergebnis sind Sie gekommen?" Krautzuckers Spannung knisterte durch das gesamte Großraumbüro.

„Es ist tatsächlich das Geschoß, das Lenzig getötet hat. Spuren seines Blutes hafteten an dem Metall. Und für Sie sicher auch wichtig: das Kaliber des Projektils ist 9,3 x 62. Dabei handelt es sich um ein gängiges Kaliber von Jagdgewehren. Weiterhin bleibt festzustellen, dass es sich um ein Teilmantelgeschoß handelt. Das passt auch zu der Feststellung von Dr. Rundholz. Teilmantelgeschosse führen immer zu großen Austrittslöchern, wie auch in diesem Fall."

„Sehr interessant, Herr Kollege. Vielen Dank", beendete Krautzucker das Gespräch. Der Hauptkommissar setzte seinen Assistenten von dem Untersuchungsergebnis in Kenntnis. Winkler versank sofort in den Daten auf seinem PC. Kurze Zeit später strahlte er: „Chef, dieser Dietmar Weber hat doch zwei Jagdgewehre, wie wir bereits festgestellt haben. Hier habe ich die Fabrikate. Das eine ist eine Mauser Repetierbüchse M 18 mit Kaliber 8 x 57. Und jetzt kommt es, das andere Jagdgewehr ist ein Merkel Speedster mit dem Kaliber 9,3 x 62."

„Das nenne ich Treffer. Und ein Motiv hatte er auch. Sein Freund Klaas hatte doch überall rumposaunt, dass Veronica Weber und Robert Lenzig etwas miteinander hatten. Kommen Sie Winkler, dieser Weber wird uns etwas zu erklären haben."

Beide Beamten wirkten, wie zu neuem Leben erwacht. Da Krautzuckers alter BMW dringend eine Inspektion benötigte, hatte er das Auto zu einem Schrauber gebracht, den er schon gefühlt ein halbes Leben für seine Arbeit an seinen Autos schätzte. Winkler hatte daher einen Dienstwagen aus dem Fahrzeugpool geordert. Er hatte es sehr eilig. Seinen lädierten Oberschenkel hatte er ganz vergessen. Er rannte zum Wagen. Der parkte zwar nur hundert Meter entfernt, aber Krautzucker konnte ihm nur mit Mühe folgen. Er trug wie meistens seine Laufschuhe. Das waren sehr schnelle Laufschuhe, wenn sie von leptosomen kenianischen Marathonläufern getragen wurden und nicht von einem 52 jährigen Dortmunder Kriminalhauptkommissar.

Winkler jagte den Dienstwagen Richtung Schwerte. Krautzucker auf dem Beifahrersitz stellte fest, wie schön blau der Himmel mit seinen frischen schneeweißen Waschpulverwolken doch war. Von unterwegs forderten sie noch von der Wache Schwerte eine Zwei-Mann-Streifenwagen-Besatzung an. Beide Fahrzeuge trafen ziemlich zeitgleich vor dem Gutachterbüro ein. Bevor die vier Beamten das Büro betraten, informierte Krautzucker in kurzen Sätzen die Streifenpolizisten über den Grund ihres gemeinsamen Einsatzes.

Dietmar Weber staunte nicht schlecht, als Krautzucker, Winkler und die beiden Uniformierten vor ihm standen. „Meine Herren, eine ganze Armee. Was hat das zu bedeuten", Weber machte einen erschrockenen Eindruck.

„Herr Weber, ich muss Ihnen mitteilen, dass Sie vorläufig festgenommen sind. Es besteht der begründete Verdacht, dass Sie Robert Lenzig erschossen haben", Krautzucker schaute Weber tief in die Augen, eine Methode, die ihm schon oft den richtigen Eindruck von seinen Tatverdächtigen verschafft hatte.

„Ich glaube, Sie...", wollte sich Weber aufregen, aber Winkler fiel ihm ins Wort: „Herr Weber, vergessen Sie Ihre Schimpftirade. Hören Sie bitte erst einmal zu. Also, wie Herr Krautzucker Ihnen eröffnet hat, werden Sie verdächtigt, Herrn Lenzig erschossen zu haben. Als Beschuldigter haben Sie das Recht, zu schweigen, jede Aussage bis auf die Angaben zu Ihrer Person zu verweigern. Alles, was Sie jetzt sagen, kann gegen Sie verwandt werden. Weiterhin können Sie einen Anwalt hinzuziehen. Haben Sie das verstanden?"

„Ich brauche keinen Anwalt. Ihr Vorwurf ist absurd", Weber wurde laut.

„Herr Weber, wir werden jetzt zuerst mit Ihnen zu Ihrem Haus fahren und uns Ihre Waffen anschauen. Die Herren werden Sie in ihrem Streifenwagen mitnehmen", Krautzucker deutete auf die Uniformierten.

„Und noch eins, Herr Weber, in Ihrem eigenen Interesse sollten Sie sich nicht weiter so aufführen. Wir könnten Sie auch in Handschellen abführen lassen."

„Ist ja schon gut. Aber verstehen tue ich es nicht. Ich habe diesen Lenzig nicht erschossen. Ich bin unschuldig. Das müssen Sie mir glauben. Und warum wollen sie meine Waffen sehen", Weber beruhigte sich langsam.

Veronica Weber hatte einen Tag Urlaub genommen. Der Grund war ihr Geburtstag. Es sollte heute zwar nicht groß gefeiert werden. Eine größere Feier war für den folgenden Samstag im Reiterstübchen geplant. Aber dennoch hatte sie für eine gemütliche Kaffeetafel im Kleinen ein wenig vorbereitet. Ihre Tochter Kerstin war schon sehr zeitig mit ihrem Freund Sebastian aufgetaucht. Sie hatten beide ihre Vorlesungen sausen lassen und wollten Kerstins Mutter zur Hand gehen. Aber das war gar nicht nötig. Veronica hatte am Vormittag schon alle Vorbereitungen erledigt. Außerdem hatte sie die Torten entgegen ihrer sonstigen Gewohnheit beim Bäcker in der Reichshofstrasse bestellt. Die Lieferung war prompt erfolgt. Als dann auch noch ihre Schwester zu ihrer Überraschung frühzeitig auflief, konnten sie die Kaffeetafel eröffnen. Auf die Frage, warum sie denn schon so früh kommen konnte, erzählte Verena Witzel nur kurz, dass sie direkt aus dem Krankenhaus gekommen sei. Dort hätte sie seit gestern Mittag bei einer lieben alten Heimbewohnerin zugebracht und sie beim Sterben begleitet. Danach hatte sie frei bekommen. Mutter und Tochter waren in einem fröhlichen Gespräch vertieft, während Kerstins Freund und auch Veronicas Schwester sich so recht nicht am Gespräch beteiligten. Irgendwie waren sie mit ihren Gedanken woanders. Veronica rechnete nicht damit, dass ihr Mann vor dem Abend nach Hause kommen würde. Der konnte sich bestimmt wieder nicht von seinen Gutachten lösen. Daher war sie sehr überrascht, als sie Geräusche in der Einfahrt wahrnahm. Sollte er sich doch die Zeit genommen haben, an der Kaffeetafel teilzunehmen? Um so größer war dann allerdings ihre Verblüffung, als ihr Mann in Begleitung der ihr bekannten Kriminalbeamten und zweier uniformierter Polizisten im Flur stand. „Meine Herren, ich verstehe nicht. Didi, was hat das zu bedeuten? Was geht hier vor", brachte sie ihr Unverständnis zum Ausdruck.

125

„Frau Weber", antwortete Krautzucker, „wir haben so eben erst erfahren, dass Sie heute Geburtstag haben. Dazu unseren herzlichen Glückwunsch. Aber darauf können wir in der jetzigen Situation leider keine Rücksicht nehmen und müssen Ihre kleine Gesellschaft stören. Tut uns wirklich Leid!"

„Was für eine Situation, Herr Krautzucker", Veronica Weber verstand nicht.

„Vera, es handelt sich hier um ein riesiges Missverständnis. Es wird sich alles aufklären", versuchte Herr Weber die Emotionen abzukühlen.

„Frau Weber, Ihr Mann steht in dem dringenden Verdacht, Robert Lenzig erschossen zu haben. Er ist vorläufig festgenommen. Wir werden ihn mit auf das Revier nehmen müssen. Aber vorher müssen wir noch seine Waffen sehen. Bitte Herr Weber, wenn Sie uns nun Ihre Jagdgewehre zeigen wollen."

Weber, die Ermittler und die Uniformierten gingen in den Keller. Sie ließen vier sprachlose Personen zurück. In einem kleinen Kellerraum stand ein schmaler hoher Stahlschrank. Weber öffnete den Schrank mit einem Schlüssel, den er vorher im Flur von einem Schlüsselbrett genommen hatte. In dem Waffenschrank befanden sich wie erwartet die zwei Jagdgewehre. Winkler nahm mit geschulten Blick die Merkel RX Helix Speedster an sich. „Herr Weber, was ist das denn", fragte er den Beschuldigten und deutete auf das Magazin, welches sich in der Waffe befand.

„Wieso", Weber wusste im ersten Augenblick nicht, worauf Winkler hinaus wollte.

„Herr Weber, Sie sollten wissen, dass Waffe und Munition nicht in einen Schrank gehören. Die Munition ist doch stets gesondert von der Waffe aufzubewahren. So etwas kann Sie den Waffenschein kosten".

„Das verstehe ich auch nicht", zeigte sich Weber irritiert, „ich bewahre natürlich immer die Munition getrennt von den Gewehren auf. Sehen Sie hier in diesem kleinen Schrank befindet sich die Munition." Er öffnete eine Schublade eines kleinen Holzschränkchens. Dort lagen mehrere Pappkartons mit Munition für beide Jagdgewehre und auch das 5-Schuss Magazin der Mauser Repetierbüchse. Winkler nahm das 3-Schuss Magazin aus der Merkel und staunte nicht schlecht, als er feststellen musste, dass sich nur zwei Schuss Munition in dem Magazin befanden. Er kontrollierte, ob sich nicht noch ein Schuss im Lauf der Waffe befand. Das war nicht der Fall. Nun mischte sich Krautzucker wieder ein:

„Herr Weber, wie können Sie das erklären? Wieso steckt das Magazin in der Waffe und warum fehlt ein Schuss?"

„Ich weiß es nicht, bitte glauben Sie mir", stammelte Weber.

„Herr Weber, mit dieser Waffe ist Lenzig ermordet worden. Er ist mit nur einem Schuss niedergestreckt worden. Dieser Schuss fehlt im Magazin. Wir haben das Projektil gefunden. Für unsere Techniker wird es kein Problem sein, es dieser Waffe zuzuordnen. Gestehen Sie doch. Nachdem Sie Lenzig erschossen haben, haben Sie eiligst die Waffe wieder im Schrank verstaut und dabei ist Ihnen der Fehler unterlaufen, das Magazin nicht wieder aufzufüllen und nicht wieder an seinen angestammten Ort zurückzulegen."

„Nein Herr Krautzucker, so war es nicht. Ich verstehe auch nicht, warum das Magazin im Gewehr steckt und vor allen Dingen, warum ein Schuss fehlt. Wirklich!"

Sie gingen wieder nach oben, wo Frau Weber, ihre Tochter, ihre Schwester und auch der Freund der Tochter fassungslos im Esszimmer saßen. Frau Weber fand als Erste ihre Fassung. Als höfliche Gastgeberin stellte sie auf die Frage Krautzuckers den Polizisten ihre Gäste vor. Dann wandte sie sich an ihren Mann.

„Didi, was hast Du gemacht? Und warum?"

„Vera, ich habe den Lenzig nicht erschossen, obwohl ich ja allen Grund dazu gehabt hätte, dies zu tun", antwortete Herr Weber.

„Wie meinst Du das, Didi?"

„Ja meinst Du, ich wusste nicht, das zwischen Dir und Deinem Reiterfreund etwas lief?"

„Was soll denn da gelaufen sein", blitzte sie ihn an.

„Klaas hat es mir doch öfter gesteckt, dass was bei Euch lief, dass Ihr was miteinander hattet."

„Der muss es ja wissen, der alte Schürzenjäger."

„Willst Du es etwa bestreiten", Weber kam langsam wieder zu Sinnen.

„Natürlich bestreite ich das. Da war nichts zwischen Robert und mir. Robert hatte doch gar nichts mit dem weiblichen Geschlecht am Hut", zickte Veronica zurück.

„Du meinst...", Weber war erstaunt.

„Ja, Robert war schwul. Ich war nur eine gewisse Tarnung für ihn. Wie haben Sie es umschrieben, Herr Krautzucker? Ich war seine Sandgräfin. Es gibt ja leider immer noch zuviele intolerante Menschen unter uns. Auch auf dem Reiterhof.

128

Und das Du es weißt, Dein sauberer Freund Klaas war es, der mir nachgestellt hat, eindeutige Annäherungen versucht hat. Aber ich habe ihm klar gemacht, dass es für mich nur Dich gibt. Warum hast Du nicht mit mir gesprochen? Dann hätte sich alles aufgeklärt. Und auch davon abgesehen, für so etwas bringt man doch keinen Menschen um."

„Vera, ich war es nicht", beteuerte Weber erneut.

Krautzucker mischte sich ein: „Herr Weber, eigentlich wollten wir dies alles auf dem Revier klären. Aber wo wir hier alle beisammen sind, können wir auch hier und jetzt noch eine Frage klären. Der Wirt vom Goldenen Hahn hat ausgesagt, dass sich Ihre ominöse Weinrunde schon seit circa zwei Monaten auf seine Bitte hin gegen 22 Uhr auflöst. Herr Klaas hat uns das nach einigem Hin und Her auch bestätigt. Und zum letzten Freitag hat er uns auf die Frage, wo Sie, Herr Weber, nach 22 Uhr noch hin sind, geantwortet, oder besser, ist ihm ungewollt rausgerutscht, dass wir doch Ihre Schwägerin fragen sollten."

Dietmar Weber und seine Schwägerin stierten sich an. Sie schien wie vom Blitz getroffen. Und ihm ging in der Kürze durch den Kopf, warum er seine Schwägerin nach der Warnung von Klaas nicht hatte erreichen können, um sich mit ihr abzusprechen.

Veronica Weber dämmerte es: „Wie bitte, Du bist seit zwei Monaten gar nicht mehr bis mitten in der Nacht mit Deinen Weinfreunden zusammengesessen, sondern zu meiner Schwester geschlichen und Ihr habt Euch miteinander vergnügt? Stimmt das Rena? Ich glaub es nicht!"

Sie tigerte mit hochrotem Kopf zwischen Esszimmer und Wohnzimmer hin und her.

„Jetzt verstehe ich auch, warum Du Samstags immer nicht aus dem Bett gekommen bist und nur auf dem Sofa rumgehangen hast. Man ist ja nicht mehr der Jüngste. Da musstest Du Dich wohl erholen. Unglaublich!"

Frau Weber war außer sich. Damit hatte sie nicht gerechnet. Und zu ihrer Schwester gewandt: „Ach und Du musstest jeden Freitag für eine kranke Kollegin immer Spätdienst machen. Wie verlogen Du bist! Und Du willst meine Schwester sein?" Die Schwägerin saß sehr schuldbewusst auf ihrem Stuhl. „Hör zu Vera…", Verena Witzel versuchte ihrer Schwester es schuldbewusst zu erklären.

„Rena, sag jetzt besser nichts", zischte Veronica zurück. Dann wandte sich Verena Witzel an Krautzucker. „Herr Kommissar…"

„Hauptkommissar, die Zeit muss sein", blaffe Krautzucker zurück. Ihn nervte das eifersüchtige Gekeife. Schließlich hatte er den Mord an Robert Lenzig aufzuklären. Irgendwie nahm er in seinem Unterbewusstsein Partei für Frau Weber.

„Entschuldigung, Herr Hauptkommissar. Ja, es stimmt, Herr Weber war letzten Freitag von ungefähr 22 Uhr bis so gegen 2 Uhr morgens bei mir. Er kann es nicht gewesen sein. Sie irren sich."

„Also meine Herren, Sie hören es, ich bin unschuldig. Ich habe ein Alibi. Beenden wir jetzt dieses unwürdige Spielchen. Noch ist es für Sie nicht zu spät, eine Beschwerde zu vermeiden", Webers Arroganz kehrte zurück.

„Woher wissen wir, ob Sie beide nicht unter einer Decke stecken", entgegnete Harry Winkler, der auch etwas zu der auf-

130

geheizten Diskussion beitragen wollte. „Möglicherweise hat Ihnen Frau Witzel ja auch geholfen."

„Das ist ja lächerlich, Herr Winkler. Wobei bitteschön hätte mir Frau Witzel helfen sollen? Ich war zur fraglichen Zeit bei ihr in ihrer Wohnung und habe mit dem Mord an Lenzig nichts zu tun. Und Frau Witzel auch nicht."

Krautzucker wurde es langsam zu bunt: „Schluss jetzt, Herr Weber. Sie wiederholen sich. Sie werden uns ins Präsidium begleiten. Dort reden wir in aller Ruhe und werden alles klären."

Er gab den uniformierten Kollegen ein Zeichen, Weber abzuführen.

„Papa", Kerstin Weber meldete sich mit hochrotem Kopf und zittriger Stimme: „vielleicht solltest Du lieber einen Anwalt zu Rate ziehen."

„Nein Kerstin, ich brauche keinen Anwalt. Das habe ich den Beamten auch schon gesagt. Ich bin doch unschuldig."

Bevor Weber hinausbegleitet wurde, hob er seine rechte Hand zum Zeichen, dass er noch etwas sagen wollte.

„Vera, ich bin bestimmt schnell zurück. Es wird sich alles als Missverständnis herausstellen. Dann lass uns bitte in Ruhe noch einmal über alles reden. Wir sind doch erwachsene und vernünftige Menschen. Hör, wenn ich gewusst hätte, dass an der Geschichte mit Dir und dem Schwulen nichts war, hätte ich doch nie mit Deiner Schwester etwas angefangen. Ich fühlte mich einfach verletzt und betrogen", Weber schaute seine Frau mit Dackelaugen an.

„Nenn Robert nicht so, Didi! Und was ist das für eine lächerliche Ausrede für Dein monatelanges Verhältnis zu meiner

131

Schwester", Veronicas Augen blitzten eiskalt. Wenn Blicke töten könnten.

Verena Witzel hatte sich den Dialog ruhig angehört, aber jetzt wurde ihr bewusst, was ihr Lover eigentlich gesagt hatte. Wütend fuhr sie Dietmar Weber an: „Wie, dann war ich nur ein Ersatz, eine billige Gespielin für Deinen gekränkten Stolz? Wolltest Du Dich nur an meiner Schwester rächen? Deine Worte von Liebe und Leidenschaft nur leere Sprechhülsen? Ich bin fertig mit Dir!" Sie stand auf und machte Anstalten zu gehen.

„Halt, Frau Witzel, so einfach geht das hier nicht. Ihren Familienzwist können Sie bitte später klären. Wir haben nach wie vor zwei Morde aufzuklären."

„Wieso zwei Morde?" Dietmar Weber fand seine Fassung wieder.

„Ja wir wollen den Mord an Dr. Budde nicht vergessen. Es gibt möglicherweise Zusammenhänge", Winkler sprang seinem Chef zur Seite. „Frau Witzel, Fräulein Weber und Herr Bommert, wir bräuchten zur Vervollständigung unserer Unterlagen ihre Personalien. Anschrift, Geburtsdatum, Telefonnummer, Sie wissen schon. Schreiben Sie die Daten bitte auf diese Zettel." Winkler riss drei Zettel aus seinem Notizblock und gab ihnen einen Schreibstift.

„Warum brauchen Sie denn auch meine Daten", Sebastian Bommert, der bisher völlig eingeschüchtert da gesessen hatte, traute sich die Frage zu stellen. In seiner Stimme schwang eine gewisse Unsicherheit mit.

„Reine Routine, nur der Vollständigkeit halber, Herr Bommert. Vielleicht müssen wir Sie noch einmal als Zeugen bemühen.

132

Und dazu bräuchten wir nun mal Ihre Anschrift", beruhigte ihn Winkler.

Nachdem sie ihre Zettel ausgefüllt hatten, bat Krautzucker die drei noch um die Auskunft, welche Autos sie fahren. Frau Webers Fahrzeug kannte Krautzucker. Der rote Mini war ihm bei seinem ersten Besuch schon aufgefallen. Herrn Webers schwarzer Mercedes hatte er vorhin noch vor dessen Büro stehen gesehen. Frau Witzel und auch die Tochter Kerstin Weber erklärten, kein eigenes Fahrzeug zu besitzen. Sie bewältigten ihre Fahrten zum Altenheim und zur Uni mit öffentlichen Verkehrsmitteln. Sebastian Bommert gab an, einen alten Smart zu besitzen.

Dietmar Weber wollte nicht wahrhaben, abgeführt zu werden. Er fragte daher noch einmal: „Meine Herren, warum glauben Sie meiner Schwägerin und mir nicht? Durch dieses Alibi haben wir uns, wie Sie ja hinlänglich mitbekommen haben, doch beide in eine, sagen wir mal, delikate Situation gebracht. Ich habe ein Alibi. Es gibt keinen Grund, mich wie einen Verbrecher zu behandeln."

„Hört sich ja alles ganz schön an, Herr Weber", Krautzucker ließ sich nicht aus der Ruhe bringen: „Aber woher wissen wir, ob Ihre Schwägerin die Wahrheit sagt?"

„Ich habe nicht gelogen, Herr Hauptkommissar", die Entrüstung von Rena Witzel schien nicht gespielt zu sein.

„Ach Frau Witzel, wir haben ja gerade von Ihrer innigen Verbindung zu Herrn Weber erfahren. Und aus Liebe sind schon ganz andere Dinge passiert. Wenn wir alles glauben würden, was uns so aufgetischt wird, wären wir besser in der Kirche aufgehoben. Für uns zählen nur Fakten und Beweise. Und dazu brauchen wir Sie, Herr Weber, auf dem Revier."

Krautzucker gab den Uniformierten noch einmal ein Zeichen. Sie führten Weber ab. Zu Kerstin Weber gerichtet fragte Krautzucker: „Was wir noch wissen möchten, Fräulein Weber, wo waren Sie am Freitagabend zwischen 23 Uhr und Samstag früh so um 1 Uhr?"

„Ich", Kerstin Weber erschrak. Mit einer solchen Frage hatte sie nicht gerechnet. Nach einer kurzen Pause: „Ich war auf einem Mädelsabend im Dorf Westhofen bei einer alten Schulfreundin. Wir treffen uns dort zu fünft alle vier Wochen zum Klönen und Quatschen. Es ist spät geworden. Ich bin so gegen 2 Uhr nach Hause. Und bevor Sie meinen Freund fragen, er war beim Volleyballtraining."

„So lange aber doch nicht, Herr Bommert", wollte Winkler wissen.

„Nein, so lange war das Training nicht. Aber wir sitzen oft noch mit einigen Kumpeln in der Umkleidekabine zusammen, trinken das eine und andere Fläschchen Bier und so wird es auch oft spät." Bommert antwortete sehr leise.

„Und wie spät war es am letzten Freitag", hakte Winkler nach. „Da ich ja wusste, dass meine Freundin länger unterwegs war, habe ich auch keinen Drang gehabt, nach Hause zu gehen. Ich glaube, ich bin so um 1 Uhr zurück gewesen. Kerstin kam etwas später nach Hause."

„Ich vermute, im Zweifel können Sie beide uns die beteiligten Personen benennen", Krautzucker schaute in die Runde. Beide nickten zaghaft, während die Schwägerin, ohne noch ein Wort an die Runde zu verlieren, grußlos das Haus verließ.

„Frau Weber, wenn sie erlauben, ich habe noch eine Frage an Sie, die in eine ganz andere Richtung geht", Krautzucker wandte sich noch einmal an die Frau des Hauses.

„Was gibt es denn noch, Herr Hauptkommissar", Frau Weber machte einen erstaunlich souveränen Eindruck.

„Als wir am Fundort der Leiche von Dr. Budde waren, haben Sie mir erzählt, dass Sie öfters oberhalb dieses Tümpels lang geritten sind."

„Ja das stimmt. Wir sind manchmal mit mehreren Reiterfreunden dort lang gekommen. Es gibt in dem Gebiet einen schönen Reitweg, der von Wanderern kaum benutzt wird. So haben wir meistens unsere Ruhe und konnten mit unseren Pferden dort ungestört lang reiten."

„Ist Robert Lenzig auch dort mit geritten?"

„Ich glaube schon. Er ist oft in unserer Gruppe mit geritten, natürlich nur solange sein Hengst noch lebte. Aber das ist ja nun schon gut ein Jahr her, dass das arme Tier verstorben ist."

„Okay, danke Frau Weber."

„Wofür ist das wichtig, Herr Krautzucker", war Veronica Weber neugierig geworden.

„Frau Weber, ganz ehrlich. Das weiß ich auch noch nicht, nur so eine Neugierde, so ein unbestimmtes Gefühl."

Krautzucker und Winkler machten Anstalten zu gehen, da fiel Frau Weber noch etwas ein: „Warten Sie, meine Herren. Mir ist gerade auch noch etwas eingefallen. Meine Stute hatte vor zwei, drei Wochen eine wunde Stelle auf dem Rücken, sie konnte eine Zeit lang keinen Sattel tragen. Dr. Budde hat das übrigens mit einer tollen Salbe schnellstens geheilt."

135

„Ja und, Frau Weber", Krautzucker wurde ungeduldig, wollte er doch schnell ins Polizeipräsidium.

„Ich wollte meine Stute trotzdem bewegen. Und da kam mir die Idee, meine Stute am Halfter zu führen und mit ihr eine Wanderung über den Ebberg zu machen. Ich wollte gerade loswandern,da traf ich Robert. Als er hörte, was ich vorhatte, schloss er sich mir an und leistete mir Gesellschaft. Und da sind wir auch an dieser Stelle oberhalb des Tümpels vorbeigekommen. Ich erinnere mich, dass ich noch zu ihm gesagt habe, er solle doch einmal da runter schauen, um zu sehen wie steil und hoch das dort sei."

Als Krautzucker und Winkler das Präsidium erreicht hatten, waren Dietmar Weber und auch sein Jagdgewehr bereits in die Kriminaltechnik verbracht worden. Weber wurde auf Schmauchspuren untersucht und sein Gewehr sollte mit dem aus dem Baum gezogenen Projektil abgeglichen werden. Krautzucker hatte von unterwegs die KT informiert und um vorrangige Bearbeitung gebeten. Im Büro angekommen nahm Krautzucker sofort sein Telefon zur Hand, um seine Staatsanwältin über den neuesten Stand der Ermittlungen zu informieren. Winkler unterdes wollte auch keine Zeit verlieren und einen Aktenvermerk über Webers vorläufige Festnahme fertigen. Aber dazu kam er erst einmal nicht. Er sah, dass jemand von der Kriminaltechnik mehrmals versucht hatte, ihn zu kontaktieren. So rief er neugierig zurück. Er bekam dadurch nicht mit, wie sein Chef in einem sehr angenehmen Gespräch, wie Krautzucker befand, die Staatsanwältin auf Stand brachte. Frau von Biberg war sehr zufrieden über den aktuellen Ermittlungsstand.

Krautzucker freute sich, dass sie noch am Nachmittag zu ihnen ins Büro kommen wollte. Möglicherweise konnte sie noch heute für Dietmar Weber einen Haftbefehl beim Amtsgericht beantragen.

Was Winkler von der TK erfuhr, war auch sehr erfreulich. Die Kollegen hatten wie gewünscht die zweite Fremd DNA aus dem Kofferraum des Kuga mit der DNA von Dr. Budde abgeglichen. Der Abgleich war positiv. Budde hatte tatsächlich in diesem Kofferraum gelegen. So war es ziemlich sicher, dass er mit dem Kuga zum Steinbruch transportiert worden war, zu der Stelle, von wo man ihn in den Tümpel geworfen hatte. Der zweite Abgleich war auch positiv. Die Lederpartikel, die Dr. Rundholz am Hals des Tierarztes gesichert hatte, stammten von den Reithandschuhen, die im Handschuhfach des Kuga gefunden worden waren. Die Handschuhe waren daraufhin genauer unter die Lupe genommen worden. Auf den glatten Außenseiten der Handschuhe wurden Fingerabdrücke von Lenzig und nur von Lenzig sichergestellt. Dr. Rundholz hatte zum Glück an Lenzigs Leichnam auch die Fingerabdrücke gesichert. So war dieser Abgleich möglich gewesen. Der Techniker erläuterte Winkler, dass man beim Anlegen und Ausziehen solcher Handschuhe diese Fingerabdrücke zwangsläufig auf den Außenseiten hinterlässt. Winkler war von den Ermittlungsergebnissen begeistert. Entsprechend bedankte er sich bei der KT. Als er gerade seinem sehr gespannt dreinschauenden Chef die interessanten Neuigkeiten aus der KT berichten wollte, schwebte Frau von Biberg herein. Sie sah heute betont lässig aus. Sie trug eine Wrangler Jeans. Krautzucker bemerkte für sich, dass der Popo erst durch eine Wrangler Jeans zum perfek-

137

ten Frauenhintern wurde. In der knackig engen Jeans steckte zum Teil eine knallrote Bluse. Das Ganze wurde abgerundet durch High Heels in gleicher Farbe wie die Bluse. Ihre Haare hatte sie in einem Zopf gezähmt. Sie war dezent kaum merklich geschminkt. Krautzucker schaffte es kaum, seinen Blick von ihr zu wenden. Aber warum machte er eigentlich immer diese Beobachtungen und warum kamen ihm immer diese Gedanken? Frau von Biberg war für ihn doch unerreichbar.

„Meine Herren, mir wurde gerade ein Termin in einer anderen unwichtigen Sache abgesagt und da habe ich gedacht, ich gehe sofort zu meinen Lieblingsermittlern. Zugegeben, Herr Krautzucker, Sie haben mich am Telefon auch sehr neugierig gemacht. Übrigens, was schauen Sie so? Stimmt etwas nicht an mir", sie schaute prüfend an sich herab.

„Nein, nein, Frau von Biberg", Krautzucker rang immer noch um Fassung. Was für eine tolle Frau! „ Es ist alles in Ordnung. Und erlauben Sie mir zu sagen, mit Ihrem Äußeren ist mehr als alles in Ordnung."

„Krautzucker, hören Sie auf. Ist doch nur eine normale Jeans und eine frische Bluse."

„Frau von Biberg, es trifft sich gut, dass Sie schon zu uns gefunden haben", Winkler mischte sich in die irgendwie schräge Diskussion über das Outfit der Staatsanwältin ein. „So, warum Herr Winkler", von Biberg konnte auch ganz schnell wieder auf das Business umschalten. „Ich habe gerade sehr interessante Neuigkeiten aus der Kriminaltechnik erfahren. Herr Krautzucker kennt diese neuen Ermittlungsergebnisse auch noch nicht. So muss ich die Ergebnisse nur einmal erzäh-

138

len, so kann ich Sie beide sofort auf Stand bringen."
Winkler sah den beiden die Neugierde an.

„Ja, Winkler, dann lassen Sie sich auch nicht so lange bitten.
Legen Sie los. Frau von Biberg hat bestimmt auch nicht ewig
Zeit", Krautzucker rückte interessiert auf seinem Bürosessel
hin und her. Hätte sich die von Biberg nur nicht so lässig mit
einer ihrer aufregenden Pobacken auf seinem Schreibtisch nie-
dergelassen. Ob sie ihn wohl bewusst ein wenig provozieren
wollte?

Winkler war jetzt ganz in seinem Element.: „Also der Reihe
nach. Dr. Budde hat tatsächlich im Kofferraum des Kuga gelegen, also in Lenzigs Auto, Frau Staatsanwältin. Die Vermutung
ist groß, dass der Doktor im Kofferraum des Kuga zu der Stelle
transportiert worden ist, von der man ihn die Steinbruchklippen
herunter gestürzt hat, um ihn in diesem modrigen Tümpel zu
versenken."

„Aber wer hat ihn gefahren? Herr Winkler, haben Sie da auch
schon einen Ansatz", Frau von Biberg dachte mit.

„Natürlich, hier gibt es zwar nur Indizien. Aber die sind sehr
erdrückend. Auf die Bitte von Herrn Krautzucker haben die
Kriminaltechniker die kleinen Lederpartikel, die unser Doktor
am Hals des Tierarztes sichergestellt hat, mit den Reiterhandschuhen aus dem Kuga abgeglichen. Das Ergebnis ist eindeutig. Diese Handschuhe wurden benutzt, um den Arzt zu erwürgen", Winkler schaute triumphierend in die Runde: „Und noch
eins. Die Techniker haben auf den glatten Außenseiten der
Handschuhe nur Fingerabdrücke von Robert Lenzig sichern
können."

„Ja großartig", Krautzucker fand als Erster zu seiner Kombina-

139

tionsgabe zurück: „Dann haben wir wohl einen Mörder, der kurze Zeit später selbst ermordet worden ist. Und wie es Stand jetzt aussieht, haben beide Morde wohl nichts mit einander zu tun."

„Klären Sie mich bitte auf, Herr Krautzucker", die Staatsanwältin verstand noch nicht ganz die Zusammenhänge. Krautzucker wippte auf seinem Bürostuhl hin und her: „Lenzig hat Dr. Budde getötet, weil er Rache wollte, Rache für den Tod seines Pferdes. Und er wollte verhindern, dass der Arzt weitere Dopingmittel aus Russland in den Umlauf bringt, oder was auch immer seine Beweggründe waren. Frau Budde hat ausgesagt, dass Lenzig am Todestag ihres Ehemannes morgens in der Tierarztpraxis sehr aufgebracht angerufen hatte, um mit dem Tierarzt wieder mal über den leidigen Tod seines Pferdes zu streiten. Als er dann von Frau Budde erfuhr, dass ihr Ehemann nicht da sei, auf dem Weg nach Russland sei, aber zunächst noch auf dem Reiterhof nach dem Rechten sehen wollte, ist er ausgerastet und hat starke Drohungen ausgesprochen. Kurze Zeit später hat Herr Klaas, der Betreiber des Reiterhofs, Lenzig und Budde auf dem Reiterhof heftig streiten gesehen. Der Tierarzt hat entgegen seiner Verabredung seinen Taxifahrer nicht mehr angerufen, damit er ihn zum Flugplatz fahren konnte. Somit war Lenzig der letzte, der zu Dr. Budde Kontakt hatte. Von Frau Weber wissen wir, dass er die Stelle, an der Budde in den Tümpel gestürzt worden ist, genau kannte. So wusste er auch, dass im Idealfall die Leiche in diesem Modertümpel für immer verborgen bleiben würde. Es ist ja nur dem Zufall zu verdanken, dass Frau Weber die aus dem Tümpel ragende Hand entdeckte. Frau Staatsanwältin, somit haben wir hier einen Täter, den Sie leider nicht mehr anklagen können."

„Hmm", überlegte Frau von Biberg, „ dann ist es auch egal, ob der Täter im Affekt oder mit Vorsatz gehandelt hat. Totschlag oder Mord, egal. Der Täter hat in gewisser Weise seine Strafe bereits erhalten. Ja, ich weiß, ein wenig makaber, aber fiel mir gerade so ein. Durch seinen eigene Ermordung kann er nicht mehr zur Rechenschaft gezogen werden."

„Und er hat seine Geheimnisse, wie zum Beispiel sein Motiv mit ins Grab genommen, in dem er sich allerdings noch nicht befindet. Der Albtraum eines jeden Ermittlers..." murmelte Winkler.

„ Frau von Biberg", fuhr Krautzucker fort. „Lenzigs Tod steht für mich auf gar keinen Fall im Zusammenhang mit seiner eigenen Tat. Er hat Budde ganz alleine getötet. Er war sowieso ein Einzelgänger, wahrscheinlich nicht zuletzt wegen seiner Neigung, die er sich nie getraut hat, zu outen. Lenzig wurde eine Beziehung zu Frau Weber nachgesagt. Herr Winkler und ich haben uns vorhin bei der vorläufigen Festnahme von Dietmar Weber ziemlich heftige Eifersüchteleien anhören müssen. Hier sehe ich ein starkes Motiv, ein ganz starkes Motiv. Dazu gibt es eine SMS auf Lenzigs Handy, die wir noch nicht so recht zuordnen können, noch nicht so recht verstehen. Jedenfalls war Dietmar Weber von seinem besten Freund Klaas mehrfach gesteckt worden, dass seine Ehefrau etwas mit Lenzig hätte. Webers Wut war so groß, dass er sich, sagen wir mal so, aus gekränkter Eitelkeit mit seiner Schwägerin, der Schwester von Frau Weber, zu einer monatelangen Liebschaft einließ. Vielleicht hat diese rätselhafte Nachricht, diese SMS, dazu beigetragen, dass Weber sich an Lenzig rächen wollte, sich warum auch immer nicht erpressen lassen wollte. Vielleicht hatte der Ermordete ja mitbekommen, dass Weber mit der Schwägerin rummachte."

Ihre Gedankenspiele wurden abrupt unterbrochen. Besagter Herr Weber, begleitet von einem Techniker der Kriminaltechnik, wurde in ihr Büro geleitet. Erwartungsvoll schauten die drei die beiden Männer an. Webers arrogante Mimik ließ nichts Gutes vermuten.

„Das ging ja flott. Und was konnten Sie feststellen, Kollege", Krautzucker ließ sich seine Anspannung nicht anmerken.

„Frau Staatsanwältin, meine Herren", begann der Techniker sich seiner Bedeutung bewusst, „zum Jagdgewehr. Das totbringende Projektil wurde zweifelsfrei aus dieser Waffe abgefeuert. Der Schusstest war eindeutig. Nun zu Herrn Weber. Herr Weber hat nicht geschossen. Es konnten keinerlei Schmauchspuren an ihm festgestellt werden. Wir haben, um ganz sicher zu gehen, zwei unterschiedliche Tests durchgeführt. Wir haben zunächst das sogenannte Tape-Lift-Verfahren und dann den Paraffintest durchgeführt. Beide Tests waren negativ."

Noch bevor Krautzucker seiner Verwunderung Ausdruck verleihen konnte, polterte Weber los: „Glauben Sie jetzt, dass ich unschuldig bin? Welches Beweises bedarf es noch? Reine Schikane von Ihnen! Ich werde mir noch Konsequenzen überlegen. Das können Sie mir glauben."

„Jetzt beruhigen Sie sich bitte, Herr Weber", Frau von Biberg versuchte, Dietmar Weber ein wenig runter zu holen. „Ich darf mich erst einmal vorstellen. Ich bin die zuständige Staatsanwältin. Mein Name ist von Biberg. Und was das Verhalten meiner Ermittler angeht, versichere ich Ihnen, dass mei-

142

ne beiden Kollegen sich völlig korrekt verhalten haben. Spätestens als sie Ihr Jagdgewehr mit dem fehlenden Schuss gefunden hatten, blieb ihnen doch gar nichts anderes übrig, als Sie für den Täter zu halten. Die vorläufige Festnahme war nach der Strafprozessordnung nicht nur folgerichtig sondern auch gerechtfertigt."

„Aber was das alles sonst noch bei mir zu Hause ausgelöst hat. Ohne diese Schnüffelei in meinem Umfeld wäre mir einiges erspart geblieben. Meine Ehefrau ist stocksauer auf mich, meine Schwägerin hat mit mir gebrochen und meine Tochter verachtet mich vermutlich."

„Herr Weber, die Aufdeckung Ihrer Affäre können Sie wohl kaum uns anlasten. Ein kluger Kopf hat einmal gesagt: alte Sünden werfen lange Schatten", Krautzucker musste an sich halten, um nicht noch deutlicher zu werden.

„Ja und wie geht es jetzt weiter", wollte Weber wissen.

„Zunächst erst einmal sind Sie ein freier Mann. Die vorläufige Festnahme können wir nicht aufrecht erhalten. Insofern entschuldigen wir uns bei Ihnen in aller Form. Aber, Herr Weber, Sie sind noch nicht ganz aus dem Schneider."

„Wieso? Dieser Schmauchtest war doch eindeutig", Weber wollte sich schon wieder aufregen.

„Das Ergebnis des Tests besagt nur, dass Sie nicht geschossen haben. Nicht mehr und auch nicht weniger", die Staatsanwältin war in ihrem Element. „Sie haben nach wie vor das Problem, dass aus Ihrer Waffe der tödliche Schuss abgegeben worden ist. Wer konnte so ohne Weiteres an Ihr Jagdgewehr gelangen? Meine Phantasie kann sich vorstellen, dass Sie möglicherweise diesen Mord in Auftrag gegeben und ihre Waffe dafür zur Verfügung gestellt haben."

„Entschuldigung, Frau Staatsanwältin, aber solch einen Blödsinn habe ich noch nicht gehört", Weber polterte wieder los. Jetzt meldete sich Winkler zu Wort: „Dann erklären Sie uns doch bitte, wie die Waffe unbemerkt aus Ihrem Waffenschrank entwendet werden konnte und wie sie genauso unbemerkt wieder in den Schrank zurückgestellt werden konnte."

„Das weiß ich nicht. Ist mir im Augenblick auch völlig egal. Ich habe diesen Lenzig nicht umgebracht und ich habe auch keinen Auftragskiller beauftragt. Lächerlich! Kann ich jetzt gehen?"

„Ja, Herr Weber. Sie können gehen. Aber Sie halten sich weiter zu unserer Verfügung. Sollen wir Sie nach Hause bringen lassen", Frau von Biberg war die Höflichkeit in Person.

„ Nein danke, mein Bedarf an Fahrten mit einem Polizeiauto ist für heute gedeckt. Für ein Taxi reicht es noch. Was ist mit meiner Waffe?"

„Die bleibt erst einmal hier. Sie ist ein wichtiges Beweismittel", erläuterte Krautzucker.

Ohne ein weiteres Wort enteilte Weber aus dem Büro und ließ drei ziemlich ratlose Personen zurück.

Als Erste fand Frau von Biberg ihre Sprache wieder. „Ja, meine Herren, das war dann wohl nichts mit einem Haftbefehl."

„Leider Frau Staatsanwältin", murmelte Winkler und zu Krautzucker gewandt: „Chef, wir waren uns doch so sicher. Alles sprach gegen diesen arroganten Weber. Was nun", Winkler war ziemlich ratlos.

144

„Konrad Adenauer, unser erster Bundeskanzler, hat einmal gesagt: wenn die anderen glauben, man ist am Ende, so muss man erst richtig anfangen. Also fangen wir an, die Fakten und Indizien noch einmal neu zu ordnen. Was bleibt uns auch anderes übrig", Krautzucker versuchte sofort wieder Optimismus zu verbreiten.

Frau von Biberg bereitete ihren Abgang vor: „Meine Herren, Sie sehen mir nach, dass ich mich zunächst nicht an Ihrer Neuordnung der Fakten und Indizien beteilige. Ich möchte die Zeit nutzen und mal an einem Freitag pünktlich ins Wochenende gehen."

„Ja aber selbstverständlich, Frau von Biberg. Ich wünsche Ihnen ein schönes Wochenende. Wir werden auch nicht mehr lange machen, oder Winkler", Krautzucker war ihr gegenüber wieder die Freundlichkeit in Person.

„Frau von Biberg, ich schließe mich den Wünschen meines Chefs an. Sportlich gesprochen, diese heutige Niederlage muss erst einmal verdaut werden. Aber wie sagte der Altbundestrainer Sepp Herberger? Nach dem Spiel ist vor dem Spiel. Bevor wir den nächsten Schuss abgeben, werden wir gewiss besser vorbereitet sein, oder Chef", Winkler versuchte auch Zuversicht auszustrahlen.

„Meine Herren, ich bin mir total sicher, dass Sie mir bald Anlass geben werden, einen Haftbefehl zu beantragen. Also schönes Wochenende." Noch im Rausgehen: „Ach bevor ich es vergesse. Einen Fall haben Sie ja geklärt, den Mord an Dr. Budde. Den Abschlussbericht schreiben Sie bitte in Ruhe. Anfang der nächsten Woche reicht, okay?"

145

Krautzucker schaute ein wenig traurig der knackigen Jeanshose hinterher. Wäre Weber ihr Täter gewesen, hätte er an diesem Tag länger das Vergnügen gehabt, ihre Nähe zu genießen. Aber dann holte er sich selbst in die Realität zurück. Wovon er auch immer träumte oder schwärmte, sie war nun mal seine Chefin, toll aussehend hin oder her.

„Chef, hallo, Chef", Winkler merkte, dass Krautzucker mit seinen Gedanken woanders war.

„Entschuldigung, Winkler, wollten Sie noch was sagen", Krautzucker musste sich erst sortieren.

„Ja, ich möchte noch einmal den Gedanken aufgreifen, dass dieser Weber möglicherweise den Mord in Auftrag gegeben haben könnte. Und da fällt mir spontan dieser Klaas ein. Auch er hatte doch ein Motiv. Er war doch scharf auf Frau Weber. Und dabei war ihm Lenzig im Wege. Von dessen Homosexualität wusste er ja nichts. Aus seiner Sicht hätte er durch die Beseitigung von Lenzig möglicherweise freie Bahn bei Frau Weber gehabt. Wie wir ja wissen, hat er seinem Freund Weber auffällig häufig gesteckt, dass seine Frau etwas mit Lenzig hat, also fremd geht. Was wäre, wenn Weber seinen Spezi Klaas verdungen hatte, Lenzig beiseite zu schaffen? Nach den ganzen Andeutungen seines lieben Freundes war er ja wohl eifersüchtig genug. Weber hat ihm die Waffe zur Verfügung gestellt und alles nahm seinen Lauf. Was meinen Sie?"

„Denkbar, Winkler", Krautzucker überlegte: „Aber bedenken sie, er hat ein Alibi für die Tatzeit."

„Gut, er hat uns gegenüber angegeben, gegen 22:30 Uhr zu Hause gewesen zu sein, Zeugin unter anderem seine Ehefrau. Wer sagt uns, dass er da nicht gelogen hat und einfach darauf gesetzt hat, dass wir ihm glauben und sein Alibi gar nicht überprüfen?"

„Das würde bedeuten, dass wir es mit zwei Tätern zu tun hätten. Klaas, den Schützen, und Weber, den Anstifter oder zumindest als Waffenlieferant", sponn Krautzucker den Faden weiter.

„Aber warum gibt Klaas dann Webers Techtelmechtel mit der Schwägerin Preis? Irgendwie passt das alles nicht, Winkler."

„War ja auch nur so eine Idee, Chef", Winkler grübelte weiter.

„Fällt Ihnen denn jetzt noch jemand ein, der ein Motiv hatte, Lenzig zu ermorden? Mir nicht."

„Winkler, es muss jemand sein, der auf jeden Fall Zugriff auf das Jagdgewehr hatte und zwar unbemerkt. Es gab ja keine Einbruchsspuren. Und ein Einbrecher würde wohl kaum die Waffe zurückstellen. Aber wer alles hatte Zugriff auf den Waffenschrank?"

„Die einzige Person ohne Alibi ist Veronica Weber. Sie hat angeblich zur Tatzeit alleine in ihrem Bett gelegen. Nur, was hätte sie für ein Tatmotiv gehabt? Sie hatte doch nichts gegen Lenzig, war quasi mit ihm befreundet. Mir schwirrt da auch immer wieder diese SMS im Kopf herum."

Krautzucker hakte ein: „Ja, wen hat unser Opfer möglicherweise erpresst, genötigt zu diesem ominösen Treffpunkt zu kommen? Hat das überhaupt etwas mit seiner Ermordung zu tun? Fragen, Fragen, Fragen. Wir sollten jetzt genauso wie Frau von Biberg das Wochenende einläuten."

„Ja, Sie haben Recht. Ich will nur noch den Aktenvermerk über die Feststellungen der Kriminaltechnik fertigschreiben."

„Okay, Winkler. Machen Sie nur nicht mehr zulange. Dann

147

wünsch ich Ihnen ein schönes Wochenende. Und schalten Sie mal ab."

Krautzucker nahm seine Jacke von der Stuhllehne und verließ das Büro. Er war gerade gegangen, da klingelte das Telefon. Winkler erkannte an der Nummer , dass es jemand von der IT sein musste.

„Winkler hier, was verschafft mir zu so vorgerückter Stunde noch die Ehre Eures Anrufs?"

„Ja, wir sind nur noch für Euch im Einsatz."

„Wie soll ich das verstehen?"

„Kollege Winkler, es geht um das defekte Handy Eures Mordopfers Lenzig."

Winkler war gespannt: „Sag bloß, Ihr konntet noch was rausbekommen?"

„Ja, möglicherweise können wir noch die letzten Telefonate, die mit diesem Handy getätigt worden sind, rekonstruieren."

„Was heißt möglicherweise", Winkler war wieder auf Betriebstemperatur.

„Wir haben das Innenleben des Handys noch ein wenig aufbereiten können. Ich will jetzt nicht ins technische Fachchinesisch verfallen. Jedenfalls haben wir unsere Aufbereitung an den zuständigen Provider weitergeleitet. Und soeben kam die Rückmeldung, dass wir systembedingt erst Morgen früh ein Ergebnis erhalten können."

„Okay, klingt ja erst einmal vielversprechend. Frage: ist Euer Labor Morgen besetzt?"

„Ja, ich habe zufälligerweise Morgen Bereitschaft, werde also im Labor sein."

„Wenn ich Morgen auch ins Büro komme, könnt Ihr mich dann informieren, sobald Ihr vom Provider die Rückmeldung erhalten habt?"

„Winkler, wenn ich weiß, dass Du da bist, melde ich mich selbstverständlich sofort, wenn ich mehr weiß."

„Toll, dann bis Morgen. Und danke für die Info."

„Nicht dafür. Schönen Abend noch."

Winkler war schon ganz gespannt auf das Ergebnis der Ermittlungen des Providers. Vielleicht kam ja auf diese Weise neues Licht in den Fall. Er beschloss seine Vermerke auf den nächsten Tag zu verschieben, da er ja dann eh im Büro sein würde. Und er wusste ja auch nicht, wann sich die IT Stelle melden würde.

Krautzucker war zu aufgebracht und verwirrt, um sofort in seine Wohnung ins Kreuzviertel zu gehen. Außerdem konnte er seinen alten BMW abholen. Sein Schrauber hatte nur normale Inspektionsarbeiten durchführen müssen. Er war mal wieder zufrieden darüber, wie solide sein altes Auto ohne Mucken seinen Dienst versah. Er fuhr in die Bolmke, ein kleines Waldstück südlich des Fußballtempels des BVB, des schönsten Fußballstadions der Welt, wie er und viele BVB Anhänger meinten. Dort schlenderte er gedankenversunken und in sich gekehrt des Weges. Ein Rottweiler folgte ihm knurrend. Er drehte sich um.

„Wo ist Dein Herrchen?" Das Herrchen war ein attraktives Frauchen. Es kam herbeigeeilt, offensichtlich einigermaßen beunruhigt. Zuckersüß sagte er zu der Attraktiven: „Ihr herrlicher Hund hat ein Auge auf mich geworfen, leider habe ich keine Zeit für ihn."

„Ich werde ihn an die Leine nehmen", sagte sie mit leicht errötetem Kopf und schimpfte mit ihrem Hund: „Pfui, Jan Peter, benimm Dich!"

„Er meint es bestimmt nicht böse", erwiderte Krautzucker, ging auf das Untier zu und kraulte es unterm Kinn. Selig schloss Jan Peter seine Augen. Als die beiden verschwunden waren, dachte der Hauptkommissar bei sich, willst Du Dich bei Frauchen einschleimen, dann streichele den Hund.

Krautzucker suchte sein Kleinhirn nach einem Fehler ab. Er vermutete, etwas falsch gemacht zu haben, etwas übersehen zu haben. Aber was? Hatte er einen Fehler gemacht? Er wusste nur nicht, welcher es sein könnte. Müde und gefrustet fuhr er heim. Die Sonne war vor einer Viertelstunde untergegangen, es war ein fast sternenklarer Abend, es war dunkel geworden, aber die Straßenlaternen und der Mond tauchten das Kreuzviertel in ein wunderbares Licht. Krautzucker näherte sich seiner Wohnung und freute sich, weil er in Mathildas Fenster noch bläuliches Licht flackern sah. Sie schaute Fernsehen. Er sah gerade vor seinem geistigen Auge die grüne Bierflasche, kleine glasklare Wassertropfen zeugten von der Kühle des wertvollen Getränks. Er spürte beinahe körperlich, wie das kühle Pils seine Speiseröhre hinunter rann. Er klopfte wie immer, sehr laut, einmal lang, zweimal kurz, dreimal lang, dann öffnete er mit seinem Zweitschlüssel Mathildas Wohnungstür und steuerte direkt auf den Kühlschrank zu. Er nahm sich sofort zwei Pils aus der Flaschenhalterung in der Tür.

„Das ist aber schön, dass Du noch einmal bei Deiner steinalten Freundin vorbeischaust."

„Ja, ich habe mich auch gefreut, als ich bei Dir noch Licht gesehen habe. Es ist schon spät. Ich hatte befürchtet, Du schläfst schon."

„Schlafen? Das kann ich noch lange genug. Meine Ärztin war gerade bei mir. Du müsstest sie eigentlich noch gesehen haben. Sie war bei einer Patientin in der Nähe und hat mir kurzentschlossen einen Besuch abgestattet. Sie wollte mir doch tatsächlich eine Grippeschutzimpfe verpassen. Ich hab ihr gesagt, dass ich das nicht wolle. Dieses Mistzeug in meinem Körper. Daraufhin hat sie mir gesagt, dass ich bereits weit über achtzig bin und so zu der sogenannten Risikogruppe gehöre. Sie sagte zu mir, wenn Sie eine Grippe kriegen, können Sie ruckzuck daran sterben. Ich habe ihr gesagt, Frau Doktor, darf ich vielleicht auch mal sterben. Daraufhin ist sie beleidigt unverrichteter Dinge gegangen, denn ihr wurde klar, dass sie das Mistzeug bei mir nicht los wird. Ich bin nur froh, dass Du noch nicht da warst. Sonst hättet Ihr beide gemeinsam…"

Krautzucker: „Aber nein, ich hätte ihr nicht geholfen. Meinetwegen darfst Du ruhig irgendwann mal sterben. In zehn Jahren oder so."

Mathilda: „So lange noch? Kreuzsappalot!"

Krautzucker: „Ach die Zeit vergeht wie im Fluge. Zehn Jahre sind nichts."

Sie antwortete: „Meinst Du? Nein, nein, nein, ein Tag dauert lange, die Stunden kriechen dahin und zehn Jahre, das dauert eine Ewigkeit."

Dann schaute sie Krautzucker mit ernsten Augen an: „Sag mal Junge, Du siehst ja fürchterlich aus. Was war denn heute los?" Mathilda Brinkhaus, gute achtundachtzig Jahre alt, gesegnet mit der Sehkraft eines altersschwachen Maulwurfs in der Mittagssonne. Aber wenn ihr Freund Krauti mal mitgenommen aussah, das sah sie sofort. Und sie machte sich Sorgen, und wenn sie sich Sorgen machte, dann nannte sie ihn immer „Junge".

Krautzucker erzählte ihr von der missglückten Festnahme und das er in einem seiner beiden aktuellen Mordfälle vor einem Rätsel stand. Viele ältere Menschen sprechen sehr laut, weil sie nicht so gut hören, aber Mathilda hörte ja wunderbar, und deshalb sprach sie oft sehr leise, und nun sprach sie besonders leise, als sie sagte: „Euer Nichttäter hat es Euch zunächst zu leicht gemacht. Deshalb habt Ihr Euch vielleicht zu sicher gefühlt und nicht mehr nach links und nach rechts geschaut. Wo ist Dein sprichwörtlicher kriminalistischer Instinkt geblieben?"

„Ich weiß es nicht. Vielleicht werde ich alt und mein Instinkt zahlt diesem Alter langsam Tribut."

„Ach, das glaube ich nicht. Trink Dein Pilsken und dann schlaf Dich richtig aus, genieße das Wochenende und Du wirst sehen, am Montag ist Dein Instinkt auch wieder wach."

„Vielleicht hast Du Recht. Auf jeden Fall vielen Dank, dass Du mir mal wieder zugehört hast."

Er trank sein Pils aus, stand auf, küsste Mathilda auf die Wange und schlurfte langsam und nachdenklich in seine Wohnung.

Samstag, 01.06.2019

Winkler zog es vor, seinen Chef erst einmal noch nicht über die möglichen Neuigkeiten zu informieren. Wenigstens Krautzucker sollte ein ruhiges Wochenende haben. So saß er an diesem Samstag vor seinem PC und schrieb die Aktenvermerke über die gestrigen Geschehnisse. Es war so gegen 10 Uhr, als sich die IT meldete. Der Kollege von gestern begrüßte ihn am Telefon mit einem fröhlichen „Hallo Kollege".

Winkler war gespannt: „Und haben die Leute vom Provider uns weiterhelfen können?"

„Ich hoffe es. Sie haben die letzten acht angerufenen Nummern und die letzten fünf eingegangenen Nummern noch rekonstruieren können. Euer Toter muss wohl nicht allzu oft mit dem Handy telefoniert haben. Diese rekonstruierten Telefonate haben in einem Zeitraum von gut zwei Monaten stattgefunden. Soll ich Euch die Daten rüber mailen?"

„Ja, sowieso Kollege, ich bitte darum. Dann kann ich in Ruhe versuchen, die passenden Personen zu den Telefonnummern heraus zubekommen. Ich sage schon einmal vielen Dank und noch eine ruhige Bereitschaft."

„Ach, fast hätte ich noch ein – wie ich denke – wichtiges Detail vergessen.

„Was denn?"

„Die Techniker konnten auch noch eine zweite, eine eingegangene, SMS wieder lesbar machen. Die erste Nachricht kennt ihr ja schon."

„Und was steht in dieser SMS? Und wer hat sie geschrieben?"

„Von wem die Nachricht stammt? Es ist ebenso wenig noch

153

rekonstruierbar, wie bei der anderen SMS nicht mehr erkennbar ist, wer sie erhalten hat. Der Text ist kurz und lautet: Planänderung. Treffpunkt 22:30 Uhr, Parkplatz hinter dem Reiterhof."

„Okay, das ist wirklich wichtig. Dann noch einmal eine ruhige Bereitschaft."

Winkler freute sich über diese neuen Fakten. Die konnten ihnen bestimmt weiterhelfen.

„Ja und tschüss", schon hatte der IT - Kollege aufgelegt.

Winkler schaute gebannt auf den Bildschirm seines PC's. Ein dezentes „Klang" kündigte die eingegangene Mail des Kollegen an. Er druckte die Daten aus und schaute sie sich dann erst genau an. Welche Rufnummern kamen da wohl noch zum Vorschein? Es waren bis auf zwei Ausnahmen nur Handy–Nummern. Die einzige Festnetznummer, einmal eingehend, einmal rausgehend, kannte er, hatte er doch selber diese Nummer schon das ein und andere Mal gewählt. Die Nummer gehörte zum Hauptzollamt Dortmund. Diese beiden Telefonate konnte er somit gewiss vernachlässigen. Es waren sicherlich dienstliche Gespräche gewesen. Dann waren da zwei Anrufe von Frau Weber, die Handynummer war ihm ebenfalls bekannt, sicherlich auch nichts Ungewöhnliches. Was ihn dann allerdings stutzig machte, war eine Nummer, die Lenzig in den letzten zwei Monaten sieben Mal angerufen hatte und von der er zwei Mal angerufen worden war. Irgendwie kam ihm diese Nummer bekannt vor, er hatte diese Nummer schon einmal gelesen oder sogar zu einem Aktenvermerk in seinen PC eingegeben. Er überlegte, zunächst fiel es ihm nicht ein. Als er gerade die Nummer durch sein Suchprogramm laufen

154

lassen wollte, erinnerte er sich wieder. Er schaute in die Kontaktdaten der Personen, die ihm ihre Daten bei Frau Webers Geburtstag aufgeschrieben hatten. Bingo! Es war die Handynummer von Sebastian Bommert, dem Freund von Kerstin Weber. Er war total verwirrt. Das verstand er nun gar nicht. Welchen Kontakt mochte es zwischen Lenzig und diesem Bommert gegeben haben? Aus welchem Grunde hatte Lenzig ihn so oft angerufen? Bei genauerem Betrachten der Daten erkannte Winkler, dass Bommert zwei Mal nur wenig später nach Lenzigs Anruf zurückgerufen hatte. Weiterhin sah er, dass alle Telefonate jeweils nur von kurzer Dauer gewesen waren. Was verband diese beiden Männer? Was hatten sie zu bereden gehabt? Winkler zerbrach sich den Kopf. Bei aller Phantasie, die sein Beruf erforderte, fiel ihm dazu im Augenblick nichts Vernünftiges ein. Zwischenmenschlich konnte es da doch nichts geben. Bommert war in die Tochter von diesem arroganten Weber verliebt und Lenzig war schwul. Winkler fand keine passende Melodie. Bei ihm war das Denkbesteck komplett in die Schublade gerutscht. Er beschloss, seine Vermerke zu Ende zu schreiben und dann am Montag mit seinem Chef zusammen zu überlegen, welche Sinngebung diese Telefonate wohl gehabt haben könnten.

155

Sonntag, 02.06.2019

Veronica Weber saß sehr verloren am Frühstückstisch. Nur ihr Hund Oskar leistete ihr Gesellschaft. Als sie den Frühstückstisch wie immer decken wollte, realisierte sie erstmals, dass sie ja nur für sich selbst decken musste. Sie fühlte sich sehr unbehaglich. Es war das erste Mal, dass an einem Sonntag ihr Ehemann nicht mit ihr frühstückte. Ihr Ehemann war ja am Freitag in sein Büro gezogen und ihre Tochter und deren Freund hatten sich auch nicht hören und sehen lassen. So sehr ihr die Ereignisse der letzten Tage auch zugesetzt hatten, so sehr vermisste sie doch seine Gesellschaft. Und das alles, weil ausgerechnet sie zwei Leichen auf dem Ebberg gefunden hatte, dachte sie voller Selbstironie. Sie wollte sich gewiss nicht selbst bemitleiden, Sie wollte stark sein. Dabei schweiften Ihre Gedanken in ihre Vergangenheit. Sie war als Einzelkind aufgewachsen. Sie war alles andere als glücklich gewesen. In ihrer Durchschnittsfamilie hatte sie sich schrecklich unwohl gefühlt. Abgesehen von ein paar Ohrfeigen war sie von ihren Eltern nie geschlagen oder gar misshandelt worden, wie man es immer öfter selbst aus sogenannten guten Häusern hörte. Aber sie hatte auch nie eine Wertschätzung erfahren, im Gegenteil, ihre Eltern hatten nur an ihr herumkritisiert und sie darauf getrimmt, ihre Bedürfnisse hinten anzustellen. In nichts hatte sie es ihren Eltern recht machen können, weder Frisur noch Kleidung hatten Gnade vor den Augen ihrer Mutter gefunden, erst recht nicht ihre Schulnoten oder ihre Freunde. Als sie Dietmar Weber das erste Mal getroffen hatte, war sie neunzehn Jahre alt. Er war Student an der Uni Bochum, studierte Maschinenbau. Sie hatte ihn in Schwerte beim Welttheater der Straße , ein stets viel besuchtes und über die Stadtgrenzen Schwertes hinaus bekanntes Festival, kennengelernt. Als sich ihre Blicke trafen hatte ihr Herz einen Salto geschlagen. Sie hatte ihn bewundert und sich Hals über Kopf in ihn verliebt. Ihm war es nach seinem eigenen Bekunden nicht anders ergangen. Schnell waren sie ein Paar geworden. Dietmar hatte sie auf Händen getragen und ihr jeden Wunsch von den Augen abgelesen. So hatten sie sich ohne das Wissen ihrer Eltern schnell heimlich verlobt. Sie versprachen sich, sobald sie ihre Lehre beim Steuerberater und er sein Studium beendet hatte, zu heiraten. So war es dann auch gekommen. Sie erinnerte sich noch an die standesamtliche Vermählung im alten Schwerter Rathaus, an die kirchliche Trauung in St. Viktor und dann an die tolle Feier im Schwerter Freischütz.

Dietmar hatte schnell einen guten Job als Kfz-Gutachter bei einem großen Dortmunder Schadensbüro bekommen. Sie war zunächst weiterhin bei ihrem Lehrherrn als Steuerberatergehilfin tätig geblieben. Die Geburt ihrer Tochter Kerstin hatte ihr gemeinsames Glück vollkommen gemacht. Sie waren beide total vernarrt in ihr Töchterchen. Als dann Dietmar noch eine größere Erbschaft gemacht hatte – seine ledige Lieblingstante war verstorben und hatte all ihr Vermögen ihm vererbt – konnten sie ihr Traumhaus in Westhofen bauen. Er hatte sich dann mit einem eigenen Gutachterbüro in Schwerte selbstständig machen können. Sein Unternehmen lief ganz schnell sehr gut. Finanziell hätte es kaum besser laufen können. So wünschte er sich, dass sie ihre Arbeit an den Nagel hängen sollte. Er meinte, sein Unternehmen würde schließlich genug abwerfen. Heute dachte sie, gut dies nicht getan zu haben. Zwar hatte sie nach ihrer Mutterpause ihren alten Lehrherrn verlassen müssen, weil dieser sich aus Altersgründen zur Ruhe gesetzt hatte. Aber über interne Verbindungen hatte sie schnell die Anstellung als Halbtagskraft in Bochum bekommen. Eigentlich war sie jahrelang sehr zufrieden gewesen. Bevor Dietmar sich selbständig gemacht hatte, waren sie oft in die Toscana oder nach Andalusien in Urlaub gefahren. Dort hatte sie auch ihre Liebe zu Pferden entdeckt. Ihr Zusammenleben mit Dietmar litt dann immer mehr darunter, dass er einfach zu viel und zu lange arbeitete. An den Abenden und an den Wochenenden war er viel zu kaputt, um noch etwas mit ihr zu unternehmen. Er hatte im Übrigen auch kein Interesse an ihrem großen Hobby, dem Reitsport. Aber immerhin hatte er es ihr finanziell ermöglicht, ein eigenes Pferd zu besitzen und auf einem der angesehensten Reiterhöfe der näheren und weiteren Umgebung eine Box für ihr Pferd zu unterhalten. Sie war ihm sehr dankbar dafür. Dass er Freitags seit Jahren mit seinen Weinfreunden zusammensaß, hatte sie auch akzeptiert. In Westhofen waren sie im Laufe der Zeit zu angesehenen Nachbarn und Mitbürgern herangereift. Und nun diese schrecklichen Ereignisse und vor allen Dingen seine Untreue. Und das noch ausgerechnet mit ihrer Schwester. Wie sollte sie nur damit fertig werden? Das Frühstück war ihr vergangen. Sie packte das Geschirr und die Zutaten wieder weg.

Das Klingeln des Telefons riss sie aus ihren trüben Gedanken. Ob es Dietmar war, der sich auch nach ihr sehnte? Die Nummer im Display des Telefons war ihr gänzlich unbekannt. Ein wenig traurig meldete sie sich: „Weber, ja bitte."

„Hier ist Krautzucker, Frau Weber entschuldigen Sie bitte die sonntägliche Störung. Ich sitze hier grübelnd in meiner Wohnung und da ist mir noch ein Gedanke gekommen. Kann ich Ihnen noch eine Frage stellen?"

Irritiert erwiderte sie: „Sie stören nicht, Herr Hauptkommissar. Ich sitze hier alleine beim Frühstück. Aber welche Frage kann ich Ihnen denn noch beantworten? Sie müssten von mir doch schon alles wissen."

„Es geht um Ihren Hund Oskar."

„Wie bitte? Was hat Oskar mit den Morden zu tun, außer, dass er es war, der die Leichen als erster entdeckt hatte?"

„Frau Weber, er hat nichts mit den Morden zu tun, zumindest nicht direkt. Aber mir ist eben ein Gedanke gekommen, als ich noch einmal über den vermeintlichen Diebstahl der Tatwaffe nachdachte. Sie haben ausgesagt, dass Sie in der Nacht, als Lenzig ermordet worden ist, so gegen 22 Uhr zu Bett gegangen sind, richtig?"

„Ja das ist richtig so. Warum?"

„Wo schläft Ihr Hund des Nachts?"

„An meinem Bett bei mir im Schlafzimmer im Obergeschoß. Aber ich verstehe nicht."

„Frage: wie wachsam ist Ihr Oskar?"

„Bei Fremden und beim Klingeln an der Haustür schlägt er an, wenn Sie das meinen."

„Und bei den eigenen Leuten?"

„Da verhält er sich ruhig. Mein Ehemann geht ja auch ab und an mit ihm Gassi. Na und meine Tochter hat sich, bis sie zu

159

ihrem Freund zog, sehr intensiv mit Oskar beschäftigt."
„Okay. Wenn in der fraglichen Nacht jemand bei Ihnen einge-
brochen wäre, um die Waffe zu entwenden, und Oskar ange-
schlagen hätte…"
„Hätte ich es gehört, wäre ich aufgewacht. Aber ich habe nichts
gehört. Oskar war ruhig."
„Gut, dann weiß ich Bescheid. Einen schönen Sonntag noch."
„Sie sind vielleicht originell. Erst schrecken Sie mich am Sonn-
tag Morgen hoch, stellen mir komische Fragen und nun wün-
schen Sie mir einen schönen Sonntag, als wäre nichts gewesen,
als wäre es das Normalste von der Welt."
„Tut mir leid, Frau Weber. Verstehen Sie bitte, ich habe einen
Mord aufzuklären."
„Ja schon gut, Herr Krautzucker. Aber wieso nur einen Mord?
Es sind doch zwei Menschen ermordet worden. Ich habe
schließlich zwei Leichen gefunden."
„Ein Mord ist aufgeklärt. Es geht jetzt nur noch um den Robert
Lenzig."
„So? Und können Sie mir sagen, wer den Doktor in den Tüm-
pel befördert hat?"
„Das kann ich Ihnen natürlich nicht sagen, laufende Ermittlun-
gen."
„Dann wünsche ich Ihnen auch einen schönen Sonntag. Hof-
fentlich fassen Sie auch bald Roberts Mörder, damit hier end-
lich wieder Ruhe einkehrt."
Veronica Weber knallte den Hörer auf die Gabel. Sie holte
Oskars Leine und ging mit ihm schnurstracks in den Wald.
Das Frühstück war ihr leidlich vergangen.

Harry Winkler war auf dem Fußballplatz gewesen und hatte seinen Sportskameraden wehmütig bei einem Turnierspiel zugesehen. Danach war er in seine kleine schnuckelige Wohnung zurück gekehrt. Seine Freundin war über's Wochenende mit ihren Handballmädels zum Saisonabschluss an den Rhein gefahren. So saß er allein zu Hause und wusste so Recht nichts mit sich anzufangen. Das Fernsehprogramm konnte ihn auch nicht erfreuen. Er grübelte über den ungeklärten Mordfall. Sein Chef und auch er selbst waren sich noch am Freitagmorgen total sicher gewesen, mit Dietmar Weber den Mörder von Robert Lenzig ermittelt zu haben. Aber da hatten sie beide offensichtlich falsch gelegen. Aber wo war nun das Packende zur Lösung des Mordfalls? Er hatte keine Ahnung. Lustlos blätterte er in einer Computerzeitschrift, die er sich regelmäßig kaufte. Da erweckte ein Artikel sein Interesse. Es war eine spannende Abhandlung über das Darknet. Vor allem ging es darum, welche Informationen man aus diesem Darknet saugen konnte. Die Überschrift dieses Berichts lautete „Im Darknet ist niemand sicher".

Ihm kam eine Idee. Augenblicklich war er hellwach, seine kriminalistischen Antennen fuhren aus. Er hatte mal in der Szene gehört, dass sich Homosexuelle oft über dieses Darknet austauschen, ja Kontakte knüpfen. Es war nur so eine wage Hoffnung, aber vielleicht konnte er über Lenzig etwas im Darknet finden, was für die Lösung des Mordfalles von Nutzen sein könnte. So startete er seinen privaten Laptop. Er erinnerte sich nur zu gut, dass er durch Recherchen in diesem Darknet mehrere Drogendealer, die auch einen Mord zu verantworten gehabt hatten, vor einiger Zeit enttarnen konnte und so ihrer gerechten

Strafe hatte zuführen können. Damals hatte ihn ein etwas zwielichtiger, mit allen schmutzigen Wassern gewaschener Mitspieler aus seinem Fußballverein an das Darknet herangeführt. Er hatte ihm gezeigt, wie man sich den Zugang zu diesem Netz verschaffen konnte. Er hatte seinerzeit hierfür auch seinen privaten PC benutzt. Der Zugang mit seinem Dienst PC wäre ihm von offizieller Seite nie gestattet worden. Und ohne offizielle Erlaubnis waren ihm die Recherchen mit seinem Dienst PC zu heiß gewesen. Winkler hatte zu der Zeit gelernt, dass es Orte auf der Welt gibt, an denen die gesellschaftlichen Regeln für unbestimmte Zeit aufgehoben sind. Orte, an denen das Böse wild ins Kraut schießt und die geheime Natur des Menschen sich schrankenlos entfalten kann. In diesen Ego-Wüsten haben Leben und Tod einen relativen Wert und das Leid Anderer wird zur Tauschware. Einer dieser Orte ist das Darknet, das geheime Internet im Internet, das Netz unter dem Netz, halt das Niemandsland.

Winkler hatte gelernt, dass man dort alles Denkbare kaufen und verkaufen konnte, ob es heikle Waren, Waffen, Drogen, Daten und sogar Menschen waren. Das Darknet funktionierte genau wie das offizielle Internet. Es gab Suchmaschinen wie Dark Tor und Ahmia. Oder Grams, das grafisch genauso aufgemacht war wie Google. Hier bekam man einen Überblick über die Sites, die Güter oder Dienste angeboten, zum Beispiel eine Pistole mit ausgeschliffener Seriennummer und bei Bedarf auch eine passende Hand, die den Abzug drückte. So gab es auch widerliche Video-Tutorials, die einem zeigten, wie man zum Beispiel eine Frau vergewaltigen konnte, ohne seine Spuren zu hinterlassen. Beim Handeln an diesem Ort ging es alles andere als gesittet zu, eher wie auf einem Flohmarkt, nur dass hier Hochsensibles feilgeboten wurde. Winklers Darknet Experte hatte ihn eindringlich vor allen Gefahren dieses Mediums gewarnt. So wusste er, wie vorsichtig man sich in diesem Parallel-Universum bewegen musste, ohne sich selbst erkennen zu geben. Sein Experte hatte ihm die Kniffe beigebracht, um sich gegen mögliche Gefahren zu wappnen. So wusste Winkler um die Brisanz, sich im Darknet zu bewegen. Das rief er sich nun wieder in Erinnerung, während in der Mitte des schwarzen Bildschirms ein Chronometer mit einem Countdown erschien. Der Zugang erfolgte nicht sofort, sondern erforderte mehrere Schritte. Zuerst war es wichtig, sich ausreichend zu schützen, gerade so, als würde man eine Reise in ein unbekanntes Land planen. Die im Web gebräuchlichen Impfstoffe waren wirkungsvolle Antivirusprogramme und Firewalls.

Nachdem man die erforderlichen Barrieren errichtet hatte, musste man sich der Kontrolle durch die anderen Nutzer unterziehen. Würde man nicht für vertrauenswürdig genug gehalten, würde man wie ein Fremdkörper ausgestoßen. Seit seinem ersten Kontakt mit dem Darknet hatte sich Winkler auf den Rat seines internetgewieften Sportskameraden verschiedene Pseudo-Identitäten zugelegt. So konnte er sich ungestört in den Schattenwelten des Cyberspace bewegen. Sobald er spürte, dass jemand ihm misstraute, vernichtete er die gerade benutzte Identität und wechselte zur nächsten. Er erinnerte sich, dass ihm dies erst einmal passiert war.

Endlich hatte der Chronometer seinen Countdown beendet und es erschien ein Balken, in den Winkler den Namen einer Seite eintippte. Natürlich gab es im Darknet auch soziale Netzwerke.

Dort konnte man einen wahrhaft verdammten Menschenschlag treffen. Winkler hoffte, dort irgendetwas zu finden, was er mit Lenzig in Verbindung bringen konnte. Dieser war von allen bisher aus seinem Umfeld vernommenen Personen als sehr angenehm und eher unauffällig beschrieben worden. Der brutale Mord an Dr. Budde hatte von ihm allerdings auch eine andere Seite gezeigt. So ohne Weiteres bringt man doch keinen Menschen um, mag man auch noch so wütend auf das vermeintlich ärztliche Fehlverhalten gewesen sein. So hatte Lenzig möglicherweise zwei Gesichter gehabt. Das erste Gesicht, seine angenehme unauffällige Art, war wahrscheinlich ein Schwindel, eine Maske. Seine wahre Natur war offensichtlich das zweite Gesicht, das er vor der Welt vortrefflich verborgen hatte.

Winkler fühlte sich auf dem richtigen Weg, als er eine Seite öffnete, in der sich Schwule untereinander austauschten. Er dachte zunächst an eine reine Partnerbörse. Als er allerdings weiter forschte, stieß er auf Videos, spezielle Videos. Hier tauschten die Nutzer auch Hardcore-Pornos aus der Schwulenszene aus. Es war der richtige Ort, um die kränksten Phantasien von der Leine zu lassen. Am meisten wurden die Vergewaltiger bejubelt, die ihre Untaten erst ankündigten und dann gleich darauf das entsprechende Video posteten, um begeisterte Kommentare und Likes von der Community einzuheimsen. Hier waren alle Arten von Psychopathen unterwegs. Winkler hatte bisher gar nicht gewusst, dass es in der Schwulenszene auch solche Gewalttaten gab. Er war regelrecht angeekelt. Ihn widerte dieser perverse Abschaum an, der den Wert des eigenen Lebens genauso wie den der anderen verschleuder-

164

te. Er stellte sich vor, dass all diese Leute offline wahrscheinlich ein ganz normales Dasein führten. Wer weiß, ob die Eltern noch lebten, ob sie wohl möglich für die Öffentlichkeit eine normale Ehe führten, Kinder hätten. Wer weiß, was ihre Lieben denken würden, wenn sie die ekelhafte Wahrheit erführen. Winkler wurde sarkastisch. Irgendwie wirkte das Geschehen in ihm, wühlte ihn auf. Er dachte, was passiert mit Euch, wenn Eure Zeit plötzlich abgelaufen ist. Wie werdet Ihr im Angesicht des eigenen Todes reagieren? Ihr werdet auch das in Euch wohnende Monster mit ins eigene Grab nehmen, ohne zu ahnen, dass es das Einzige ist, was Euch bis in alle Ewigkeit Gesellschaft leisten wird. Gewaltsam schob Winkler diese schwarzen Gedanken beiseite, er durfte sich nicht ablenken lassen.

Abermals tauchte er in das trübe Dunkel ein, das ihm vom Bildschirm seines PC's entgegen starrte. Er wollte nicht glauben, dass Lenzig sich in diesen Foren herum getrieben hatte. Als er gerade eine neue Seite, ein anderes soziales Netzwerk aufrufen wollte, traute er seinen Augen nicht. Da war doch tatsächlich ihr Mordopfer mitten in einem dieser abscheulichen Videos zu sehen. Da machte sich Lenzig zusammen mit einem weiteren Mann über einen sehr jung aussehenden Burschen her. Das Video war nach Winklers Einschätzung schon älteren Datums. Zumindest wirkte Lenzig jünger als er ihn erschossen in dem Kugelfang auf dem Ebberg vorgefunden hatte. Das Video wurde von einer Stimme untermalt, die junge Stricher als die beste Ware anpries. Unten war in das Video ein Link mit der Bezeichnung „willige junge Stricher" eingeblendet. Winkler betrachtete seine Hände, die noch auf der Tastatur seines PC's lagen. Sie zitterten. Vorsichtig öffnete er diesen Link. Er stieß auf eine spezielle Bildergalerie. Hier boten junge Männer offensichtlich ihre Dienste an. Bei genauerem Betrachten der Bilder konnte sich Winkler nicht des Eindrucks erwehren, dass auch eine große Anzahl noch Minderjähriger in diesem Portal vertreten war. Hier konnten sich also die Schwulen – wie hieß es in dem Schmutzvideo – „willige junge Stricher" für alle möglichen sexuellen Praktiken suchen. So brauchten sie nicht an die Öffentlichkeit, an irgendwelche zwielichtigen Orte, Treffpunkte, fahren und dort Kontakte knüpfen. Die Gefahr, dass man ungewollt von irgend jemandem erkannt wurde, war so praktisch nicht gegeben. Außerdem waren in dieser Galerie auch alle Praktiken, die die einzelnen Jungs anboten, bereits beschrieben.

Winkler scrollte sich durch die Anhäufung von männlichen Prostituierten. Dabei stellte er fest, dass es ganz aktuelle Angebote, aber auch Kontaktangebote älteren Datums gab. Ob diese noch Bestand hatten oder ob diese Personen nur vergessen hatten, sich in dem Portal zu löschen, erschloss sich ihm nicht. Viele der Typen waren wirklich sehr gutaussehend. Als Winkler seine Gedanken noch mit der Überlegung verschwendete, warum gerade in dieser homosexuellen Welt so viele Männer so gutaussehend waren, stoppte er seine Scrollmaus bei dem Bild eines jungen Burschen. Das Bild war schon älter, aber er war sich sicher. Wen er da sah, war hundertprozentig Sebastian Bommert. Der Hammer!

Seine Darknet-Recherche hatte sich gelohnt. Also damit hatte er absolut nicht gerechnet. Gestern war es ihm noch ein Rätsel gewesen, warum Lenzig mehrere Male mit diesem Bommert telefoniert hatte. Nun diese schlüpfrige Kontaktbörse im Darknet. Es wurde Winkler mal wieder deutlich, dass in seinem Job Zufälle sehr selten sind. Irgendwo gibt es meistens Zusammenhänge. Man muss sie halt finden. So auch hier. Es hatte also eine Beziehung zwischen Bommert und dem Mordopfer gegeben. Aber welcher Art war diese Beziehung? Bommert hatte auf ihn ganz und gar nicht den Eindruck gemacht, dass er Lenzigs Neigung teilte. Winkler überlegte, ob er jetzt noch seinen Chef informieren sollte, befand aber dann, dass es auch bis Montag früh Zeit hätte. Aber eine andere Idee ließ ihn dann doch noch tätig werden. Er schaute zur Uhr. Es war noch nicht zu spät für einen Anruf bei einem seiner Mannschaftskameraden. Er wusste, dass dieser in Dortmund beim Ordnungsamt arbeitete.

„Hallo Fred, hier ist Harry. Harry Winkler", begann er sein Telefonat.

„Ich weiß, wer Harry ist, Du Kriminalist", entgegnete dieser Fred.

„Was geht Harry?"

„Ich hab da mal eine Frage und dann vielleicht auch eine Bitte", Winkler versuchte betont höflich zu sein, „Du arbeitest beim Ordnungsamt, richtig? In Euren Aufgabenbereich fällt doch auch die Überwachung der Prostituiertenszene, oder?"

„Ja ist richtig. Brauchst Du eine Liebesdame? Was ist mit Deiner süßen Freundin?"

„Nein, Fred, im Ernst. Sag, gehört die sogenannte Stricherszene auch dazu?"

„Ja soweit die Jungs sich uns erklären oder bei Kontrollen auffallen, sind sie bei uns erfasst."

„Das hört sich gut an.“

„Aber warum interessiert Dich das?“

Winkler versuchte, ohne zu viele Details preiszugeben, seinem Fred eine Erklärung zu liefern: „Fred, ich kann Dir leider nicht alles sagen. Laufende Ermittlungen, Du verstehst. Und dies ist ja auch nur eine inoffizielle Bitte, kein offizielles Amtshilfeersuchen.“

„Harry, mach es nicht so spannend.“

„Ja Du hast recht. Also gerade heraus. Kannst Du in Euren Listen nachschauen, ob ein Sebastian Bommert als, sagen wir mal, Stricher geführt wird?“

„Das kann ich Morgen gerne für Dich tun, Du Schnüffler.“ Fred freute sich, seinem Mannschaftskollegen einen Gefallen tun zu können, mochte er ihn doch gut leiden. Winkler war zufrieden. Er vergewisserte sich noch bei seinem Kumpel, ob dieser auch seine Handynummer hatte. Fred beendete das Telefonat mit der Aussicht, sich Morgen gegen 10 Uhr zu melden.

Montag, 03.06.2019

Wie immer, wenn ein aktueller Fall noch nicht aufgeklärt und abgeschlossen war, traf man sich Montags zu Dienstbeginn im kleinen Besprechungszimmer zu einem kurzen Briefing. Als Winkler den Raum betrat, saßen Polizeirat Becker und Staatsanwältin von Biberg in einem angeregten Gespräch. Da Winkler nicht zu spät sein wollte, hatte er nicht auf seinen Chef gewartet und war schon mal alleine zur Besprechung gegangen. Er wurde mit einem freundlichen „Guten Morgen" begrüßt.

„Sind Sie alleine? Ist was mit Herrn Krautzucker", zeigte sich der Polizeirat besorgt.

„Nein, Herr Polizeirat, mit Herrn Krautzucker ist nichts, das wüsste ich. Er wird schon gleich kommen."

„Wahrscheinlich findet er keinen Parkplatz. Ich hatte vorhin auch schon meine Schwierigkeiten", ergänzte die Staatsanwältin. Kaum hatte sie es ausgesprochen, stand Krautzucker im Türrahmen.

Er hatte heute früh die Idee gehabt, mal zu Fuß zum Präsidium zu gehen. Es war nach seinem Dafürhalten ein besonders schöner Frühsommertag. Sein Fußmarsch führte ihn an drei Männern vom Grünflächenamt vorbei. Sie machten sich an einem Baum zu schaffen. Er fragte interessiert: „Was machen Sie da, meine Herren?"

„Wir graben einen toten Baum aus."

169

„Wie seltsam", erwiderte Krautzucker, „wenn ein Mensch stirbt, vergräbt man ihn in der Erde, stirbt ein Baum, dann wird er ausgegraben."

Die drei Gärtner stellten die Arbeit ein, stützten sich auf ihre Schaufeln, sahen einander erstaunt an und runzelten die Stirn. Krautzucker ging weiter, schaute sich noch einmal unauffällig um. Noch immer standen die Männer da, als wären sie erstarrt. Nur der Rauch ihrer Selbstgedrehten kringelte sich in die Höhe. Er hatte das Gefühl, dass er die Jungs verwirrt hatte und sie jetzt nicht mehr wussten, wo sie dran waren.

„Bitte, entschuldigen Sie meine Verspätung, ich bin heute mal zu Fuß gekommen und habe ein wenig die Zeit unterschätzt", Krautzucker zog sich seine Jacke aus und setzte sich an seinen angestammten Platz.

„Kein Problem, Herr Krautzucker, wir sind auch gerade erst eingetroffen", der Polizeirat ließ erst gar keinen Stress aufkommen. Ohne Umschweife übernahm er die Gesprächsleitung und kam gleich zur Sache, „Frau von Biberg hat mich gerade mit knappen Worten über den Ermittlungsstand in Kenntnis gesetzt. Danach ist der Mord an dem Tierarzt wohl aufgeklärt. So etwas ist mir in meiner langen Polizeilaufbahn auch noch nicht unter gekommen. Da erwürgt dieser Zöllner morgens den Tierarzt und wird am gleichen Tag abends selbst Opfer eines Mordanschlags.

Aber leider bleibt der Mord an diesem Lenzig noch unaufgeklärt. Wie mir Frau von Biberg berichtete, waren Sie sich alle drei am Freitag sicher, den Mörder ermittelt zu haben. Aber unsere Techniker haben klar und deutlich nachweisen können, dass dieser Weber entgegen aller bisherigen Indizien doch nicht der Todesschütze gewesen sein konnte. Und wie Frau von Biberg mir weiter berichtet hat, müssen Sie mit Ihren Ermittlungen wohl oder übel wieder von vorne anfangen."

„Nicht ganz, Herr Polizeirat", Winkler konnte es kaum noch aushalten, endlich die Erkenntnisse und seine Recherchen vom Wochenende darzulegen. Der Polizeirat, die Staatsanwältin und auch Krautzucker, der an diesem Morgen ja noch nicht mit seinem Mitarbeiter hatte sprechen können, schauten ihn verblüfft an. Winkler berichtete in sachlichem Tonfall – was ihm heute nicht leicht fiel – über die neuen Erkenntnisse vom Samstag von der IT – Stelle und von seinen Ermittlungen im Darknet vom Sonntag. Er wurde nur einmal von Polizeirat Becker unterbrochen: „Winkler, was ist das mit diesem Darknet?"

„Herr Polizeirat, das wollen Sie gar nicht wissen. Es könnte möglicherweise Ihr Gewissen als mein Disziplinarvorgesetzter beunruhigen. Nur soviel, ich habe diese Ermittlungen privat mit meinem eigenen Computer durchgeführt. Um eine strafrechtliche Verwertbarkeit dieser Beweismittel herbeizuführen, bedarf es noch einiger offizieller Schritte. Aber dazu später."

Die Staatsanwältin, die schon ihre juristischen Bedenken auf der Zunge liegen hatte, atmete erst einmal erleichtert durch. Winkler berichtete dann von seinem Kontakt zum Ordnungsamt der Stadt Dortmund: „Ich bekomme hoffentlich noch heute Vormittag einen Anruf von meinem Kontaktmann. Und wenn sich dort bestätigt, dass Sebastian Bommert in der sogenannten „Stricherkartei" vertreten ist oder war, können wir im Rahmen der Amtshilfe und der Auskunftspflicht des Ordnungsamtes unsere Erkenntnisse aus dem Darknet offiziell und damit auch zum Gegenstand der Ermittlungsakten machen. Der entspre-

171

chende Aktenvermerk wird wie immer in solchen Fällen mit dem Satz beginnen: „Es ist dienstlich bekannt geworden."

„Hört sich vielversprechend an, Winkler. Aber quod erat demonstrandum."

Winkler stutze: „Wie bitte, Chef?"

„Ist lateinisch und heißt soviel wie, was zu beweisen ist."

„Ach so."

„Noch wissen wir nicht, ob Bommert tatsächlich in der Szene tätig war", äußerte sich der beeindruckte Krautzucker noch sehr skeptisch.

„Aber egal, was wir vom Ordnungsamt erfahren. Respekt, Winkler! Tolle Arbeit, und dann noch in Ihrer Freizeit", die Staatsanwältin war sichtlich begeistert.

„Ach, Frau von Biberg, nicht der Rede wert", Winkler fühlte sich geschmeichelt.

„Aber wie geht es jetzt weiter", der Polizeirat schien ein wenig verwirrt. Darknet, Stricherkartei, das waren so neue unbekannte Begriffe für ihn. Allerdings hatte er vollstes Vertrauen in die Arbeit seiner beiden Mordermittler.

„Wie von Herrn Winkler gesagt, müssen wir die Auskünfte des Ordnungsamtes erst noch abwarten", Krautzucker war im Gegensatz zum Polizeirat sofort im Bilde. War er am Freitag, nach dem sie Dietmar Weber wieder hatten gehen lassen müssen, ein wenig resigniert gewesen, so lief sein Ermittlermotor jetzt schon wieder auf normaler Drehzahl. An die Staatsanwältin und den Polizeirat gerichtet: „Wenn Sie für den Augenblick keine weiteren Fragen haben, würde ich mich gerne mit meinem fleißigen Kollegen in unser Büro zurückziehen, um weitere Details zu besprechen und unsere neue Vorgehensweise zu beratschlagen."

„Also ich für meinen Teil fühle mich erst einmal gut informiert. Wie ist es mit Ihnen, Herr Becker", die Staatsanwältin erhob sich zum Gehen.

„Ja, mir geht es genauso, Frau von Biberg. Kommen Sie, lassen wir Krautzucker und Winkler ihrer Arbeit nachgehen." Beide verließen das Besprechungszimmer, welches Krautzucker und Winkler auch umgehend verließen.

Harry Winkler hatte gar nicht erst versucht, seinen Chef mit den Besonderheiten des Darknet bekannt zu machen. Er würde es sowieso nicht verstehen wollen. So hatte er sachlich noch einmal ausführlich auch über die Handyrecherchen berichtet. Krautzucker zeigte sich sichtlich überrascht, dass es hier zwischen Lenzig und Bommert offensichtlich eine Verbindung gegeben haben musste. Damit hatte er nicht gerechnet. Nur was bedeutete das alles? War die SMS von Lenzig wohl möglich an Sebastian Bommert gerichtet gewesen? Hatten die zwei etwa eine Beziehung unterhalten? Wenn er daran dachte, wie Kerstin und Sebastian deutlich erkennbar ineinander verliebt und miteinander glücklich waren, konnte er sich das nicht vorstellen. Oder gab es da noch ein Geheimnis zwischen Lenzig und Bommert?

Als die beiden noch verschiedene Theorien diskutierten, meldete sich Winklers Fußballkamerad Fred vom Ordnungsamt der Stadt Dortmund.

„Harry, Du hattest mit Deiner Kriminalnase tatsächlich den richtigen Riecher", begann Fred das Gespräch.

„Fred, leg los. Was hast Du für uns herausgefunden", Winkler rutschte ungeduldig auf seinem Bürostuhl hin und her.

173

„Ich habe mir alle vorhandenen Karteien, die über die sogenannte Stricherszene angelegt sind, angesehen. In den aktuellen Listen ist Dein Bommert nicht vertreten. Aber wir haben auch noch ältere nicht mehr aktuelle Aufstellungen. Und siehe da, in einer dieser Aufstellungen ist Sebastian Bommert gelistet."

„Fred, habt Ihr in diesen Listen nur die Namen der registrierten Stricher? Oder gibt es da noch weitere Vermerke welcher Art auch immer?"

„Harry, wenn Du nicht so ungeduldig wärst und mich nicht unterbrechen würdest, … also bei diesem Bommert gibt es neben dem Vermerk, dass er sich hauptsächlich am Nordausgang des Dortmunder Hauptbahnhofs angeboten hat, noch einen interessanten Hinweis. Danach wurde er mit Drogenkonsum in Verbindung gebracht. Das ist erst einmal für sich nicht ungewöhnlich. In der Szene ist es fast normal, dass die Stricher sich was einwerfen, um ihren Job überhaupt einigermaßen ertragen zu können. Aber bei Bommert findet sich noch der Vermerk, dass sich die Drogenfahndung der Kripo Dortmund für ihn interessiert hat. Das war vor gut zwei Jahren."

„Fred, toll. Kannst Du mir auch noch sagen, wer von unserem Rauschgiftdezernat diese Ermittlungen geführt hat?"

„Hier in dem Vermerk steht der Name KHK Frenzler. Sagt Dir dieser Name etwas?"

„Ja klar. Kollege Frenzler hat mit uns schon in dem einen oder anderen Fall gut zusammen gearbeitet. Fred, Du hast uns für das Erste sehr geholfen. Hast einen gut bei mir. Falls uns noch Fragen einfallen, dürfen wir uns doch bestimmt noch einmal bei Dir melden, oder? Vielen Dank", Winkler legte auf und schaute stolz seinen Chef an, der das Gespräch über Lautsprecher mitgehört hatte.

„Winkler, für Sie sollte es viel mehr Wochenenden geben. Was Sie da alles herausbekommen, ist schon bemerkenswert. Respekt!"

Krautzucker dachte wieder darüber nach, welches Glück er gehabt hatte, als der Polizeirat ihm Winkler zugeteilt hatte.

„Chef, soll ich Herrn Frenzler anrufen und mich erkundigen, welche Ermittlungen in Sachen Bommert damals geführt worden sind", Winkler sprühte voller Tatendrang.

„Lassen Sie mich das machen. Ich werde versuchen, dass wir uns mit Frenzler treffen und das nicht am Telefon klären. Ich habe den alten Haudegen lange nicht gesehen und würde mich daher über ein persönliches Gespräch sehr freuen."

Krautzucker suchte die Dienstnummer von Frenzler in seinem PC und wählte.

„Frenzler", hörte er die ihm bekannte Stimme.

„Rudi, Du alte Schnüffelnase, hier ist Krauti. Sei mir gegrüßt."

„Hallo Krauti, das ist ja mal am Montag Morgen eine Überraschung. Wie komme ich zu der Ehre, dass mich der größte Ermittler der Mordkommission anruft?"

„Rudi, übertreibe mal nicht. Wir ermitteln in einem Mordfall, in dem möglicherweise ein ehemaliger Stricher verstrickt ist. Vom Ordnungsamt der Stadt Dortmund haben wir erfahren, dass Du Dich mit Deinem Team vor gut zwei Jahren auch für diesen Typen interessiert hast. Was hältst Du davon, wenn ich Dich mit meinem Kollegen Winkler aufsuche, Du einen anständigen Kaffee kochen lässt und wir alles besprechen?"

„Ja gerne, Krauti. Ich freue mich. Dann bewegt mal Eure Körper flugs zu mir."

Krautzucker legte mit einem zufriedenen Lächeln den Hörer auf und zu seinem Mitarbeiter gewandt: „Winkler kommen Sie, wir statten Frenzler einen Besuch ab. Ich bin gespannt, was er uns berichten kann." Die beiden machten sich auf den Weg.

Veronica Weber saß an ihrem Schreibtisch, einen Karton mit Belegen eines ihrer Mandanten vor sich, die sie eigentlich zu bearbeiten, zu buchen hatte. Aber sie konnte sich gar nicht konzentrieren. Sie musste immerfort an die Ereignisse der zurückliegenden Tage denken. So hatte sie sich schon am montäglichen Kaffeeklatsch der Frühstückspause nicht beteiligt. Auf die ein oder andere besorgte Frage ihrer Kolleginnen hatte sie nur geantwortet, dass sie ein wenig schlecht drauf sei, darüber aber nicht reden wollte. Man hatte sie daraufhin in Ruhe gelassen. Was war das für eine Zeit? Erst findet sie innerhalb weniger Tage zwei Freunde vom Reiterhof, beide grausam ermordet. Dann steht ihr Ehemann auf einmal unter Mordverdacht, wird von der Polizei abgeführt. Der Verdacht ließ sich jedoch nicht aufrecht erhalten. Im Zuge dieser Mordermittlungen wird ihr ausgerechnet auf ihrem Geburtstag offenbart, dass ihr Ehemann sie mit ihrer eigenen Schwester seit Wochen betrogen hat. Ihr untreuer Gatte kommt erst am Samstagvormittag nach Hause und holt sich einige Kleidungsstücke. Die Nacht zum Samstag hatte er wohl schon in seinem Büro geschlafen. Er machte keinerlei Anstalten, sich bei Ihr zu entschuldigen oder sowas in der Art, sagte nur, dass er im Büro zu erreichen sei. Sie hatte daraufhin auch keinen Redebedarf gehabt. Sie stand unter Schock. Solche Szenen kannte sie bisher nur aus klischeebehafteten Spielfilmen. Jetzt war sie live in einer solchen Geschichte.

Ihre Tochter Kerstin hatte sich mit ihrem Freund Sebastian am Freitag ganz schnell schmallippig verabschiedet, nachdem die Kripo ihren Vater abgeführt hatte. Samstag und auch Sonntag hatte sie sich nicht bei ihr gemeldet. Sie selbst hatte auch keine Anstalten unternommen, zu ihrer Tochter Kontakt aufzunehmen. Ja und ihre tolle Schwester war ja wortlos noch vor den Kommissaren verschwunden. Veronica war so enttäuscht von der Niedertracht ihrer Schwester. Waren sie beide doch bisher stets ein Herz und eine Seele gewesen. Jetzt war alles vorbei. Sie wusste nicht, wie es weitergehen sollte. Dann fragte sie sich wie schon seit Tagen immer wieder, wer den stets hilfsbereiten und beliebten Dr. Budde in den Tümpel befördert haben könnte. Was musste Budde wem getan haben, dass dieser solch einen Hass auf ihn gehabt hatte. Und dann Robert Lenzig. Sie konnte sich auch hier nicht erklären, welchen Grund es da gegeben hatte, ihn zu erschießen und dann noch in diesen Kugelfang zu hängen. Der Anruf eines ihrer Mandanten rief sie in den Alltag zurück.

Nach kurzen Erinnerungen an gemeinsame alte Fälle widmeten sich die drei Kommissare schnell dem aktuellen Geschehen. Sehr interessiert hörten Krautzucker und Winkler ihrem Kollegen vom Rauschgiftdezernat zu. Rudi Frenzler strich sich die Haare zurück. Sie waren voll und dunkel und ein wenig gelockt. Beneidenswert dicht, dachte Krautzucker. Dann begann der Drogenfahnder seinen Bericht.

Vor gut zwei Jahren war in seinem Dezernat ein Hinweis eingegangen, wonach ein einzelner Drogendealer die Stricherszene im großen Stil mit Drogen verschiedenster Art beliefern würde und damit eine Menge Geld verdiene. Es war ihnen bekannt, dass sehr viele dieser Stricher drogenabhängig waren. Offensichtlich brauchten sie den Stoff, um den Job als männliche Prostituierte überhaupt ausüben zu können. Frenzler berichtete weiter, dass dieser Hinweis von einem ihnen sehr gut bekannten Exdealer gekommen war. Dieser hatte mehrere Jahre für seinen Rauschgifthandel in Haft gegessen, arbeitete aber nach seiner Entlassung geläutert als eine Art Sozialarbeiter. Und dabei kümmerte er sich auch vermehrt um die Jungs, die sich an der Nordseite des Dortmunder Hauptbahnhofs quasi als Prostituierte anboten. Nach dessen Informationen sollten deren Kunden hauptsächlich aus der Homosexuellenszene kommen. Da dieser Exdealer sich aus seiner eigenen unrühmlichen Vergangenheit noch bestens mit den Methoden und Praktiken der Dealer auskannte, war es für ihn nicht schwer, das Vertrauen der meist noch sehr jungen Stricher zu gewinnen und mit ihnen in einen Dialog zu kommen. Und in diesen Gesprächen war unter anderem auch durchgesickert, dass es einen speziellen homosexuellen Kunden gab, der im großen Stil gleichzeitig auch als Dealer tätig war. Er sollte sich die Liebesdienste der Jungs über die Hergabe der Drogen gesichert haben. Da sehr viele in der Szene drogenabhängig waren, sollte es für ihn ein Leichtes gewesen sein, sowohl ihre Dienste wie auch ihr Geld zu bekommen. Dieser Mensch hätte den einen oder anderen Stricher in eine extreme Abhängigkeit gebracht. Das Perverse wäre dann wohl gewesen, dass er die Jungs gar nicht mehr für ihre Dienste bezahlen musste, sondern sie zahlten und mussten noch bei seinen Spielchen mitmachen. Es sollte dabei teilweise auch zu abnormen und brutalen Praktiken gekommen sein. Winkler unterbrach Frenzler bei seiner Berichterstattung: „Kann es sein, dass diese Spielchen auch gefilmt worden sind und ins Netz, ins Darknet, gestellt worden sind?"

Frenzler war über diese Unterbrechung ein wenig ungehalten. „Winkler, immer langsam mit den jungen Pferden! Da komme ich noch zu."

Er wollte seinen roten Faden nicht verlieren. Wieder fuhr sich Frenzler durch die Haare und berichtete weiter. Seine Dezernatskollegen und er wären natürlich sehr interessiert gewesen, zu erfahren, um wen es sich bei diesem schwulen Dealer handelte. Schließlich wollten sie auch seinen Lieferanten ermitteln. Diese großen Mengen an Drogen, von denen immer die Rede war, mussten eine hochprofessionelle Herkunft haben. Aber wie so oft konnten oder wollten die Stricher hierzu keine Angaben machen, ihre Quelle nicht bekannt geben. So setzte Frenzler den Exdealer auf die Szene an. Man hoffte, er könnte mehr erreichen und die gewünschten Informationen bekommen. Und so war es dann auch. Durch ihn erfuhren sie, dass es da einen jungen Mann gab, der wohl ein spezielles, inniges Verhältnis zu dem ominösen Dealer hatte. Dieser junge Mann war aber inzwischen nicht mehr tätig, zumindest war er länger schon nicht mehr an der Nordseite des Hauptbahnhofs gesehen worden. Und zu diesem Jungen gab es aus der Szene nur einen Vornamen. Er hieß wohl Basti oder Sebastian. Krautzucker und Winkler schauten sich vielsagend an. Frenzler berichtete weiter, dass durch diese Recherchen die Verbindung zum Ordnungsamt der Stadt Dortmund zustande gekommen war. Man hatte die Stricherlisten eingesehen. Und da gab es nur einen registrierten Jungen mit dem Vornamen Sebastian. Sebastian Bommert.

„Dieser Bommert ist uns bekannt, Rudi", Krautzucker unterbrach seinen alten Weggefährten nur ungern. Frenzler fuhr aber völlig ungerührt fort, als hätte er Krautzuckers Hinweis gar nicht mitbekommen.

„Zum Glück war in dieser städtischen Liste auch die Anschrift dieses Bommert vermerkt. So konnten meine Kollegen ihn leicht und schnell ausfindig machen. Wir haben ihn vernommen. Nach einigem Zieren gab er zu, in der Szene tätig gewesen zu sein. Er hatte sich mit seinem Körper das Studium finanziert. Mittlerweile war er aber ausgestiegen, da er an der Uni einen Assistentenjob bekommen hatte und der Lohn aus dieser Tätigkeit reichte aus, um seinen Lebensunterhalt und die Miete für seine kleine Wohnung bezahlen zu können. Auf den Drogenkonsum angesprochen räumte er ein, während der Stricherzeit einiges eingeworfen zu haben und auch einige Male Koks geschnupft zu haben. Ohne die Dops hätte er den Job nicht ausgehalten. Aber er war stolz, mittlerweile total clean zu sein. Dies hatte er nach seinem Bekunden zu großen Teilen seiner Freundin zu verdanken. Sie hatte ihm sehr geholfen."

„Sag, Rudi, war das schon die Freundin, die er heute auch noch hat", Krautzucker wollte eigentlich seinen alten Kumpel Frenzler in seinem Redeschwall nicht unterbrechen.

„Krauti, weiß ich, welche Freundin dieser Bommert heute hat. Diese Ermittlungen liegen gut zwei Jahre zurück."

„Hast Du einen Namen?"

„Ja, ich glaube den Vornamen, warte einmal. Kristin, nee Kerstin, genau Kerstin hieß sie. So ein blondes hübsches Ding. Ich habe ja mehrmals mit Herrn Bommert in seiner Wohnung gesprochen. Und einmal kam sie dazu. Ja Kerstin hieß sie, ich bin mir ziemlich sicher. Und wie heißt seine aktuelle Freundin?"

„Rudi, sie heißt Kerstin, Kerstin Weber."

„Na bitte", Frenzler fühlte sich durch die Zwischenfragen nach wie vor gestört. Aber das interessierte Krautzucker wenig. Er löcherte seinen alten Kollegen weiter: „Und wie ging es dann weiter? Habt Ihr den Dealer ermitteln können?"

„Ja, Krauti, haben wir. Es war allerdings ein zähes Stück Arbeit, bis Bommert bereit war, uns den Namen zu nennen. Wir mussten ihm mehrfach versichern, ihn aus den weiteren Ermittlungen rauszuhalten. Wir haben es ihm versprochen, obwohl wir genau wussten, dass unser Dealer ganz schnell herausbekommen würde, woher der Wind wehte."

„Rudi, jetzt sag schon, wer ist der Dealer?"

„Du bist noch genauso ungeduldig, wie bei unserem letzten gemeinsamen Fall, Krauti. Und der liegt schon eine geraume Zeit zurück."

„Ja mag sein, Rudi. Spann uns bitte nicht so auf die Folter."

„Also gut. Der Dealer war ein Robert Lenzig, ein bis dahin unbescholtener Zollbeamter."

Krautzucker und Winkler lehnten sich wohlgefällig zurück. „Das ist unser Mordopfer, Rudi."

„Sag bloß, Krauti. Das weiß ich doch schon längst. Ich lese auch die Zeitungen. Nur, dass dieser Mord in einem Zusammenhang mit diesem Bommert steht, ist mir nicht bewusst ge-

181

wesen."

„Ob da ein Zusammenhang besteht, ist ja auch noch nicht bewiesen", Winkler wollte auch was sagen.

„Aber was uns natürlich stark interessiert, was habt Ihr mit diesem Lenzig gemacht, nachdem Bommert ihn Euch quasi ans Messer geliefert hat?"

„Ja, Krauti, das ist mal wieder so eine leidige Geschichte. Da keiner der anderen Stricher auspacken wollte, von wem sie ihren Stoff bekamen, hatten wir nur Bommert, der zugab, von Lenzig Drogen bekommen zu haben. Als wir dann Lenzig locken wollten und ihm vorwarfen, am Hauptbahnhof die gesamte Szene mit Drogen versorgt zu haben, hat er ganz cool reagiert. Er hat uns erklärt, seinen erlaubten Eigenbedarf an Rauschmitteln nur an Sebastian Bommert als Bezahlung für dessen Liebesdienste weiter gegeben zu haben. Eine Durchsuchung von Lenzigs Wohnung hat auch nichts gebracht. Die Wohnung war clean."

„Habt Ihr einen PC in der Wohnung gefunden", wollte Winkler wissen.

„So viel wie ich weiß, nee. Aber warum Harry?"

„Ich hatte doch vorhin schon einmal von Darknet-Aufnahmen gesprochen. Ich habe solche Aufnahmen mit Bommert und Lenzig selbst gesehen. Sie konnten eigentlich nur von Lenzig eingestellt worden sein. Und irgendwie muss er sie doch ins Netz gestellt haben. Von seinem Dienstcomputer kann er es wohl kaum gemacht haben. Da hätte ihn seine eigene IT – Stelle ganz schnell am Wickel gehabt. Das hätte ihn seinen Job kosten können."

„Aber noch einmal, einen Computer haben wir leider nicht gefunden. Der wäre ja auch für uns interessant gewesen." Krautzucker hakte hier noch einmal ein: „Und was habt Ihr dann mit Lenzig gemacht?"

„Eigentlich nichts, Krauti. Er hat einem Bußgeld nach dem OWiG zugestimmt. Ich glaube es waren 200,- Euro. Wenn Du es genau wissen willst, muss ich die Akte ziehen."

„Nee, lass. Ist doch nicht so wichtig. Nur traurig, wie solche Typen immer wieder davon kommen. Aber in diesem Fall ist der Täter ja final bestraft worden."

„Das ist doch nichts Neues. Und hier war es so, dass die Szene dicht gehalten hat. Uns fehlten die Beweise. Dazu kam noch, dass unser Informant, Du weißt schon, der Exdealer, zu berichten wusste, dass dieser Lenzig sich offensichtlich aus dem Drogengeschäft zurückgezogen hatte. Zumindest tauchte er nicht mehr am Hauptbahnhof auf. Vielleicht hatte er auch kalte Füße bekommen, vielleicht waren wir ihm zu nahe gekommen."

„Ja wer weiß", brummte Krautzucker, „übrigens, Rudi, Doc Rundholz, der Pathologe..."

„Krauti, ich kenn den Doc."

„Ach so. Also der Doc hat bei der Obduktion unter anderem festgestellt, das Lenzig zum Zeitpunkt seiner Ermordung unter Drogen stand. Genau, er hatte Kokain geschnupft."

„Interessant, also hat er zumindest für sich weiterhin Drogen erworben. Und wir wissen immer noch nichts über seine Quellen. Das wäre so wichtig. Wir haben Lenzig doch seinerzeit mehrfach dazu befragt, aber es war nichts zu machen. Er hat seine Bezugsquellen nie Preis gegeben. Selbst die Androhung

183

einer empfindlichen Bestrafung konnte ihn nicht aus seiner Reserve locken. Ich vermute, dass es sich um einen größeren Drogenring handelt, wahrscheinlich mafiose Strukturen. Und mit solchen Leuten legt man sich besser nicht an. Da hat ihn einfach seine Angst zum Schweigen gebracht. Sag, Krauti, könnte es denn sein, dass seine Ermordung hiermit etwas zu tun hat?"

„In diese Richtung haben wir bisher nicht ermittelt. Die von Dir vorgebrachten Fakten sind für uns total neu. Unsere Ermittlungen haben sich bisher nur mit seinem privaten Umfeld beschäftigt."

„Was wir allerdings wissen", Winkler mischte sich wieder ein, „Lenzig ist nicht nur Mordopfer. Er ist auch Täter, ein Mörder."

„Wie", Frenzler schaute verdutzt.

Harry Winkler berichtete ihm in kurzen Sätzen von dem Ermittlungsergebnis im Mordfall Dr. Budde, dem Tierarzt. Frenzler war derart verblüfft, dass er zunächst nicht adäquat auf diese Neuigkeiten reagieren konnte. Erst als die Stille zwischen den drei Kriminologen ein wenig unheimlich wurde, brachte er einige Worte hervor: „Das ist ja ein Ding! Erst erwürgt Lenzig einen Tierarzt und dann wird er am gleichen Tag durch einen Schuss aus einem Jagdgewehr selbst hingerichtet. Und Ihr meint, die beiden Taten haben nichts miteinander zu tun?"

„Bisher sind wir zu keinen anderen Erkenntnissen gekommen, Rudi", Krautzucker strich sich nachdenklich über seine spiegelblanke Glatze.

Winkler mischte sich wieder ein: „Habt Ihr Lenzig mal nach den Videos befragt? Wusste er überhaupt, dass die widerlichen

184

Spielchen gefilmt und ins Darknet gestellt worden sind?"
„Nee, wir wussten ja selbst nichts von diesen Videos. Wir wissen nur, dass es zwischen Stricher und Kunde hier und da zu den perversesten Praktiken kommt. Daas sind nicht unsere Erkenntnisse, hat uns die Sitte erzählt."
„Und die Sitte wusste auch nichts von den Videos", Winkler ließ nicht locker.
„Keine Ahnung, jedenfalls war das nie Gesprächsthema zwischen uns", antwortete Frenzler.
Krautzucker fiel noch etwas ein: „Sag mal, hat vielleicht Bommert was zu den Praktiken und den Videos ausgesagt? Hat er überhaupt gewusst, dass es von ihm und Lenzig diese Aufnahmen gibt?"
„Er hat dergleichen nie erzählt. Wir haben ihn allerdings auch nicht gezielt darauf angesprochen. Für uns war ja nur der Drogenlieferant wichtig. Aber es kann durchaus sein, dass er davon gar nichts mitbekommen hat. Wir hatten mal einen Fall, da war das Drogenopfer nach einem starken Drogenkonsum aufgrund seines Zustandes zur Bildung eines entgegenstehenden Willens nicht mehr fähig."
„Mensch Frenzler, was für eine Formulierung", Krautzucker war beeindruckt.
„Krauti, ist nicht auf meinen Mist gewachsen. Hat mal in einem Fall von schwerem Drogenmissbrauch so ein Seelenklempner von sich gegeben. Fand ich so beeindruckend, dass ich mir diesen Satz doch tatsächlich gemerkt habe. Kommt immer wieder gut an", Frenzler grinste über das ganze Gesicht.
„Und wie ging es dann weiter, Rudi?"
„Wie weiter, Krauti", Frenzler verstand nicht richtig.

185

„Ja habt Ihr nichts weiter unternommen?"

„Nein, mein Lieber, was hätten wir denn noch tun können? Bommert war nicht mehr tätig, konsumierte keine Drogen mehr und dem Lenzig konnten wir keine weiteren Deals nachweisen. Sein Bußgeld hatte er akzeptiert. Und seinen oder seine Lieferanten konnte oder wollte er trotz intensiver Vernehmung nicht preisgeben. Und das ist so ärgerlich. Ihr müsst wissen, Nordrhein-Westfalen wird langsam aber sicher zu einem sogenannten Drogen-Hotspot. Wir haben mittlerweile mit fast 70.000 erfassten Delikten in der Rauschgiftkriminalität den höchsten Stand seit 20 Jahren erreicht. Unser Bundesland hat aufgrund der geografischen Lage auch eine immer größer werdende Rolle als Transitland und Zwischenlager für Chemikalien, die zur Rauschgiftherstellung für unsere Nachbarn, den Niederländern, bekommen. So hat sich auch die Produktion dieser Designerdrogen, dieser Partydrogen, nach NRW verlagert. Nach einer neuesten Statistik des LKA sind dieses Jahr schon ungefähr 1.600 Kilo Canabis sichergestellt worden. Um diesen verflixten Handel noch mehr eindämmen zu können, brauchen wir die Hintermänner, die Lieferanten. Wir haben dazu konkrete Hinweise, dass die Ndrangheta, also die Italienische Mafia, einen Großteil des Europäischen Drogenhandels in ihren Händen hält. Und das wird sicherlich auch der Grund sein, warum Euer Opfer so beharrlich geschwiegen hat. Pure Angst!"

„Habt Ihr seine Kontoverbindungen überprüft?"

„Natürlich, Krauti, keine Auffälligkeiten, alles sauber. Er hat ein Konto bei der Sparkasse. Darüber hat er seinen normalen Geldverkehr wie Gehalt, Wohnungsmiete, Versicherungen und so weiter abgewickelt. Ein weiteres Konto hatte er bei der Volksbank. Auf dem Konto befanden sich nur Bareinzahlungen und Barabhebungen, wahrscheinlich sein Drogenhandel. Es gab keinerlei Überweisungen, über die wir möglicherweise auf andere Konten und Personen hätten kommen können."

„Ich verstehe, Rudi", und an seinen Kollegen Winkler gewandt, „ja dann haben wir eine Menge erfahren, Winkler. Das müssen wir jetzt auswerten und ins richtige Licht rücken."

„Okay, Chef. Wir sollten uns wieder unserer Luxuskaffeemaschine zuwenden und weiter puzzeln."

„Was bleibt uns anderes übrig", und zu Frenzler: „Rudi, Dir erst einmal recht herzlichen Dank, dass Du uns ins Bild gesetzt hast. Wenn uns noch Fragen kommen, die Deinen Zuständigkeitsbereich tangieren, dürfen wir uns doch nochmals melden, oder?"

„Klar, Krauti, jeder Zeit. Ihr könnt mich sowieso auf dem Laufenden halten. Möglicherweise bekommt Ihr ja noch die Drogenquelle heraus. Scheint ja wirklich ein komplizierter und interessanter Fall zu sein."

„Das kannst Du laut sagen."

Krautzucker und Winkler verabschiedeten sich und gingen mit ein paar Fragezeichen mehr in ihr Büro zurück.

Der Kaffee duftete wie immer sehr anregend. Allerdings erzielte er bei den beiden Mordermittlern noch nicht die rechte Wirkung. Ihre BVB Tassen in den Händen haltend schauten sie sich fragend an. Winkler war der Erste, der seine Gedanken wieder in Worte fassen konnte: „Chef, für mich ist es sonnenklar."

„Was ist sonnenklar", Krautzucker verstand nichts.

„Ja was da passiert ist. Nachdem sich Sebastian Bommert vor gut zwei Jahren von diesem Männerstrich gelöst hatte und den Drogen abgeschworen hatte, erlosch so offensichtlich auch sein Kontakt zu Lenzig. Er traf ihn erst bei einem Besuch des Reiterhofs dort zufällig wieder. Bei Lenzig flackerte die alte Lust wieder auf. Er wollte Bommert erneut haben. Dieser junge Bursche sieht ja auch verdammt gut aus. Da Bommert aber nicht mehr wollte, hat er ihn erpresst. Erpresst mit dieser schlüpfrigen Vergangenheit, mit den Hardcore Videos. So nach dem Motto: entweder Du bist mir wieder gefügig, oder die Familie Weber erfährt alles über Deine Vergangenheit, zum Beispiel wie Du die Anfänge Deines Studiums finanziert hast."

„Wäre denkbar, Winkler. So lassen sich auch die Handynachrichten erklären und ergeben einen Sinn. Und da Bommert einerseits nicht mehr wollte, andererseits Angst um sein Standing bei den Webers hatte, musste Lenzig eben sterben. Nur warum die Hinrichtung in diesem Kugelfang?"

„Das möchte ich auch gerne wissen, Chef. Darauf gibt es nach wie vor keine plausible Antwort. Vielleicht sollten wir als Nächstes den Bommert mal richtig in die Mangel nehmen."

Krautzucker überlegte: „Nur bevor wir uns noch einmal selber so eine Schmach bereiten wie bei der leidigen Weberfestnahme, sollten wir ruhig und vor allen Dingen unvoreingenommen bleiben und systematisch alle Puzzleteile betrachten, auch jene, die nicht zu passen scheinen."

Krautzucker trat bei seinem Mitarbeiter, der wie ein Rennpferd in der Starterbox unruhig hin und her tippelte, ein wenig auf die Bremse. Ob er wollte oder nicht, Winkler musste seinem Chef Recht geben: „Okay, Chef, Sie haben Recht. Also bevor wir Bommert zusetzen, sollten wir tatsächlich noch ein paar Fakten zusammen tragen. Und da kommen mir zwei Gedanken."

„Lassen Sie hören, Winkler."

„Erstens gehen mir diese schlimmen Videos nicht aus dem Kopf. Ich habe bei der Durchsicht von Lenzigs Wohnung keinen Computer gefunden. Die Kollegen vom Rauschgift haben seinerzeit laut Frenzler auch keinen PC gefunden. Aber irgendwie muss Lenzig diese Videos doch ins Netz gestellt haben. So etwas gibt man doch nicht in fremde Hände. Und wenn wir mit unserer Vermutung Recht haben, dass Lenzig Bommert möglicherweise mit diesen Schweinevideos unter Druck setzen wollte, müssen diese Videos ja noch irgendwo abgespeichert sein. Und zweitens verstehe ich nicht, dass die Wohnung komplett frei von Drogen war. Irgendwie alles sehr merkwürdig."

„Sie haben Recht, Winkler", Krautzucker stimmte ihm zu. Da kam ihm eine Idee: „Beim Hauptzollamt in Hagen arbeitet ein Diensthundeführer, den ich ganz gut aus alten Fällen kenne. Der führt eine super Drogenspürhündin, eine Malinois Hündin."

„Eine was?"

„Eine Malinois Hündin. Das ist eine Varietät eines Belgischen Schäferhundes."

„Ach so. Was Sie alles wissen."

„Vielleicht kann uns die Hündin helfen, die Wohnung von Lenzig noch einmal gründlich auf Drogen zu durchsuchen. Ich werde Fritz Kuhn, den Hundeführer, gleich mal anrufen." Krautzucker durchsuchte sein Handy nach der Dienstnummer dieses Fritz Kuhn. Dann wählte er. Er hatte Glück. Fritz Kuhn

189

meldete sich sofort. Nach ein paar Höflichkeitsfloskeln kam Krautzucker schnell zu seinem Anliegen: „Fritz, hast Du noch die tolle Drogenspürhündin?"

„Meine Flora? Ja klar. Wofür benötigt ein Kommissar vom Mord eine Drogenspürhündin? Ist das nicht Sache des BTM Dezernats?"

„Ja, schon, Fritz. Aber wir hätten gerne von Deiner Flora eine Wohnung durchsucht, die eben auch und vor allen Dingen in zwei Morden eine große Rolle spielt. Die Details kann ich Dir erzählen, wenn wir vor Ort sind, okay?"

„Krauti, ich will Dir mit Flora gerne helfen, aber heute nicht mehr. Ich bin eigentlich schon weg. Wir können uns gleich Morgen früh, sagen wir um 8 Uhr, vor der Wohnung treffen."

„So soll es sein, lieber Fritz. Und jetzt schon einmal vielen Dank."

Da Krautzucker das Telefon auf Lautsprecher gestellt hatte, war Winkler im Bilde. Krautzucker wandte sich noch einmal an Winkler: „Wir brauchen dieses Mal auf jeden Fall einen Durchsuchungsbeschluss für Lenzigs Wohnung. Kontaktieren Sie doch bitte Frau von Biberg oder falls sie schon weg ist, den Bereitschaftsstaatsanwalt, damit beim Amtsgericht noch dieser Beschluss erwirkt wird."

„Okay, Chef, ich kümmere mich."

Krautzucker überlegte kurz und wandte sich dann noch einmal an seinen Mitarbeiter: „Winkler, ich glaube, ansonsten können wir heute nichts Produktives mehr schaffen. Wenn Sie den Beschluss haben, machen Sie Feierabend. Ihre Freundin freut sich bestimmt, wenn sie mal früher nach Hause kommen."

„Ich habe nichts dagegen, Chef. Und ich bin schon sehr gespannt, was die von Ihnen so gelobte Hündin Morgen leisten kann."

„Wir treffen uns dann direkt vor der Wohnung."

„So soll es ein. Einen schönen Abend wünsche ich Ihnen." Krautzucker verließ mit einer gewissen Vorfreude auf die geplante Aktion das Präsidium.

Dienstag, 04.06.2019

Alle drei Protagonisten trafen fast zeitgleich an der Wohnung ein. Nach kurzer Begrüßung holte Fritz Kuhn seine Wunderwaffe Flora aus der Hundebox seines Dienstwagens, Winkler wedelte mit dem Durchsuchungsbeschluss, holte aus seiner Jackentasche die Haus- und Wohnungsschlüssel hervor, die er von seiner ersten Wohnungsbegehung noch in seinem Schreibtisch aufbewahrt hatte: Interdessen entsiegelte Krautzucker die Wohnungstür und sie traten mit einer gewissen Spannung ein. Auf Kuhns Geheiß blieben die Kriminalbeamten zunächst nahe der Wohnungstür stehen, damit die Hündin ungestört und ohne Ablenkung ihre Suche beginnen konnte. Hochkonzentriert schnüffelte sie sich durch Flur, Küche und Wohnzimmer, ohne eine Reaktion zu zeigen. Ihr Verhalten änderte sich schlagartig, als sie das Schlafzimmer betrat. Man merkte ihr sofort an, dass sie hier etwas witterte. Zielstrebig näherte sie sich dem Kleiderschrank. Fritz Kuhn öffnete daraufhin alle Schranktüren, zog die vorhandenen Schubladen heraus und legte sie vor dem Schrank auf den Fußboden. Die Schubladen schienen für das Tier uninteressant zu sein. Vielmehr richtete sich seine Aufmerksamkeit auf das Innere des Schrankes. Kuhn ließ das Tier gewähren. Flora kroch fast in den Schrank hinein und scharrte mit ihren Vorderpfoten unter lautem Gebell auf dem Schrankboden herum. Die drei Beamten schauten sich fragend an. Da war doch nichts. Kuhn war sich allerdings sicher, dass seine Hündin sich nicht irrte, keinen falschen Alarm von sich gab. „Lasst uns diesen Schrankboden doch einmal genauer inspizieren. Da muss ja wohl was sein, wenn sich die Hündin so gebärdet."

Winkler hatte sich hingekniet und schaute unter den Schrank: „Meine Herren, Flora ist genial. Der Boden ist viel tiefer als von innen."

„Ein doppelter Boden", kombinierte Krautzucker, „aber wie bekommen wir das obere Brett angehoben?"

„Ganz einfach, Chef. Hier in der Ecke ist ein kleines unscheinbares Löchlein, gerade so groß, dass ein Finger hinein passt." Und schon hatte Winkler das Bodenbrett angehoben und beiseite gestellt. Die drei staunten nicht schlecht. Flora hatte einen Volltreffer gelandet. Der Boden war bedeckt mit allerlei Pillendöschen mit unterschiedlichen Inhalten, Tüten mit grünem Gras und weißen Säckchen. Sie hatten offensichtlich ein regelrechtes Arsenal an Drogen aufgespürt. Flora wurde daraufhin erst einmal von ihrem Hundeführer für ihre erfolgreiche Suche durch intensives Spiel mit einem Tennisball belohnt. Dann begutachteten die drei in aller Ruhe ihren Fund. Kokain und Cannabis erkannten sie sofort. Daneben lagen in verschiedenen kleineren durchsichtigen Plastikbehältern und diesen Pillendöschen diverse Tabletten.

„Das hier ist Crystal Meth," erläuterte Kuhn, „habe ich, das heißt Flora, erst letzte Woche in einer Wohnung in Hagen mit Hagener Kollegen von der Drogenfahndung gefunden. Die anderen Pillen sind wahrscheinlich weitere andere Modedrogen."

Winkler hob den Plastikbeutel mit dem Kokain hoch und mutmaßte: „Das sind bestimmt so um die zwei Kilogramm. Wer weiß, wie viel man damit auf dem Drogenmarkt erzielen kann?

Das Zeug hier war bestimmt nicht nur für den Eigenbedarf unseres Toten bestimmt."

„Ich kann es auch nicht genau sagen. Aber der Verkaufswert all dieser Drogen bewegt sich bestimmt im fünfstelligen Eurobereich", spekulierte Fritz Kuhn.

„Also das Kokain – vorausgesetzt es ist nicht schon gestreckt - hat schon alleine einen Wert pro Kilogramm von über 30.000,- Euro, habe ich auf einer der letzten Einsatzbesprechungen mit unserer Drogentruppe aufgeschnappt. Wenn Sie es richtig geschätzt haben, dass der Beutel mit dem Kokain gut 2 kg wiegt, und wenn wir die Pillen und die Cannabisbeutel noch in unsere Schätzung einbeziehen, liegen hier Drogen von gut über 100.000,- Euro in diesem Schrank."

„Und das haben wir alles der tollen Nase von Flora zu verdanken. Respekt, Herr Kuhn", ergänzte Winkler.

„Ihr Job", Kuhn konnte seinen Stolz kaum verbergen. Krautzucker fingerte noch ein wenig zwischen den ganzen Döschen und Plastikbeutel herum. Da rief er auf einmal: „Winkler, hier habe ich noch etwas für Sie!"

Winkler und Kuhn schauten verdutzt. Krautzucker hatte unter den Drogen ein kleines Notebook und eine externe Festplatte gefunden.

„Chef, also hatte er doch einen Computer, wenn auch nur ein kleines Gerät. Auf dem Notebook oder auf der Externen finden wir bestimmt die gesuchten Videodateien."

„Nicht wir, Winkler, Sie", Krautzucker grinste seinen Mitarbeiter an.

„Wer weiß, was sich noch so alles auf den Geräten befindet." Krautzucker übergab seinem Kollegen die Geräte.

Kuhn meinte: „Es ist schon erstaunlich, was man auf solchen kleinen Geräten alles speichern kann."

„Ja, Fritz, das bleibt für mich wohl immer ein Rätsel, das ich auch gar nicht lösen will."

Winkler deutete auf die externe Festplatte und ergänzte mit seinem technischen Wissen koketierend: „Das ist eine 2,5 Zoll Festplatte vom Hersteller Toshiba. Die Platte hat sagenhafte zwei Terabyte Speicherplatz."

Krautzucker dachte schon weiter, weil sich eh Winkler um die Technik kümmern würde: „Ich werde jetzt unseren Kollegen Frenzler vom Rauschgiftdezernat anrufen und ihm die frohe Kunde von unserem Fund mitteilen. Ich wette, wenn der gerade nichts Wichtiges zu erledigen hat, wird er ruckzuck hier auftauchen."

Dann an den Zöllner gewandt: „Fritz, ganz herzlichen Dank für Deine Amtshilfe. Brauchst Du von mir noch etwas Schriftliches für Deine Einsatzunterlagen?"

„Ja, es wäre nützlich, mir den Geldwert der hier gefundenen Drogen mitzuteilen. Für die Statistik, wenn Du verstehst."

„Klar, bekommst Du. Ich lass den Wert von unseren Rauschgiftleuten ermitteln."

„Okay, dann schnapp ich mir meine Hündin und fahre zurück nach Hagen."

„So soll es sein, noch einmal vielen Dank, Fritz. Und bis zum nächsten Mal."

„Schauen wir mal, Krauti. Tschüss Herr Winkler."

Und schon hatte der Zöllner mit seiner Flora die Wohnung verlassen.

195

Krautzucker wählte genüsslich die Nummer von Rudi Frenzler. Er hatte Glück. Frenzler war an seinem Arbeitsplatz. „Krauti, Dich hatte ich so schnell nicht schon wieder erwartet", meldete er sich. „Was gibt es denn jetzt?"

„Ja Rudi, nach unserem informativen Gespräch sind Winkler und ich auf die Idee gekommen, uns nochmals in der Wohnung unseres Mordopfers umzusehen. Und dazu haben wir einen mir gut bekannten Kollegen vom Zoll Hagen gebeten, uns mit seiner Drogensuchhündin zu unterstützen. Gesagt, getan. Die Hündin war richtig Klasse. Sie hat ein raffiniertes Versteck, einen doppelten Boden im Kleiderschrank entdeckt. Und jetzt wirst Du staunen. Hier haben wir ein regelrechtes Arsenal an verschiedenen Drogen gefunden. Außerdem lag dort auch noch ein Notebook und eine externe Festplatte. Was sagst Du nun?"

„Ich bin erstaunt und erfreut zugleich, Krauti. Wie lange seid Ihr noch vor Ort? Ich könnte mit einem Kollegen umgehend zu Euch raus kommen."

„Das hatte ich erwartet. Wir erwarten auch Euch."

Frenzler ließ sich noch die Adresse geben, damit er nicht noch lange in den alten Akten nachschauen musste. Es verging keine halbe Stunde und Frenzler und ein weiterer Kollege vom Rauschgiftdezernat standen vor der Tür.

„Seit Ihr geflogen, Rudi", lachte Krautzucker. Ohne Umschweife gingen die vier ins Schlafzimmer und Krautzucker zeigte voller Stolz den beiden Drogenexperten ihren Fund. Die beiden staunten nicht schlecht und räumten auch noch einmal ein, dass sie dieses Versteck nie gefunden hätten. Dann schauten sie sich die Drogen genauer an.

„Krauti, da ist ja so ziemlich alles dabei, was zur Zeit am Markt gehandelt wird."

„Rudi, Kokain und Cannabis kann ich selbst erkennen. Aber was sind das alles für Pillen in den verschiedenen Döschen", Krautzucker war neugierig.

„Ja das sind zum größten Teil diese neuen Modedrogen. Hier ist Crystal Meth und Speed, beides Aufputschmittel. Hier bei diesen Pillen handelt es sich um Tilidin, ist ursprünglich ein verschreibungspflichtiges Schmerzmittel, als Droge genommen, macht es super aggressiv. Und das hier sind Ecstasy Pillen. Dir sind in der Discoszene total angesagt. Aber was haben wir denn hier? Ich glaube es nicht. Fentanyl!"

„Rudi, was ist daran so besonders?"

„Krauti, Fentanyl ist das neueste Produkt, was ursprünglich ein verschreibungspflichtiges äußerst starkes Schmerzmittel mit Haupteinsatzort Krankenhaus ist. Es handelt sich dabei um ein Opioid, was geschätzt fünfzig bis hundert Mal stärker wirkt als Heroin. Fentanyl gilt zur Zeit als härteste Droge der Welt. Die Junkies kochen sich das Zeug auf und spritzen es sich. Eine Tablette kostet ca. 100,- Euro."

„Das ist ja der Wahnsinn."

„Ihr müsst wissen, dass von diesem Fentanyl eine viel geringere Dosis als bei den üblichen Opiaten tötlich sein kann. Einige total verrückte Typen verwenden das Mittel auch zur Streckung von Heroin. Das ist absolut lebensgefährlich, da schon ein winziger Krümel zur Atemlähmung und damit zum Exitus führen kann."

„Rudi, Du sagst, dieses Teufelszeug ist verschreibungspflichtig. Wie kommen denn dann so Dealer wie unser Lenzig in den Besitz dieser Pillen?"

„Krauti, ich sage nur Darknet. Es gibt nichts, was dort nicht gehandelt wird. Und jetzt noch was Kurioses. Man erzählt sich in der Szene, dass die Darknet – Dealer mittlerweile diese Droge nicht mehr verkaufen. Aus Angst, dass zu viele Todesfälle ihrer Kunden eine erhöhte Aufmerksamkeit der Polizei auf sich ziehen könnte. Diese Mutmaßung ist allerdings nicht seriös bewiesen."

„Erstaunlich, was Du über diese Drogen alles weißt!"

„Ist doch mein Job, Krauti. Überleg mal, was Du alles über Leichen weißt. Aber zurück zu unserem Fall. Ich ärgere mich, dass wir damals nicht die Idee gehabt haben, einen Drogensuchhund einzusetzen."

„Ist doch jetzt egal, Rudi. Hinterher ist man oft schlauer. Fakt ist, dass wir hier eine nicht unbeträchtliche Menge an Giftstoffen haben, die diesen Kleiderschrank nie verlassen hätten, weil sie wohl möglich für immer unentdeckt geblieben wären", Krautzucker beruhigte seinen konsternierten Kollegen.

„Rudi, sag mir lieber, was mit diesen Drogen jetzt passiert."

„Nun wir nehmen sie mit, lagern sie zunächst in der Asservatenkammer ein und werden einen Beschluss auf Vernichtung erwirken."

„Okay. Bevor ich es vergesse. Für Flora bräuchten wir bitte noch den geschätzten Marktwert all dieser Drogen."

„Wer ist Flora, Krauti", Frenzler verstand nicht.

Krautzucker schmunzelte: „Flora ist die Zollhündin, die den Fund erschnüffelt hat. Ihr Hundeführer hat mich gebeten, ihm den Wert durchzugeben. Für seine Statistik, wenn Du verstehst."

„Ach so. Wir müssen diesen Wert auch für unsere Statistik ermitteln. Sobald wir ihn haben, informiere ich Euch. Noch was. Was ist mit dem Notebook und der Festplatte? Können wir die auch haben? Vielleicht ergibt sich daraus, wer dieses ganze Zeug geliefert hat."

Winkler meldete sich zu Wort: „Die Daten möchte ich mir erst selbst ansehen. Wir haben ja noch nicht den Mörder von Lenzig dingfest machen können. Auch für uns können die Daten eventuell von Bedeutung sein. Ich werde mich schnellstens daran setzen und alles spiegeln. Dann könnt Ihr die Technik haben."

„So soll es sein", ergänzte Krautzucker.

Die vier packten die Säckchen und Tütchen in die von den Drogenfahndern dafür mitgebrachten Behältnisse.

„Rudi, über die mitgenommenen Mittelchen bräuchte ich für unsere Akten auch noch ein Sicherstellungsverzeichnis."

„Bekommt Ihr zusammen mit der Wertermittlung".

Zufrieden verließen alle vier die Wohnung. Ordnungshalber versiegelte Winkler nochmals die Wohnungstür.

Zurück im PP befanden beide, dass der Vormittag bisher sehr erfolgreich verlaufen sei. Winkler beschäftigte sich sofort mit dem Notebook und der Festplatte.

„Wie einfach", rief er nach einem kurzen Moment.

„Was ist wie einfach, Winkler", Krautzucker schaute verständnislos seinen jungen Kollegen an.

„Lenzig hat für das Notebook dasselbe Passwort wie für seinen Dienst PC vergeben."

199

„Dafür hatte er das Gerät in dem Kleiderschrank zumindest gut versteckt", Krautzucker verstand: „Und können Sie schon für uns aufschlussreiche Dateien erkennen?"

„Von diesem Gerät sind mit ziemlicher Sicherheit diese Schweinevideos ins Darknet gestellt worden. Und soviel wie ich bisher erkennen kann, sind diese Videos auf der externen Festplatte abgelegt."

Beide waren sich schnell einig, dass hier für Sebastian Bommert erhebliches Erpressungsmaterial voller Peinlichkeiten schlummerte. Ein Mordmotiv wurde immer klarer. Sie diskutierten, wie sie das häufig in ihrer Ermittlungsarbeit handhabten, über Thesen und Antithesen. Winkler war sich eigentlich sicher, dass alles für den Mörder Sebastian Bommert sprach. Für Krautzucker war es noch nicht ganz so schlüssig.

Nach einer leckeren Tasse guten Kaffees wandte sich Winkler an seinen Vorgesetzten: „Chef, warum überlegen und taktieren wir noch? Sollten wir nicht einfach diesem Bommert einen Überraschungsbesuch abstatten und ihn mit unseren Gedanken und Überlegungen zur Ermordung von Robert Lenzig konfrontieren?"

„Sie haben Recht, Winkler. Seine Anschrift kennen wir ja. Wenn wir Glück haben, ist er schon von der Uni zurück. Kommen Sie."

Krautzucker schnappte sich seine Jacke und verließ mit seinem Assistenten das Büro.

„Dienstwagen oder Ihr altes Schätzchen? Oh, sorry, Chef", Winkler schaute seinen Chef mit entschuldigendem Blick an.

„Sie haben ja Recht. Der BMW ist mein altes Schätzchen. Hoffentlich bleibt dieses Schätzchen mir noch lange treu."

„So wie Sie das Auto von Ihrem langjährigen Bekannten pflegen lassen, geht es mit Ihnen noch zusammen in Pension."
„Ja, hoffen wir es. Und deshalb fahren wir mit dem Dienstwagen. Wie hieß es bei Derrick: Harry, fahr den Wagen vor. Oder so ähnlich."
„Chef, der Wagen steht unten direkt vor dem Eingang."
„Okay, dann los."
Ohne Stau standen die beiden nach gut zwanzig Minuten vor dem Mehrfamilienhaus in Schwerte-Westhofen, in dem Bommert gemeldet war. Die kleine Wohnsiedlung beeindruckte durch sehr gepflegte Außenanlagen und einem schicken Anstrich. Winkler drückte den Klingelknopf neben dem Schild „Bommert / Weber". Nach kurzer Wartezeit drückte er erneut den Knopf. Keine Reaktion, kein öffnendes Summen an der Haustür.
„Sind wohl beide doch länger in ihren Universtäten. Lassen Sie es uns morgen noch einmal versuchen", murmelte Krautzucker ein wenig missmutig. Als sie gerade kehrt machten und zu ihrem Dienstwagen zurückgehen wollten, öffnete sich im Erdgeschoß ein Fenster und eine ältere Dame steckte ihren Kopf heraus. Mit ihrer Nickelbrille und ihrem Dutt auf dem Kopf sah sie aus, wie die strickende Oma aus der früheren Reklame von „Schüle Goldnudeln".
„Meine Herren kann ich Ihnen vielleicht helfen? Zu wem wollten Sie denn", erklang ihre erstaunlich dunkle Stimme. „Wir wollten zu Herrn Bommert, Frau …", antwortete Winkler.
„Ich bin Frau Rose, Marianne Rose. Aber alle hier im Haus und in den umliegenden Häusern nennen mich nur Röschen."

„Aha, aber können Sie uns vielleicht zu ihrem Nachbarn Herrn Bommert was sagen," Winkler bemühte sich, nicht unhöflich zu sein.

„Wenn Sebastian nicht öffnet, wird er wohl nicht zu Hause sein. Sind Sie Freunde von seinem Volleyballverein? Der Basti ist ja so vernarrt in diesen Sport."

„Ja wir sind Freunde vom Volleyballverein", log Winkler.

„Komisch, dass ich Sie hier noch nie gesehen habe. Seine anderen Volleyballfreunde kenne ich alle", überlegte Röschen und fuhr fort:. „Ich finde es ja toll, dass Sebastian so intensiv diesen Sport betreibt. Wie viele junge Leute in seinem Alter lassen sich so hängen, gehen in ihrer Freizeit keinem echten Hobby nach, sitzen nur vor ihrem Computer oder spielen den ganzen Tag mit ihrem Handy herum. Die kommen doch nur auf dumme Gedanken. Liest man ja täglich in der Zeitung oder man sieht entsprechende Berichte im Fernsehen. Und Drogen sind auch sehr oft im Spiel, schrecklich!"

„Kommen Sie, Winkler, wir gehen", flüsterte Krautzucker.

„Aber vielleicht hilft es Ihnen, wenn ich Ihnen sage, dass ich noch vorhin mit der Freundin von Sebastian, der Kerstin, gesprochen habe. Sie ist ja so ein liebes Mädchen. Wenn sie vom Volleyballverein sind, müssten Sie die Kerstin doch auch kennen?"

„Ja natürlich kennen wir die Kerstin", antwortete Winkler.

„Ist sie nicht bildhübsch? Und gar nicht eingebildet wie viele dieser Modepüppchen. Die beiden sind so ein tolles Paar. Da hat der Basti richtig Glück gehabt, dass sie bei ihm einzog. Da gab es nämlich vor der Kerstin schon seltsame Mädels, die hier ein- und ausgingen. Wir alle hier im Haus mögen die beiden sehr. Und so hilfsbereit auch uns älteren Nachbarn gegenüber. Denken Sie bloß. Im Frühjahr hatte mich eine fürchterliche Grippe erwischt. Ich bin wirklich nicht wehleidig, aber da konnte ich mehrere Tage die Wohnung nicht verlassen. Ich lebe allein. Ich bin nämlich Witwe. Mein lieber Gottfried ist schon vor gut 10 Jahren von mir gegangen. Ja und als ich da so krank war, da sind die beiden mehrmals für mich einkaufen gegangen. Das ist doch nett, oder?"

„Ja wirklich", murmelte Winkler.

Krautzucker drohte, der Geduldsfaden zu reißen.

Röschen ließ sich nicht bremsen: „Hoffentlich bleiben die Beiden noch lange hier wohnen. Man weiß ja nie, wen man heutzutage so ins Haus bekommt. Wissen Sie, im Nachbarhaus da vorne ist vor kurzem eine Familie eingezogen. Vor der muss man sich richtig fürchten. Die Frau, der Mann und selbst der halbwüchsige Sohn sind von oben bis unten tätowiert, schrecklich."

„Ja aber was haben Sie denn nun mit der Kerstin besprochen, Frau Rose", unterbrach Winkler Röschens Mitteilungsbedürfnis über ihre Nachbarschaftsverhältnisse.

„Sagen Sie ruhig Röschen zu mir, tun ja alle hier."

„Nun, Röschen, was war nun mit Kerstin", Winkler war nach wie vor die Ruhe selbst, während sein Chef schon seine Augen verdrehte.

„Ja das war so. Ich hatte gerade meine Mülltüte raus gebracht, da kam die Kerstin aus dem Haus. Sie schien es eilig zu haben. Denn normalerweise halten wir beide immer ein kurzes Schwätzchen, wenn wir uns sehen. Aber dieses Mal eilte sie an

203

mir vorbei und sagte nur, sie wolle schnell mit dem Rad zu ihrer Mutter. Die wohnt…"

„Wir wissen, wo ihre Mutter wohnt", Krautzucker versuchte, das ihn nervende Gespräch zu verkürzen.

„Ach so. Wusste ich ja nicht. Vielleicht kommt der Sebastian ja auch dorthin."

Frau Rose merkte, dass die beiden keine weiteren Geschichten von ihr hören wollten.

„Vielen Dank für Ihre Informationen", Winkler wahrte die Höflichkeit.

Die beiden beeilten sich, zu ihrem Dienstwagen zu kommen, bevor Frau Rose sie noch weiter zutexten konnte.

Aus dem Beifahrerfenster beobachtete Krautzucker, dass Frau Rose ihnen irritiert hinterher schaute. Krautzucker, der durchaus Verständnis für einsame alte Frauen hatte, dachte nur, wie wunderbar es stets war, mit seiner alten Freundin Mathilda zu plaudern.

Veronica Weber hatte pünktlich mittags ihre Arbeitsstelle in Bochum verlassen können. Alle anstehenden Arbeiten hatte sie erledigt. Ihr Schreibtisch war sauber und aufgeräumt. Eigentlich könnte sie zufrieden sein. Wenn da nicht das Zerwürfnis mit ihrem Ehemann und ihre Gedanken an die Morde ihrer beiden Freunde wären.

Auf dem Nachhauseweg hatte sie noch einige wenige Lebensmittel eingekauft. Ihr Ehemann aß ja nach dem letzten Freitag nicht mehr bei ihr. Und für sich selbst brauchte sie nicht viel. Sie hatte eh keinen Appetit. Wie sie da so in düsteren Gedanken vertieft vor einer Tasse duftenden Kaffees saß, schreckte sie das Klingeln des Telefons auf. Auf dem Display erkannte sie sofort, dass es ihre Tochter war, die anrief. Sie nahm ein wenig aufgeregt den Hörer ab, hatte sie doch seit dem leidigen Freitag von Kerstin nichts mehr gehört und gesehen. „Hallo Kerstin, schön, dass Du Dich meldest", ihre Stimme zitterte ein wenig.

„Hallo Mama, erst einmal Entschuldigung, dass ich mich mit Basti so sang- und klanglos an Deinem Geburtstag vom Acker gemacht habe. Aber irgendwie war ich überfordert. Und deshalb wollte ich Dich fragen, ob ich gleich mal vorbeikommen darf. Mit ein wenig Abstand können wir vielleicht über die Ereignisse sprechen."

„Ich freue mich, wenn Du kommst, meine Liebe. Mir fällt hier eh schon die Decke auf den Kopf. Wenn ich Oskar nicht hätte, der ja seine regelmäßigen Gassigänge einfordert, wüsste ich gar nicht, was ich mit mir anfangen sollte."

„Schön, ich muss noch einige Kleinigkeiten auf dem Weg erledigen. Dann komme ich mit dem Rad zu Dir. Basti ist noch in der Uni. Bis gleich."

Veronica Weber freute sich, mit ihrer Tochter, die ja kein Kind mehr war, reden zu können. Kerstin knabberte sehr gerne eine bestimmte Kekssorte. Veronica schaute im Vorratsschrank nach und fand noch eine Packung dieser Kekse. Sie nahm sie sofort mit ins Esszimmer und befüllte damit eine kleine wertvolle Kristalglasschale. Da ihre Tochter grünen Tee dem Kaffee vorzog, bereitete sie schon einmal alles für diesen Tee vor. Wie sie so in den Vorbereitungen vertieft war, rannte Oskar zur Haustür und bellte laut die Tür an. Veronica wunderte sich, rechnete sie doch mit ihrer Tochter und da bellte Oskar nicht.

205

Noch bevor die Klingel ertönte, öffnete sie die Haustür, beruhigte Oskar und schaute verdutzt in die Gesichter der Kriminalbeamten Krautzucker und Winkler.

„Meine Herren, mit Ihnen hatte ich nicht gerechnet. Sie werden ja langsam zum Dauerbesuch."

„Dürfen wir Sie trotzdem kurz stören, Frau Weber", Krautzucker legte sein charmantestes Lächeln auf.

„Ja natürlich, kommen Sie bitte rein. Ich bin nur so perplex, weil ich meine Tochter erwarte."

„Ist sie noch nicht hier? Frau Rose, eine Nachbarin Ihrer Tochter, hat uns erzählt, dass ihre Tochter auf dem Weg zu Ihnen sei."

„Ach das Röschen. Die ist in dem Haus immer über alles bestens im Bilde. Meine Tochter müsste jeden Augenblick kommen. Sie wollte auf dem Weg zu mir noch irgend etwas erledigen. Was wollen Sie denn von ihr", Frau Weber schaute ein wenig beunruhigt.

„Eigentlich wollten wir zu Herrn Bommert, aber er war nicht in seiner Wohnung", antwortete Winkler: „Ihre Tochter kann uns bestimmt sagen, wann und wo wir ihn treffen können. Wir haben nämlich noch einige Fragen an ihn."

„Ja da wird Ihnen meine Tochter sicherlich helfen können. Meines Wissens ist er noch in der Uni. Er hat neben seinem Studium noch einen Assistentenjob. Deshalb kommt er nicht immer pünktlich weg."

„Aber Frau Weber, wo wir einmal hier sind", mischte sich Krautzucker ein: „Ich habe da auch noch eine Frage an Sie."

„Nur zu, Herr Krautzucker", Frau Weber entspannte sich zusehens.

„Frau Weber, Ihr Ehemann hat doch einen Jagdschein", begann Krautzucker: „Geht er regelmäßig zur Jagd?"

„Vor längerer Zeit war er regelmäßig auf der Pirsch. Aber die viele Arbeit hat ihm kaum noch Zeit zur Jagd gelassen. Selbst an diesen Jagdgesellschaften hat er lange schon nicht mehr teilgenommen. Ich glaube, das letzte Mal war er vor der Osterzeit auf der Jagd. Er hat eine Pacht zwischen Hennen und Kalthof. Das liegt zwischen Schwerte und Iserlohn …"

„Ich weiß, wo diese Ortschaften liegen."

„Okay, Entschuldigung!"

„Frau Weber, warum können Sie sich so genau an diesen Zeitpunkt erinnern? Wie können Sie noch wissen, dass ihr Mann letztmalig vor Ostern zur Jagd war?"

„Dietmar, also mein Mann, hatte Bastian geboten, doch einfach mal mitzukommen, weil der sich für die Jagd interessierte. Und das Kuriose war", Frau Weber hielt inne:. „Ich weiß gar nicht, ob ich Ihnen das erzählen darf."

„Frau Weber, wir sind nicht von der Jagdbehörde oder vom Forstamt. Was war also so kurios", Winkler war gespannt wie eine schussbereite Armbrust.

„Naja, die beiden kamen mit einem erlegten Hasen nach Hause, passend zu Ostern."

„Das ist aber doch nichts Kurioses", Winkler war irritiert.

„Nein natürlich nicht. Das Kuriose war, dass mein Mann Bastan erlaubt hatte, auf den Hasen zu schießen. Und der hat mit seinem ersten Schuss gleich getroffen und einen Osterhasen geschossen. Mein Mann hat ihm natürlich vorher eingehend gezeigt, wie das Jagdgewehr zu handhaben ist. Bastian war ganz schön stolz, obwohl er wusste, dass er ohne Lizenz eigentlich nicht hätte jagen dürfen."

Krautzucker und Winkler wechselten vielsagende Blicke. „Ich hoffe, Sie melden das nicht weiter, meine Herren", Veronica schaute beide Beamten eindringlich an.

„Machen Sie sich keine Gedanken, Frau Weber. Das ist nicht unsere Spielwiese. Aber sagen Sie bitte, hat ihr Ehemann öfters jemanden mit zur Jagd genommen", Krautzucker fragte wie beiläufig.

„Nein, er ist immer alleine zur Jagd gegangen. Er sagte immer, so könnte er sich vortrefflich entspannen und von seiner stressigen Arbeit abschalten. Aber halt, das heißt, unsere Tochter hat er früher öfter mitgenommen, bis sie keine Lust mehr hatte. Ihr war das lange und vor allen Dingen stille Ansitzen zu langweilig, zumal sie auch nicht besonders gerne so früh morgens aufstehen mochte."

„Und durfte sie auch mal selbst schießen?"

„Keine Ahnung. Zumindest hat sie nie von einer durch sie erlegten Beute gesprochen. Und das hätte sie doch bestimmt getan."

In diesem Augenblick ertönte die Hausschelle. Oskar lag ruhig in seinem Körbchen. Frau Weber öffnete.

„Kerstin, Liebes. Da bist Du ja. Warum schellst Du? Du hast doch selbst einen Haustürschlüssel."

„Vergessen, Mama." In diesem Augenblick erblickte sie die Kriminalbeamten. Krautzucker glaubte, bei ihr einen erschrecktes Aufflackern in ihren Augen wahrgenommen zu haben.

„Oh, Du hast Besuch?"

„Ja, aber eigentlich wollten die Herren Dich sprechen. Röschen hatte ihnen erzählt, dass Du zu mir wolltest."

Krautzucker und Winkler erhoben sich.

„Hallo Fräulein Weber. Eigentlich wollten wir mit Herrn Bommert sprechen. Wir haben ihn leider in Ihrer gemeinsamen Wohnung nicht angetroffen. Es schaute nur Frau Rose aus ihrem Fenster. Und da wir von ihr hörten, dass Sie zu ihrer Mutter wollten, sind wir in der Hoffnung, dass Sie uns sagen können, wann und wo wir Ihren Freund antreffen können, auch hierher gefahren", Krautzucker schaute Kerstin direkt in die Augen und entdeckte dort ein unruhiges Zucken.

„Herr Kommissar, Basti ist heute länger in der Uni. Im Rahmen seiner Assistententätigkeit hat er mit seinem Proff für die morgigen Vorlesungen noch Umfangreiches vorzubereiten. Aber was wollen Sie denn von ihm", die Aufregung in ihrer Stimme konnte sie nicht ganz verbergen.

„Wir müssen ihm noch ein paar Fragen stellen", antwortete Winkler.

„Aber welche Fragen denn?"

„Das können wir nur mit Herrn Bommert persönlich klären", auch Winklerbe merkte nun ihre Unruhe.

„Sie glauben doch nicht im Ernst, dass Basti was mit den Morden zu tun hat? Der kann doch keiner Fliege was zu Leide tun."

„Mag sein, Fräulein Weber. Aber was meinen Sie, wie oft ich das schon gehört habe", Krautzucker merkte genau, dass sie sehr aufgewühlt war. Wusste sie etwa mehr?

„Noch eine Frage an Sie, Fräulein Weber. Ich habe, als Sie kamen, bei der Begrüßung Ihrer Mutter gehört, dass Sie noch

einen Haustürschlüssel von Ihrem Elternhaus haben."
„Ja klar, warum auch nicht?"
„Natürlich, warum auch nicht. Wo bitte bewahren Sie in Ihrer Wohnung diesen Schlüssel auf, wenn Sie zuhause sind?" Kerstin Weber war immer verwirrter:. „Wir haben in unserem kleinen Flur ein Schlüsselbrett. Dort hängen all unsere Schlüssel. Haustürschlüssel, Wohnungsschlüssel, Kellerschlüssel, Autoschlüssel von Bastis Smart und eben auch der Schlüssel von meinem Elternhaus. Warum ist das wichtig, warum interessiert Sie das?"
„Ach nur so, Fräulein Weber", Krautzucker versuchte die Bedeutung ihrer Aussage herunter zu spielen: „Wir haben, bevor wir jetzt gehen, noch eine Bitte an Sie, Fräulein Weber. Richten Sie Ihrem Freund aus, dass er morgen um 10 Uhr zu uns ins Dortmunder Polizeipräsidium kommen soll. Mein Kollege Winkler gibt Ihnen ein Kärtchen, auf dem unsere Zimmernummer und alles weitere vermerkt ist. Sagen Sie ihm noch, Erscheinen ist Pflicht. Wenn er nicht von selbst kommen sollte, würden wir gezwungen sein, ihn polizeilich vorführen zu lassen. Alles klar?"
„Ja, ich denke schon, Herr Krautzucker", antwortete Kerstin. Krautzucker bemerkte, dass sie sich bemühte ihrer Stimme einen emotionslosen Klang zu verleihen, was ihr aber nicht so recht gelang. Sie war kreidebleich im Gesicht.
Genau in diesem Augenblick flitzte Oskar laut bellend zur Haustür. Es schellte. Die Tochter öffnete. Sebastian Bommert stand vor der Tür.
„Wie Basti, ich denke, es wird heute spät an der Uni?"
„Ja, habe ich auch gedacht, mein Schatz. Aber der Proff hat

210

seine Pläne über den Haufen geworfen. So konnte ich doch pünktlich gehen. Röschen lag im Fenster und wusste zu berichten, dass zwei Herren vom Volleyballverein mich gesucht hätten und Du zu Deiner Mutter geradelt bist. So bin ich flugs auch hierher gekommen. Aber wer vom Volleyballverein hat mich da wohl aufsuchen wollen?"

Sebastian drückte seinem Schatz einen dicken Schmatzer auf die rechte Wange. Erst jetzt erblickte er die Polizisten und zuckte deutlich zusammen.

„Herr Bommert, schön, dass wir Sie doch noch persönlich getroffen haben.", eröffnete Krautzucker.

„Die Herren vom Volleyballverein waren übrigens wir", ergänzte Winkler: „Ich denke, ihr Röschen muss nicht alles wissen. Wer weiß, was sie der Nachbarschaft erzählt hätte, wenn wir ihr eröffnet hätten, dass wir von der Kriminalpolizei sind."

Krautzucker übernahm wieder: „So können wir Ihnen doch noch persönlich sagen, was wir Ihrer Freundin schon aufgetragen haben, was sie Ihnen von uns ausrichten sollte. Wir haben noch einige Fragen an Sie in der Angelegenheit Lenzig."

Bommert zitterte kaum wahrnehmbar, aber für die Beamten, mit der geschulten Beobachtungsgabe ausgestattet, doch bemerkbar.

„Kommen Sie bitte Morgen früh um 10 Uhr zu uns ins Präsidium nach Dortmund. Ihre Freundin hat ein Kärtchen von Herrn Winkler. Da steht drauf, wo Sie uns finden können. Sind Sie bitte pünktlich."

„Aber was, was wollen Sie denn noch von mir wissen? Ich habe Ihnen doch schon letzte Woche zu verstehen gegeben, dass ich mit den grausamen Mordgeschichten nichts zu tun habe", stotterte Bommert blass im Gesicht. Er musste seine Hände falten, damit man nicht bemerkte, wie er zitterte.

„Das werden wir alles Morgen früh in Ruhe besprechen, Herr Bommert", Winkler genoss es, Bommert, seinen potentiellen Täter, so zu sehen. Insgeheim freute er sich schon, ihn Morgen so richtig in die Mangel nehmen zu können. Zu seinem Geständnis würde er bestimmt nicht lange brauchen. Bommert schien kein schwieriger Gegner zu sein.

„Aber, meine Herren, ich habe Morgen früh in der Uni zu tun. Ich kann nicht um 10 Uhr bei Ihnen sein", fast weinerlich brachte Bommert diese Worte hervor.

„Herr Bommert, wir spaßen nicht mit unserer Aufforderung an Sie, zu diesem Gespräch zu erscheinen. Sagen Sie eben in der Uni ab. Wird schon gehen. Nur noch zu Ihrer Information. Sollten Sie nicht freiwillig zum Termin erscheinen, werden wir Sie polizeilich vorführen lassen. Wenn Sie von uniformierten Polizisten aus der Uni geholt werden wollen, bitte", Krautzucker vermied bewusst das Wort Beschuldigtenvernehmung, um Bommert nicht total kopfscheu zu machen.

„Ja, ich werde kommen. Aber sagen Sie mir doch wenigstens, worum es geht, was Sie wissen wollen", Bommert hauchte die Worte kaum hörbar heraus.

„Morgen früh, Herr Bommert. Meine Damen, Herr Bommert, einen schönen Tag", Krautzucker gab das Zeichen zum Aufbruch.

„Was soll da jetzt noch schön sein, Herr Krautzucker?" Frau Weber war die einzige, die jetzt noch Worte fand.

Im Dienstwagen sprühte Winkler nur so vor Freude. „Chef, das war der Durchbruch, oder? Bommert hatte Zugriff zu Webers Haustürschlüssel. Er konnte somit die Tatwaffe leicht entwenden. Der arrogante Weber hat ihm vor Ostern gezeigt, wie man mit dieser Waffe umgeht. Naja und über sein Tatmotiv brauchen wir uns keine Gedanken mehr zu machen." Winkler wäre fast einem scharf bremsenden anderen Fahrzeug hinten drauf gefahren.

„Winkler, jetzt konzentrieren Sie sich bitte auf den Verkehr, sonst können wir beide wohlmöglich morgen an der Vernehmung gar nicht teilnehmen. Und diese Vernehmung wollen Sie sich doch nicht entgehen lassen?"

„Entschuldigung, Sie haben Recht. Aber, Chef, eigentlich hätten wir ihn doch schon jetzt im Haus der Webers in die Mangel nehmen können, oder?"

„Schon, aber lassen Sie ihn ruhig noch schmoren. Und morgen im PP kann die Staatsanwaltschaft dem Verhör praktischerweise beiwohnen und bei einem Geständnis direkt die entsprechenden Maßnahmen ergreifen."

„Ja, sehe ich ein."

Den Rest der Rückfahrt zum PP hingen beide Kommissare ihren Gedanken nach. Krautzucker befand dann, dass der Tag ereignisreich genug gewesen war. Er schloss seinen Schreibtisch ab und wünschte Winkler einen ruhigen Abend mit seiner Freundin.

„Ich schreibe nur noch einen kleinen Vermerk über unseren Besuch bei den Webers. Dann gehe ich auch."

„Wie Sie wollen, hätte aber auch noch Zeit bis Morgen früh gehabt. Tschüss!"

Krautzucker schnappte sich seine Jacke zum Gehen, da klingelte sein Telefon. Er ärgerte sich. Wer wollte denn jetzt noch was von ihm? Der Blick auf das Display des Telefons erhellte allerdings sofort sein Gesicht: „Frau von Biberg, was verschafft mir zu so später Dienststunde noch die Freude, Sie am Telefon zu haben?"

„Ach Herr Krautzucker, ich habe es einfach auf gut Glück versucht, Sie noch zu erreichen. Ich saß hier in meinem Büro eingehüllt von einem Aktenberg über einer Anklageschrift, deren Formulierung mir aber nicht so Recht gelingen will. So ließ ich meinen Gedanken freien Lauf. Das ist bei mir oft ein probates Mittel, um wieder in die Spur zu kommen. Na und diese Gedanken brachten mich auf die Idee, Sie anzurufen, um zu erfragen, ob es etwas Neues in unserem gemeinsamen Fall gibt. Verstehen Sie mich bitte richtig. Es ist die reine Neugierde, auf der meine Frage beruht. Ich weiß, dass Sie und Winkler gradlinig und zielbewusst arbeiten. Meine Frage soll auf keinen Fall bei Ihnen den Eindruck erwecken, dass ich Sie kontrollieren will. Wie gesagt, reine Neugierde."

„Das weiß ich doch, Frau von Biberg", Krautzucker merkte, dass sein Puls schon wieder höher schlug. Warum eigentlich? „Im Übrigen haben Sie wirklich Glück gehabt mit Ihrem Anruf. Ich war gerade im Gehen begriffen. Gut, Kollege Winkler sitzt noch über einem kleinen Aktenvermerk. Aber danach wäre er auch gegangen."

„Ich will Sie nicht von Ihrem Feierabend abhalten."

„Nein, tun Sie gewiss nicht", Krautzucker gab der Staatsanwältin einen kurzen Abriss über das aktuelle Ermittlungsergebnis. „Das hört sich ja vielversprechend an. Ich habe Morgen früh keine Termine. Was halten Sie davon, wenn ich zu der Vernehmung dieses Herrn Bommert um 10 Uhr dazukomme?"

„Sehr viel, Frau von Biberg", Krautzucker befiel ein wohliges Gefühl der Vorfreude.

„Dann soll es so sein. Grüßen Sie mir bitte noch Herrn Winkler. Und jetzt ab in den Feierabend! Ich glaube, ich mache auch Schluss für heute. Mir wird eh nichts mehr zu dieser blöden Anklageschrift einfallen."

„Ihnen auch einen schönen Abend", Krautzucker strahlte über das ganze Gesicht, was auch Winkler nicht entging: „Chef, alles in Ordnung. Sie strahlen so?"

„Ach das meinen Sie nur. Es ist alles gut. Und jetzt aber wirklich Tschüss!"

Krautzucker war es ein wenig peinlich, dass er vor Winkler seine Gefühlslage nicht hatte verbergen können. Er flüchtete förmlich aus dem Büro. Winkler schaute ihm ein wenig irritiert hinterher.

Veronica Weber war völlig baff. Hatte die Polizei tatsächlich den Freund ihrer Tochter als Täter, als Mörder von Robert Lenzig, im Visier? Warum sonst wollten sie ihn so dringend verhören?

Nachdem die Polizisten gegangen waren, hatten sie, ihre Tochter und Bommert schweigend da gesessen. Jeder war mit seinen Gedanken beschäftigt. Nur einmal sagte Sebastian ganz leise, kaum hörbar: „Ich habe mit den Morden nichts zu tun. Ich schwöre."

Dann befand Kerstin, dass sie mit Bastian nach Hause wollte. Die beiden waren fast wortlos gegangen. Nun saß Veronica mal wieder alleine in ihrem großen Haus. Nahm der Horrorfilm denn gar kein Ende? Sie konnte beim besten Willen Sebastian nicht mit dem Tod von Robert und schon gar nicht mit dem Tod von Dr. Budde in Verbindung bringen. Er hatte beide doch kaum gekannt. Sie waren sich zwei, drei Mal auf dem Reiterhof begegnet. Das gab doch keinen Sinn. Aber die Polizisten mussten irgendetwas haben, dass sie so beharrlich darauf bestanden, mit ihm sprechen zu wollen. Das Ganze war bestimmt nur ein Missverständnis und es würde sich Morgen früh schnell aufklären.

Veronica wollte auf andere Gedanken kommen. So schnappte sie sich Halsband und Leine und forderte Oskar auf, mit ihr einen Spaziergang zu machen. Oskar ließ sich das nicht zweimal sagen.

Auf dem Heimweg vom Präsidium fiel Krautzucker ein, dass seine Speise- und Getränkevorräte nur noch sehr spärlich zu bezeichnen waren. Also fuhr er noch zu dem in seiner Nachbarschaft befindlichen Supermarkt und deckte sich mit verschiedenen Konserven und Mineralwasser ein. Am Ausgang des Marktes bemerkte er einen kleinen Blumenstand. Da kam ihm die Idee, für seine Freundin Mathilda einen kleinen Strauß mit bunten Blumen mitzunehmen. Sie würde sich bestimmt über die kleine Aufmerksamkeit freuen. So schaute er auch erst noch bei ihr vorbei, bevor er seinen Einkauf in seine Wohnung schleppen musste. Er klopfte wie gewohnt an der Wohnungstür das zwischen ihnen ausgemachte Klopfzeichen und schloss dann die Wohnungstür auf. Er fand Mathilda vor einem Stapel verschiedenster Illustrierten. Als er ihr den kleinen Strauß Blumen überreichte, freute sie sich wie ein kleines Kind über ein neues Spielzeug.

„Junge, was ist los? Hast Du was gut zu machen? Habe ich etwas verpasst?"

„Nein, meine liebe Freundin. Es soll nur eine kleine Aufmerksamkeit sein. Du hörst mir immer so geduldig zu und hast auch oft die passenden Ratschläge", beruhigte Krautzucker seine Freundin.

„Dann ist es ja gut, ich dachte schon....vielen Dank auch. Da drüben auf dem Sideboard steht eine leere Vase. Sei doch so lieb und stelle die Blumen hinein und fülle ein wenig Wasser hinzu."

Krautzucker tat wie ihm geheißen.

„Mein Junge, wie ist es denn heute um Dein Seelenleben bestellt? Bei Deinem letzten Besuch warst Du sehr niedergeschlagen, weil Ihr wohl den Falschen verhaftet hattet", Mathilda lugte über ihre alte Nickelbrille, die sie zum Lesen unbedingt brauchte.

„Ja stimmt, da war ich ziemlich frustriert. Inzwischen haben mein fleißiger Mitarbeiter und ich neue Fakten gesammelt, die eine andere Person in den Mittelpunkt unserer Ermittlungen gespült haben. Morgen früh will mein rühriger Winkler ihn durch eine knackige Vernehmung der Tat überführen."

„Das klingt ja hoffnungsvoll."

„Schon, aber irgendwie bin ich mir noch nicht so sicher. Nicht, dass wir schon wieder auf ein falsches Pferd setzen."

„Warte doch einfach mal den morgigen Tag ab und versteife Dich nicht schon vorher auf diese Person. Du weißt doch, Fehler darf man machen, man sollte sie nur nicht wiederholen."

„Wie wahr, Mathilda, wie wahr. Und weißt Du was, ich werde

217

jetzt ganz früh zu Bett gehen, damit ich Morgen richtig ausgeschlafen bin."

„Richtig, tue das mein Junge. Ich habe ja auch noch genug zu tun mit diesen Klatschblättern. Die habe ich von der Nachbarin von nebenan ausgeliehen. Ich will sie schnellstens zurückgeben."

„Dann gute Nacht, Mathilda. Mach Du aber auch nicht mehr zu lange", Krautzucker schlurfte zur Wohnungstür. Dort drehte er sich noch einmal um und sah, wie Mathilda ihm lächelnd hinterher schaute.

„Krauti, Dir auch eine gute Nacht. Und ich erwarte bald möglichst Deinen Bericht."

„Kannst Dich drauf verlassen." Krautzucker zog die Wohnungstür ins Schloss. Vor seiner Wohnungstür fiel ihm ein, dass ja noch der Einkauf in seinem alten BMW lag und darauf wartete, in die Wohnung gewuchtet zu werden.

Mittwoch, 05.06.2019

Winkler saß wie fast immer bereits auf seinem Bürostuhl, als Krautzucker das gemeinsame Büro betrat. Der Kaffee duftete verführerisch. Krautzucker hatte seine Jacke noch nicht abgelegt, da begann Winkler ihn schon zu zutexten: „Chef, ich hatte keine Ruhe heute Nacht, konnte kaum schlafen. Da bin ich schon sehr früh ins Büro. Ich habe alle Daten von dem kleinen Notebook und der Externen gespiegelt. So können wir den Rauschgiftleuten die Geräte jetzt zur Verfügung stellen."
„Da werden sich Frenzler und seine Leute freuen. Rufen Sie ihn doch bitte an."
„Mach ich, Chef. Nur was er sich von dem Notebook erhofft, nämlich die Quelle der Drogen, die Lieferanten herauszubekommen, wird ihm wohl anhand der Daten nicht gelingen. Ich habe mir alles noch einmal genau angeschaut. Lenzig besaß in der Tat nur die zwei bereits bekannten Konten. Die Anfrage bei der BaFin hat ja auch nichts anderes ergeben. Das eine Konto bei der Sparkasse war sein sogenanntes Gehaltskonto mit den üblichen Bankbewegungen. Und auf dem anderen Konto gibt es nur Bareinzahlungen und Barabhebungen. Keine Überweisungen in die eine oder in die andere Richtung. Da war Lenzig wohl sehr, sehr vorsichtig. Er hat keinerlei Spuren hinterlassen."
„Naja, ist auch nicht unsere Baustelle, Winkler", beendete Krautzucker die Betrachtungen über Lenzigs Konten. Während Winkler mit dem Rauschgiftdezernat telefonierte, ließ sich Krautzucker den leckeren Kaffee schmecken. Er fühl-

te sich nach dem für ihn ungewöhnlich langen Schlaf so richtig ausgeruht. Kam eigentlich viel zu selten vor, wie er fand. Er war schon sehr gespannt, in welchem Outfit die Staatsanwältin heute bei ihnen auflaufen würde. Winkler bereitete seinen Gedanken ein abruptes Ende: „So, Chef, ich habe mit Rudi Frenzler persönlich sprechen können. Er wird nachher jemanden zu uns schicken, um die Computertechnik abholen zu lassen. Und dann hat er mir noch eine Zahl genannt."

„Sie reden mal wieder in Rätseln, Winkler. Was für eine Zahl?"

„Sie wollten doch für Flora, Sie wissen schon, die super Spürnase, den ungefähren Wert unseres Drogenfundes wissen."

„Ach ja. Sagen Sie das doch gleich. Und wie hoch ist der Verkehrswert der Drogen?"

„Frenzler sagt, dass der Fund vorsichtig geschätzt mindestens einen Wert von circa 300.000 Euro hat."

„Hübsches Sümmchen. Donnerwetter! Da wird sich unser Zöllner aus Hagen freuen. Das bringt seine Statistik bestimmt gut nach vorne."

„Frenzler schickt uns noch einen offiziellen Vermerk über den Fund. Den können wir ja dann direkt auch an Herrn Kuhn mailen."

„So soll es sein. Sie haben wie immer gute Ideen, Winkler." Winkler musste in sich hinein lächeln. Es tat ihm gut, von seinem Chef ein solch schönes Lob zu hören.

„So mein lieber Winkler, nun zu unserem heutigen Tag und zu Sebastian Bommert. Ich habe mir überlegt, dass Sie die Vernehmung übernehmen."

„Aber Chef...", Winkler war überrascht.

„Sie kennen sich doch mit diesen neuen Medien, diesem Darknet und all dem Zeug wesentlich besser aus als ich. Und diese elektronischen Medien werden nach meiner Einschätzung sicherlich einen wesentlichen Teil der Vernehmung einnehmen. Ich würde mich doch nur verhaspeln und dann müssten Sie sowieso übernehmen. Also können Sie doch gleich die Vernehmung komplett durchführen. Und da dieser Bommert ja schon länger als Täter in Ihrem Visier ist, wird es bestimmt für Sie eine Freude sein, Ihren Verdächtigen zu filetieren, oder?"

„Klar Chef. Ich werde mein Bestes geben", Winkler strahlte über das ganze Gesicht.

In diesem Augenblick öffnete sich ihre Bürotür und Staatsanwältin von Biberg stand im Türrahmen. Nun strahlte auch Krautzucker. Er hatte das Gefühl, dass er sogar leicht errötete.

„Meine Herren, einen wunderschönen Morgen wünsche ich Ihnen. Ich bin etwas früh. Aber die Neugierde und Spannung hielten mich nicht mehr in meinem öden Büro. Ich hoffe, Sie sind bestens präpariert und ich kann dank Ihrer präzisen Ermittlungen wieder einen Mord als aufgeklärt aus meiner Statistik der ungeklärten Fälle streichen."

Winkler war schon ein wenig aufgeregt. Er fasste für die Staatsanwältin noch einmal die bisherigen Erkenntnisse kurz zusammen. Frau von Biberg nickte ein paar Mal anerkennend. Krautzucker hatte von Winklers Berichterstattung kaum etwas mitbekommen. Die Fakten waren ihm eh bekannt. Er musste vielmehr aufpassen, dass Frau von Biberg seine bewundernden Blicke nicht bemerkte. Das wäre ihm wieder sehr peinlich gewesen. Sie sah, wie er fand, hinreißend aus. Heute trug sie eine weite weißgemusterte und hoch geschlossene Bluse. Diese

Bluse steckte in einem dunkelblauen Minirock, der hinten einen Schlitz hatte, der so weit nach oben reichte, dass Krautzucker gar nicht hinschauen mochte. Erkennbar trug sie keine Strumpfhose. Es war ja auch fast Sommer. Krautzucker bewunderte das dezente Braun ihrer makellosen Beine. Woher hatte sie wohl diese Bräune? Soviel wie er wusste, war sie noch nicht im Urlaub gewesen. Half sie dieser Bräunung etwa durch eine Sonnenbank nach? Er würde sie bei passender Gelegenheit fragen, warum und woher sie eine so schöne Bräune hatte. Das wäre bestimmt nicht anzüglich, dachte er bei sich.

Winkler schaute auf seine Uhr. Es war bereits Viertel nach zehn. Wo blieb Bommert nur? Krautzucker bemerkte Winklers Ungeduld.

„Winkler, er wird schon noch kommen. Denken Sie an unsere Parkplatzmisere. Wahrscheinlich kreist er noch durch die verschiedenen Sträßchen rund um unser PP."

„Wahrscheinlich, Chef", Winkler ließ sich beruhigen. Krautzucker wandte sich dann an die Staatsanwältin: „Frau von Biberg, Kollege Winkler wird die Vernehmung übernehmen. Er hat die viel größere technische Kenntnis von diesen Videos, diesem Darknet und so. Ich hoffe, Sie sind damit einverstanden?"

„Ja klar. So können wir beide in aller Ruhe hinter dem venezianischen Spiegel bei eingeschaltetem Lautsprecher der Vernehmung beiwohnen. Und falls es - was ich nicht glaube - bei Herrn Winkler doch mal haken sollte, können wir ihm immer noch zur Hilfe kommen."

Als Winkler gerade erneut zur Uhr schaute, wurde Bommert von einem Wachtmeister in das Büro geführt. Winkler stellte ihm formvollendet Frau von Biberg als die in diesen Ermittlungen zuständige Staatsanwältin vor. Mit einem entschuldigenden Gesichtsausdruck versuchte Bommert seine kleine Verspätung zu erklären: „Ich habe heute früh meiner Freundin meinen Smart überlassen, damit sie ihre Mutter mit nach Bochum nehmen konnte. Frau Weber hatte ihren Minicooper in eine Autolackiererei gegeben. Eine kleine Schramme am rechten vorderen Kotflügel soll beseitigt werden. Und da meine Freundin in Bochum an der Uni heute nur Vorlesungen bis mittags hat, kann sie ihre Mutter, die nur halbtags arbeitet, wieder mit nach Hause zu nehmen. So bin ich mit öffentlichen Verkehrsmitteln, erst mit dem Bus, dann mit der U Bahn, hierher gekommen. Ich habe mich leider ein wenig mit der Zeit vertan. Und weil ich mein Handy mal wieder zu Hause liegen gelassen habe, konnte ich Sie leider auch nicht anrufen und Bescheid sagen."

„Ist schon okay. Jetzt sind Sie ja da", Krautzucker versuchte den sichtlich aufgeregten Bommert ein wenig zu beruhigen.

„Herr Bommert, sind Sie bereit? Können wir anfangen", Winkler fiel es schwer, seine positive Anspannung zu verbergen.

„Dafür bin ich hier, Herr Kommissar."

„Aber bevor wir unser Gespräch beginnen, brauchen wir noch Ihre Fingerabdrücke."

„Wieso das denn? Muss ich das zulassen? Ich bin unschuldig. Iich habe mit der Mordgeschichte nichts zu tun."

„Herr Bommert, das ist reine Routine. Sie sind für uns zumindest ein Beteiligter. Und wenn Sie unschuldig sind, haben Sie doch nichts zu befürchten", Winkler hatte bewusst zunächst

223

das Wort Beschuldigtenvernehmung vermieden. Bommert ergab sich in sein Schicksal. Nachdem er seine Fingerabdrücke geliefert hatte, führte Winkler ihn in den Vernehmungsraum. Frau von Biberg und Krautzucker nahmen hinter dem venezianischen Spiegel Platz. Der Vernehmungsraum hatte schon etwas Bedrückendes. Keine Fenster, eine Tür, dunkle Wände, an einer Wand ein großer Spiegel, ein karger Tisch, auf dem Tisch zwei Mikrophone, drei schlichte Stühle, von der Decke kaltweißes Neonlicht. Winkler bat Bommert, sich ihm gegenüber zu setzen. So saß er mit seinem Gesicht dem Spiegel zugewandt und konnte gut von Frau von Biberg und Krautzucker beobachtet werden. Winkler richtete die zwei Mikrophone auf Bommert und auf sich. An einer Seite des kleinen Tisches befand sich ein roter Knopf. Diesen Knopf drückte Winkler und schaltete dadurch die Mikros ein. So wurde die Vernehmung einerseits aufgezeichnet und andererseits im Vernehmungsraum nicht hörbar zu einem Lautsprecher übertragen, der sich auf der anderen Seite des Spiegels befand. Winkler begann vorsichtig.

„Herr Bommert, Sie werden verdächtigt, in einer noch zu klärenden Form an der Ermordung Robert Lenzigs beteiligt zu sein. Nach § 136 der Strafprozessordnung steht es Ihnen frei, sich zu diesem Vorwurf zu äußern. Sie haben das Recht, zu schweigen, um sich nicht selbst zu belasten. Außerdem haben Sie das Recht, einen Verteidiger Ihrer Wahl hinzuzuziehen. Haben Sie das soweit verstanden?“

Bommert war kreidebleich: „Klar habe ich das verstanden. Hören Sie, ich habe nichts, aber auch gar nichts mit dem Mord an diesem Lenzig zu tun. Ich war auch nicht beteiligt. Deshalb

224

brauche ich auch keinen Anwalt. Ich bin unschuldig."

„Was meinen Sie, wie oft ich das schon gehört habe?"

„Ich bin aber wirklich unschuldig. Das müssen Sie mir glauben, Herr Kommissar."

„Lassen wir das erst einmal so stehen, Herr Bommert. Erzählen Sie mir doch bitte, wie Ihr Verhältnis zu Herrn Lenzig war." Winkler lehnte sich genüsslich auf seinem Stuhl zurück und erwartete gespannt die Antwort.

„Ich hatte überhaupt kein Verhältnis zu Herrn Lenzig. Ich habe ihn einige Male gesehen, wenn ich mit meiner Freundin ihre Mutter auf dem Reiterhof besucht habe."

„Erste Lüge! Herr Bommert, das ist jetzt nicht Ihr Ernst."

„Sicher ist das mein Ernst. Sonst gab es da nichts." Hinter dem Spiegel schauten sich Frau von Biberg und Krautzucker vielsagend an.

„Herr Bommert, dann erzähle ich Ihnen mal was zu ihrem nicht vorhandenen Verhältnis zu dem Toten."

Bommert wurde auf seinem Stuhl immer kleiner.

„Sie haben sich die ersten Semester ihres Studiums damit finanziert, dass Sie sich als sogenannter Strichjunge angeboten haben. Richtig?"

Nach kurzem Zögern.

„Ja schon, Herr Kommissar."

„Und durch diese, sagen wir mal Prostitution, haben Sie Lenzig kennengelernt. Zunächst wollte er nur Ihre Dienste kaufen. Später hat er Sie auch reichlich mit Drogen versorgt. Richtig?"

Bommert versteinert: „Wenn Sie es eh schon wissen, ja, so war es leider. Meine Eltern haben sich schon während meiner Kindheit getrennt und später auch scheiden lassen. Mein Vater

225

hängt seit dem an der Flasche, hat keinen Job und lebt von der Stütze. Meine Mutter hält sich mit mehreren Putzstellen über Wasser. Ich hatte niemanden, der mich bei meinem Studium unterstützen konnte. Bafög hatte ich auch nie beantragt. Das war mir irgendwie zu kompliziert. Aber dann habe ich glücklicherweise an der Uni eine Assistentenstelle bekommen und brauchte mich nicht mehr prostituieren, um meinen Lebensunterhalt und mein Studium zu finanzieren. Von da ab habe ich Herrn Lenzig nicht mehr gesehen. Erst später, vielleicht zwei Jahre später, habe ich ihn rein zufällig auf dem Reiterhof wieder gesehen."

„Nicht so schnell, Herr Bommert. Sie tun gerade so, als wäre Ihr Verhältnis zu Lenzig eine kleine banale Begebenheit gewesen, Sagen wir, wie mit jedem ihrer anderen Kunden auch."

„Ja, war es doch auch, Herr Kommissar."

„Ach Quatsch, schon wieder eine Lüge. Verkaufen Sie uns nicht für dumm", Winkler musste aufpassen, dass er sachlich blieb, nicht zu vielen Emotionen freien Lauf gewährte. „Lenzig hat doch nicht nur das eine oder andere Mal völlig unverbindlich Ihre Dienste in Anspruch genommen und entsprechend gezahlt. Was fällt Ihnen ein, wenn ich die Stichworte Drogen, Videoaufnahmen und Darknet in diesen Raum werfe?"

Frau von Biberg flüsterte Krautzucker zu: „Jetzt kommt Winkler langsam auf Betriebstemperatur."

„Mmh", murmelte Krautzucker und fügte noch hinzu: „Sie brauchen nicht zu flüstern, der Raum ist schalldicht."

„Sie haben Recht, Herr Krautzucker. Aber das macht man wahrscheinlich automatisch."

Bommert hatte inzwischen gemerkt, dass er hier durch Lügen oder Verschweigen nicht weiter kam.

„Herr Kommissar, jetzt rütteln Sie an den düstersten Stellen meiner Vergangenheit."

„Und? Ich höre."

„Also Lenzig hat mich mit seinen Drogen im Laufe kürzester Zeit systematisch süchtig und abhängig gemacht. Zuerst habe ich nur ein wenig Koks zu mir genommen, um den Job einigermaßen ertragen zu können. Wie es im übrigen alle Stricher am Hauptbahnhof taten. Bei denen hat sich Lenzig durch den Drogenverkauf eine goldene Nase verdient. Er hat sie alle beliefert. Ja und an mir hatte er besonderen Gefallen gefunden. Ich war wohl sein Typ. Er bezahlte mich großzügig und die verschiedenen Drogen bekam ich von ihm umsonst."

„Wie das? Und warum verschiedene Drogen", Winkler hakte nach.

Krautzucker zu Frau von Biberg:. „Jetzt wird es langsam interessant."

„Es blieb nicht bei Koks. Das Kokain hatte mir zwar zunächst geholfen, meine Hemmungen abzulegen. Es wirkte sogar luststeigernd. Aber sehr bald nahm diese Wirkung ab, so dass ich nachlegen musste. Es führte dazu, dass ich betäubt durch den Alltag ging. Am Morgen danach bin ich oft in der Uni fast eingeschlafen, kam sehr schlecht aus dem Bett. Später setzte dann eine gewisse Niedergeschlagenheit ein. Ich verspürte Antriebslosigkeit, Müdigkeit und Erschöpfung. Ja und ich plagte mich mit Selbstvorwürfen."

Frau von Biberg war sehr angetan, wie Winkler diesen schüchternen Bommert so ins Reden gebracht hatte.

227

„Und weiter?"

„Lenzig bemerkte das. Er gab mir dann Chrystal Meth und Speed. Beides waren Aufputschmittel, die mich im Hörsaal nicht nur wach hielten. Diese Mittel ermöglichten mir zunächst auch wieder ein konstruktives Mitarbeiten."

„Herr Bommert", unterbrach ihn Winkler, „Sie halten jetzt einen Vortrag über die verschiedenen Drogen und ihre Wirkungen. Bitte wieder zurück zu unserer Vernehmung. Was war mit den Videos?"

„Gut so, Winkler", knurrte Krautzucker vor sich hin. Frau von Biberg schaute ihn von der Seite an und lächelte in sich hinein.

„Ja, diese Videos. Lenzig hatte mich, wie schon gesagt, süchtig gemacht und in eine Abhängigkeit zu ihm gebracht. Irgendwann eröffnete er mir, dass er unsere tolle Zweisamkeit gerne auf Video aufnehmen wolle. Damit war ich zuerst nicht einverstanden. Ich lehnte das kategorisch ab. Er bot mir weiteres Geld, viel Geld. So willigte ich ein, aber leider ohne zu wissen, wie diese Videos werden sollten, was da aufgenommen werden sollte. Bevor es dann zu den Aufnahmen kam, hat er mich regelrecht mit Drogen vollgepumpt. Ich war dann nicht mehr Herr meiner Sinne und habe eigentlich von den Aufnahmen nichts mehr mitbekommen."

„Und haben Sie diese Videos irgendwann auch zu Gesicht bekommen?"

„Ja später. Also, Lenzig hat sie mir nie gezeigt. Ich hatte irgendwann Zugriff zum Darknet bekommen. Ich hatte mich dort auf einer speziellen Plattform angeboten. Und da bin ich auf diese Videos mit mir gestossen. Es waren schreckliche Aufnahmen."

„Und wie haben Sie reagiert? Haben Sie Lenzig zur Rede gestellt? Oder war es Ihnen egal? Sie hatten ja schließlich viel Geld dafür erhalten."

„Ich war total entsetzt. Das habe ich ihm unmissverständlich zu verstehen gegeben. Er hatte mich getäuscht, hintergangen. Solcher Art von Aufnahmen, die dann auch noch im Netz erschienen, hätte ich auch nicht für dieses viele Geld zugestimmt und mitgemacht."

„Und weiter?"

„Ich wurde mir klar, dass es so mit mir nicht weitergehen konnte. Ich musste unbedingt weg von den Drogen, ich musste weg von der Straße, ich musste weg von Lenzig. Und genau da schlug das Glück bei mir zwei Mal zu. Erstens bekam ich per Zufall meinen Assistentenjob bei der Uni, der mich in die Lage versetzte, meinen Lebensunterhalt auf seriöse Art zu bestreiten. Und zweitens lernte ich in Schwerte beim Volleyball meine jetzige Freundin kennen, ein echter Glücksfall."

„Und wie hat Lenzig darauf reagiert, als Sie ihm nicht mehr zur Verfügung stehen wollten?"

„Das war quasi ein gleitender Prozess."

„Verstehe ich nicht. Wie meinen Sie das?"

„Nun, zuerst stand ich nicht mehr am Bahnhof. Aber ich war ja süchtig, brauchte Drogen. So war ich mit Lenzig noch in Kontakt. Wir hatten irgendwann zu Beginn unserer Beziehung unsere Handynummern ausgetauscht."

„Und wie sah dieser Kontakt aus?"

„Ich brauchte Drogen von ihm. Dafür wollte er weiterhin meinen Körper als Gegenleistung. Ich habe das vielleicht noch drei, vier Mal zugelassen. Danach nicht mehr. Da begann er,

229

mich zu erpressen. Drogen nur gegen Körper. Aber ich wollte nicht mehr mitspielen. Diese Zeit mit Lenzig war wie ein Höllentrip, in dessen Fegefeuer ich immer mehr schmorte. Aber Lenzig hatte das Geld, das ich dringend benötigte. Erst Kerstin, meine Freundin, hat mir Linderung verschafft, dieses Feuer runter gekühlt. Total erbost verweigerte Lenzig mir dann jegliche Drogen. Ich habe mir die Dops dann anderswo besorgt. So verloren wir uns aus den Augen, bis wir uns zufällig auf dem Reiterhof wieder begegneten. Aber das wissen Sie ja."

„Aber jetzt sind Sie doch clean, oder?"

„Ja, Gott sei Dank. Und das habe ich zu größten Teilen meiner Freundin zu verdanken. Ich wollte keine Geheimnisse vor ihr haben. So habe ich ihr direkt zu Beginn unserer wunderbaren Beziehung mein ganzes Vorleben offen gelegt. Sie war es dann, die mich total motiviert und unterstützt hat, von diesem teuflischen Rauschgift loszukommen. Wer weiß, ob ich es ohne sie jemals geschafft hätte. Ich bin ihr so dankbar. Aber, Herr Kommissar, warum erzähle ich Ihnen das alles. Ich habe doch mit der Ermordung von Lenzig nichts zu tun. Wirklich! Ich weiß gar nicht, warum Sie das alles wissen wollen. Und ich weiß auch nach wie vor nicht, warum ich hier bin."

Krautzucker dachte, dass sein junger Kollege diesem Bommert nach dem langen, für ihn viel zu langen, Vorgeplänkel endlich offenbaren müsste, warum er hier im Vernehmungsraum sitzt.

Frau von Biberg hatte ähnliche Gedanken: „Ich glaube, jetzt wird Winkler ihn in die Zange nehmen."

„Wird auch Zeit", knurrte Krautzucker.

„Geduldig, lieber Krautzucker, in der Ruhe liegt die Kraft. Unser junger Kollege macht das schon", Frau von Biberg berührte

230

mit einer Hand ganz leicht seinen rechten Arm, als wollte sie ihn beruhigen. Er empfand das als sehr angenehm und seine Ungeduld verschwand auf der Stelle.

„Das werde ich Ihnen jetzt darlegen, Herr Bommert." Bommert blickte ganz verschreckt zum Kommissar. Was nun wohl kommen würde?

„Nachdem Lenzig Sie zufällig auf dem Reiterhof wieder getroffen hatte, flammte seine Begierde nach Ihnen wieder auf. Wir wissen, dass er Sie mehrfach angerufen hat. Sie haben auch geantwortet."

„Ja das stimmt. Ich habe ihm klar gemacht, dass die alte Geschichte nicht mehr läuft, dass ich mit meiner Freundin total glücklich bin und auch ohne ihn finanziell zurechtkomme."

„Aber damit gab er sich nicht zufrieden, oder? Er ließ nicht locker. Er bedrängte Sie weiterhin. Sie haben das Handy von Lenzig nicht gründlich genug zerstört. Sie hätten es nicht in seinem Auto liegen lassen sollen. Unsere Techniker konnten noch einiges aus dem Handy auslesen."

„Herr Kommissar, ich weiß nicht, wovon Sie reden. Ich habe dieses Handy nie in meinen Händen gehabt. Und wieso zerstört? Wieso in seinem Auto liegen gelassen", Bommert zitterte am ganzen Körper.

„Jetzt hat er ihn", Frau von Biberg frohlockte.

„Bommert, hören Sie auf mit dieser Ahnungslosentour", Winkler sprach ganz leise: „Da gibt es eine SMS an Sie mit dem Text…, warten Sie", Winkler schaute in die Ermittlungsakten: „ach hier. Ich zitiere: Wenn Du heute Abend nicht zu der abgemachten Uhrzeit zum bekannten Treffpunkt kommst, lass ich Dich auffliegen. Und Ihre Antwort lautete: Planänderung Treffpunkt 22:30 Uhr Parkplatz hinter dem Reiterhof."

„Herr Kommissar, ich kenne diese Nachrichten nicht."

„Wer es glaubt. Wir jedenfalls nicht."

„Ich bin nicht so ein Typ, der permanent sein Handy in den Händen hält und unentwegt checkt, was so in seinem Umfeld abgeht. Ich bin nicht einmal bei Facebook oder Instagram. Oft liegt mein Handy tagelang zu Hause unbenutzt herum."

„Bommert, Sie wurden von Lenzig mit Ihrer unrühmlichen Vergangenheit erpresst. Sie haben ihn zu diesem Treffpunkt kommen lassen. Sie sind mit Hilfe des Haustürschlüssels Ihrer Freundin in das Weber Haus geschlichen, haben das Jagdgewehr entwendet, sind zum Parkplatz hinter dem Reiterhof, haben dort Lenzig kaltblütig erschossen. Sie haben ihn dann mit seinem Kuga zu diesem Kugelfang gebracht. In Ihren Smart hätten Sie ihn sicher nicht hineinbekommen. Außerdem hinterließ er so auch in Ihrem Auto keine verräterischen Spuren. Sie haben ihn dann – warum auch immer – spektakulär in diesen Kugelfang gehangen, den Kuga zurückgefahren, das Gewehr wieder in den Waffenschrank gelegt und sind nach Hause."

„Nein, nein, Herr Kommissar. So war es nicht. Ich war mit meinen Volleyballkameraden nach dem Training in Schwerte feiern. Meine Freundin hatte mich mit meinem Smart zur Halle gefahren, damit ich nach dem Training was trinken konnte. Sie ist dann weiter zu ihrem Mädelsabend gefahren. Und im übrigen, Lenzig konnte mich auch eigentlich gar nicht mit meiner Vergangenheit erpressen. Meine Freundin und auch ihre Eltern kennen meine Vergangenheit."

232

Winkler wurde langsam ungehalten: „Bommert, verdammt noch einmal, jetzt geben Sie sich einen Ruck und gestehen die Tat. Sie werden spüren, das erleichtert."

Bommert mit zittriger Stimme: „Ich kann doch nicht gestehen, was ich nicht getan habe."

„Sie konnten sich den Haustürschlüssel vom Weber Haus von Ihrem Schlüsselbrett nehmen, richtig?"

„Ja schon."

„Sie wussten, wo der Schlüssel für den Waffenschrank hängt, richtig?"

„Ja wusste ich."

„Herr Weber hat Ihnen den Umgang mit dem Jagdgewehr, unserer Tatwaffe, gezeigt. Sie haben doch mit dieser Waffe schon einen Hasen geschossen, richtig?"

„Ja ich kann mit dem Gewehr einigermaßen umgehen."

„Sie wussten auch, wo sich die Munition für das Gewehr befindet, richtig?"

„Ja wusste ich."

„Warum leugnen Sie dann noch? Die Indizien sind erdrückend."

„Ich leugne nicht, Herr Kommissar. Ich war es wirklich nicht. Wie hätte ich denn ohne Auto das Jagdgewehr entwenden und dann zu diesem Parkplatz kommen sollen?"

„Es gibt doch Taxen. Also kein Problem."

„Dann fragen Sie doch bitte meine Sportskameraden. Die werden bestätigen, dass ich den ganzen Abend mit ihnen zusammen war", Bommert weinte fast.

Da durchzuckte es Krautzucker. Er schlug sich mit der flachen Hand vor die eigene Stirn: „Was bin ich blöd! Ich wusste die

233

ganze Zeit, dass ich da etwas nicht bedacht habe. Bommert ist nicht der Täter, Frau von Biberg."

Die Staatsanwältin schaute ihn verständnislos an: „Ich verstehe nicht, Herr Krautzucker."

„Ich erkläre es Ihnen später", entgegnete Krautzucker. Dann stürmte er in den Vernehmungsraum. Bommert und auch Winkler zuckten zusammen ob der Vehemens, mit der der Kriminalhauptkommissar herein rauschte.

„Chef", Winkler war irritiert.

„Herr Bommert, Sie können gehen. Entschuldigen Sie die Unannehmlichkeiten, die wir Ihnen bereitet haben. Allerdings muss ich Sie bitten, Ihren Wohnort vorerst nicht zu verlassen. Halten Sie sich weiterhin zu unserer Verfügung."

Bommert war verdutzt, aber entfernte sich wie geheißen in Windeseile.

Winkler war völlig überfordert: „Chef, jetzt verstehe ich überhaupt nichts mehr. Bommert stand doch so kurz vor seinem Geständnis."

Winkler hob Daumen und Zeigefinger und deutete damit einen ganz kleinen Abstand an.

„Winkler, bitte nicht böse sein. Aber Bommert ist nicht unser Täter. Wir waren schon wieder auf dem Holzweg. Wenn Sie einen Schmauchtest anberaumt hätten, wäre der wie bei Herrn Weber negativ ausgefallen. Kommen Sie, wir müssen schnell nach Westhofen zu den Webers. Bommert hat sein Handy nicht dabei und muss mit öffentlichen Verkehrsmitteln zurück fahren. Diesen Vorsprung müssen wir nutzen."

„Chef, Sie sprechen in Rätseln", Winkler war völlig durcheinander.

„Nein keine Rätsel. Ich erkläre es Ihnen auf dem Weg nach Westhofen." Und zur Staatsanwältin gewandt: „Frau von Biberg, ich schätze, noch heute Nachmittag können Sie beim Haftrichter einen Haftbefehl auf Untersuchungshaft beantragen. Bis später."

„Herr Krautzucker, Ihr Kollege hat Recht. Sie sprechen wirklich in Rätseln. Ich bin gespannt."

„Ich denke schon, dass ich das Rätsel noch heute lösen kann", Krautzucker trieb Winkler vor sich her nach draußen. Krautzuckers BMW stand direkt vor dem PP. Bei seinem Kommen in der früh hatte er Glück gehabt. Als er vorfuhr, entfernte sich gerade eine Zivilstreife aus einer Parklücke.

Veronica Weber stand schon vor ihrem Bürogebäude als ihre Tochter mit dem Smart auftauchte: „Mama, Du hast hoffentlich nicht zu lange warten müssen. Unser Proff fand bei seiner letzten Vorlesung mal wieder kein Ende. Und einfach während der Vorlesung abhauen, ist total unhöflich."

„Schon gut, Kerstin. Ich bin ja froh, dass Du mich heute mitnimmst."

„Ja, Basti war schon ein wenig sauer, dass er mir gerade heute den Smart überlassen sollte, wo er zur Polizei musste. Aber versprochen ist versprochen. Und ich habe Dir schon vor mehreren Tagen zugesagt, Dich heute mitzunehmen."

Die Frauen schwiegen sich dann eine ganze Weile an. Jede hing ihren Gedanken nach. Sie fuhren schon einige Zeit auf der A 40, da nahm die Mutter das Gespräch wieder auf: „Wie es Bastian wohl bei der Polizei ergangen ist. Meinst Du, dass er mit dem Mord an Robert was tun hat?"

235

„Nein bestimmt nicht, Mama."

„Bist Du Dir da ganz sicher?"

„Ganz sicher."

„Aber die Polizisten machten einen so überzeugten Eindruck. Sie haben ihn doch nicht grundlos auf das Präsidium zitiert."

„Ach Mama, bei Papa waren sie auch überzeugt, dass er der Mörder ist. Das Ergebnis kennst Du."

„Ja, weiß Gott. Ich mag gar nicht an diesen Freitag denken. Diesen Geburtstag werde ich bestimmt nie vergessen."

„Hast Du eigentlich von Papa schon mal wieder was gehört?"

„Nee, leider nicht", Veronica wirkte sehr traurig. „Du sagst leider. Bist Du nicht total sauer auf ihn?" Veronica überlegte: „Natürlich bin ich das. Sein Verhalten der letzten zwei Monate ist unverzeihlich. Nur, uns verbinden so viele schöne gemeinsame Zeiten. Die vergisst man nicht so schnell."

„Wärst Du bereit, Dich mit ihm wieder zu versöhnen, wenn er entsprechend auf Dich zukäme?"

„Ich weiß nicht. Allerdings wirft man eine so lange funktionierende Ehe nicht einfach weg."

„Soll ich mit Papa sprechen"

„Nein, las mal lieber. Da muss er schon selber die Kurve kriegen und sich was einfallen lassen."

Die Damen schwiegen sich wieder an. Als sie in Westhofen in ihre Straße einbogen, erkannte Veronica Weber sofort den alten BMW von Kriminalhauptkommissar Krautzucker. Bei seinem ersten Besuch hatte er sein Auto zwar in der Straße etwas abseits abgestellt. Als er ging, hatte sie ihm nachgeschaut und gesehen, dass er in diesen alten BMW einstieg.

„Was wollen die schon wieder hier? Ich dachte, sie sind mit Basti beschäftigt", Veronica fand als erste ihre Sprache wieder.

„Vielleicht haben sie Basti nach Hause gefahren. Er hat ja heute kein Auto", Kerstin wirkte mit ihrer Äußerung wenig überzeugend.

„Nein Kerstin, das glaube ich nicht. Dann hätten sie Bastian doch an Eurer Wohnung abgeliefert und würden hier nicht noch so wartend herumstehen. Die warten auf mich."

„Aber Mama, was wollen die noch von Dir?"

„Keine Ahnung, Kerstin. Wir werden es gleich erfahren."

Die Webers und die beiden Kriminalbeamten stiegen fast gleichzeitig aus ihren Fahrzeugen aus und strebten der Haustür zu.

„Meine Herren, soll ich Ihnen die Gästezimmer herrichten, so oft wie Sie mich aufsuchen", Veronica verbarg ihre Unsicherheit durch Ironie.

„Nein, das wird nicht nötig sein, Frau Weber. Wir denken, dass wir heute wahrscheinlich letztmalig Ihre geschätzte Gastfreundschaft in Anspruch nehmen werden", Krautzucker begegnete der Ironie mit entwaffnender Höflichkeit, einer seiner Stärken im Umgang mit seinem Klientel, „außerdem wollen wir gar nicht mit Ihnen sprechen, sondern mit Ihrer Tochter. Von Herrn Bommert wissen wir, dass Sie beide heute eine Fahrgemeinschaft gebildet haben. Aber müssen wir das hier draußen in der Einfahrt klären?"

„Nein, Herr Krautzucker. Entschuldigung, aber meine Nerven liegen ein wenig blank. Kommen Sie bitte mit ins Haus. Nur, was wollen Sie denn von meiner Tochter? Was ist mit Herrn Bommert?"

237

„Herrn Bommert haben wir nach Hause gehen lassen", Winkler antwortete wahrheitsgemäß.

„Wir müssen mit Ihrer Tochter über verschiedene Ungereimtheiten reden, die sich aus unserem Gespräch mit Herrn Bommert ergeben haben", Krautzucker übernahm wieder die Gesprächsführung, „wo können wir ungestört reden?"

„Gehen Sie doch in den Wintergarten. Die Räumlichkeiten kennen Sie ja schon", bot Veronica Weber an.

„Ja, gerne, Frau Weber". Und zu Kerstin Weber: „Kommen Sie bitte mit und setzen Sie sich erst einmal."

„Meine Herren, kann ich Ihnen was zum Trinken anbieten? Kaffee, Tee oder Wasser", Veronica war wieder die höfliche Gastgeberin.

„Nein, danke, Frau Weber, vielleicht später. Jetzt wollen wir erst einmal mit Ihrer Tochter reden." „Und Du, Kerstin? Möchtest Du etwas trinken?" Kerstin schüttelte nur stumm ihren Kopf. Krautzucker gelang es kaum, seine Spannung und Ungeduld zu unterdrücken. Wenn er zum erwünschten Ziel kommen wollte, musste er die Ruhe bewahren.

„Herr Hauptkommissar, darf meine Mutter dem Gespräch beiwohnen", Kerstin hatte keine Farbe mehr im Gesicht. „Wir haben nichts dagegen. Aber bitte nur zuhören, Frau Weber."

Veronica nickte sichtlich irritiert. Sie konnte sich überhaupt nicht vorstellen, was die Polizisten von ihrer Tochter wollten. Sie hatte doch bestimmt nichts mit dem Mord an Robert Lenzig zu tun. Absurd!

„Also, Fräulein Weber", begann Krautzucker, „zuerst einmal muss ich Sie der Strafprozessordnung entsprechend belehren. Sie müssen auf keine Frage antworten, mit deren Beantwortung Sie sich selbst irgendeiner Straftat bezichtigen würden. Verstanden?"

„Ja schon. Aber ich weiß nicht, was Sie von mir wollen", Kerstin versuchte, wieder etwas forscher zu wirken. „Ja würde ich auch gerne wissen, Herr Krautzucker", Veronicas Stimme wirkte gebrochen.

„Bitte, Frau Weber, nur zuhören. Sonst müsste ich Sie bitten, den Winkergarten zu verlassen. Oder wir fahren mit Ihrer Tochter auf's Revier. Ich dachte, mich klar genug ausgedrückt zu haben."

„Ja, haben Sie. Entschuldigung", Veronica ließ sich in ihrem Sessel zurückfallen. Krautzucker hielt einen Kugelschreiber in der rechten Hand. Er ließ die Mine ein paar Mal hinein- und hinausschnellen, ohne seinen Blick von Kerstins Gesicht zu wenden. Kerstin blickte auf den Kugelschreiber. Irritierte sie das Geräusch, so wie Krautzucker es beabsichtigt hatte? Man konnte die Rädchen in ihrem Kopf förmlich rattern hören. Zudem zeigten rote Flecken an ihrem Hals die Aufregung.

„So nachdem das geklärt ist, würden wir gerne mit der Befragung beginnen", Krautzucker hatte bisher bewusst das Wort Vernehmung vermieden. Er wusste aus vielen seiner Fälle, dass dieses Wort bei manchen Befragten so eine Art Sperre erzeugte, dass sie dicht machten und nichts mehr sagten.

„Fräulein Weber, wir wissen von Ihrem Freund, dass er Ihnen seine – sagen wir mal – unrühmliche Vergangenheit gleich zu Beginn Ihrer Beziehung offen gelegt hat."

„Ja, das stimmt. Als wir uns kennenlernten, hatte Bastian ein massives Drogenproblem. Eigentlich war er in einem erbärmlichen Zustand. Er gestand mir dies offen und ehrlich. Er flehte mich förmlich an, ihm zu helfen, davon los zu kommen. Eine professionelle Hilfe lehnte er ab. Er wollte es unbedingt alleine schaffen, also nur mit meiner Hilfe."

„Und wussten Sie auch, von wem er die Drogen bezogen hatte", Winkler unterbrach sie.

„Ja, auch das hat er mir erzählt. Wie gesagt, er wollte keine Geheimnisse vor mir haben. Nur so sah er eine reelle Chance für uns."

„Und sagen Sie uns bitte, wer sein Dealer war?"

„Ja, es war…", sie stockte. Ihre Miene war steinern, nur ihre Kiefermuskultur arbeitete. Es waren ihre Hände, die ihre Nervosität verrieten. Mit dem Daumennagel ihrer rechten Hand malträtierte sie die Nagelhaut des Mittelfingers. Sekunden verstrichen, während sie ihre Mutter anschaute. Dann fuhr sie ganz leise fort: „Es war Robert Lenzig."

„Was? Das kann nicht sein", entfuhr es Veronica Weber.

„Bitte, Frau Weber", Krautzucker schaute sie ermahnend an.

„Doch, Mama, leider. Wir haben es Dir nie erzählt, weil wir Dein positives Bild von diesem Lenzig nicht zerstören wollten."

Veronica schüttelte nur verständnislos und ungläubig ihren Kopf. Was sollte in diesen Tagen noch alles auf sie niederprasseln? Die Hiobsbotschaften nahmen einfach kein Ende!

„Fräulein Weber, gemeinsam haben Sie es dann geschafft, dass ihr Bastian von den Drogen los kam, oder", Winkler hakte noch einmal nach.

„Ja richtig, Herr Winkler. Für mich ist Basti schon über einen längeren Zeitraum clean. Es war teilweise eine schwere Zeit. Aber wir haben es gemeinsam geschafft. Wir sind beide sehr stolz darauf", Kerstin huschte ein kaum merkliches Lächeln übers Gesicht. Sie war sichtbar stolz auf das Geleistete. „Für mich persönlich war es auch eine wichtige Erfahrung. Ich habe erfahren, dass man mit seinen Aufgaben, den Herausforderungen, denen man sich stellt, wächst. In meinem bisherigen Leben hatte ich mich vor allem Unbekannten gefürchtet und mir nur wenig selbst zugetraut. Meine Eltern hatten mir ja stets alles Unangenehme aus dem Weg geräumt. Ich war einmal mutterseelenallein zu einem Seminar an einem fremden Ort, in einem fremden Hotel. Wie ein ängstliches Häschen hatte ich in meinem Hotelzimmer gekauert und das Hotel nur zu den Vorlesungen verlassen. Darüberhinaus bin ich nur zu einem kleinen City-Supermarkt nebenan geeilt, um mir einige Lebensmittel und ein wenig zum Trinken zu besorgen."

Nun nahm Krautzucker die Vernehmung wieder auf: „Fräulein Weber, hatte ihr Freund in diesen vergangenen circa zwei Jahren noch Kontakt zu Herrn Lenzig?"

„Nein, seit er den Job an der Uni bekommen hatte und er sich sein Auskommen nicht mehr auf der Straße verdienen musste, war wohl der Kontakt abgebrochen. So hat es Basti mir zumindest erzählt. Allerdings muss Lenzig ihn noch das eine oder andere Mal versucht haben, zu kontaktieren, aber Basti hat das rigoros abgeblockt."

„Okay. Und wie war es dann auf dem Reiterhof?" Kerstin Webers unsteter Blick glitt immer wieder von Krautzuckers Gesicht weg. Er bemerkte, dass es ihr schwer fiel, ihm in die Augen zu schauen.

„Ja das war ein echter Schock für Basti. Er war bis dahin nie mit auf dem Reiterhof gewesen. Meine Mutter war es, die ihn animiert hatte, doch einmal zum Stall mitzukommen. Sie meinte, er müsse mal was anderes als nur seine Bücher und den Volleyball sehen. So fuhren wir eines Tages zusammen zum Hof, um meiner Mutter beim Training zuzusehen. Basti hatte mir gegenüber bis dahin den Namen seines Peinigers unerwähnt gelassen. Und so kannte ich Robert Lenzig bisher nur als angenehmen Reitsportkameraden meiner Mutter."

„Und wie waren dann die Reaktionen von Herrn Bommert und Herrn Lenzig", wollte Winkler wissen.

„Lenzig grüßte uns kurz und ging dann in die große Reithalle, wo das Sprungtraining im Gange war. Ich merkte Sebastian sofort an, dass da etwas nicht stimmte. Er war auf einmal wie versteinert. Auf meine Frage nach dem Grund eröffnete er mir, dass dieser Lenzig sein ehemaliger Hauptkunde und Dealer gewesen war."

„Und wie gingen Sie beide dann mit dieser Situation um", wollte Krautzucker wissen.

„Nun wir waren uns sofort einig, meiner Mutter nichts von der dunklen Seite des Robert Lenzig zu erzählen. Wir waren danach auch nur noch wenige Male zusammen auf dem Reiterhof."

„Es gibt ein Bild, das Sie, Ihre Mutter und Herrn Bommert vor einem Pferd zeigt. Es wurde offensichtlich in der Boxengasse aufgenommen. Wir haben dieses Bild einmal in der Wohnung

242

von Robert Lenzig an einer Wand hängen gesehen und dann hatte er es auch noch auf seinem Dienst PC abgelegt. Was hat es damit auf sich", fragte Winkler.

„Ja, das war auch so eine Geschichte. Zuerst einmal muss ich erwähnen, dass Lenzig und Basti bei ihren wenigen gemeinsamen Begegnungen sich beide nichts von ihrer gemeinsamen Vergangenheit im Beisein meiner Mutter und mir anmerken ließen. Sie begegneten sich ziemlich neutral."

„Sie sagen im Beisein Ihrer Mutter und Ihnen. Gab es auch Begegnungen nur von Herrn Lenzig und Herrn Bommert", unterbrach Krautzucker ihre Schilderung.

„Nein, zumindest nicht auf dem Reiterhof. Da war ich immer dabei."

„Und außerhalb des Hofes?"

Kerstin überlegte: „Das kann ich nicht mit hundertprozentiger Sicherheit sagen. Ich war ja nicht 24 Stunden mit Sebastian zusammen. Zumindest hat er mir davon nichts erzählt."

„Okay. Aber jetzt noch einmal zu diesem Bild", Winkler nahm den Faden wieder auf.

„Ach so ja, das Bild. Das war, wenn ich mich richtig erinnere, so. Lenzig bat aus irgend einem Grund meine Mutter, ihn zur Box seines Hengstes zu begleiten. Und so gingen Basti und ich auch mit. Und da fragte er uns, ob er ein Foto von uns und seinem Hengst machen dürfe. Das war alles."

„Gut, Fräulein Weber. Themawechsel. Herr Bommert hat uns heute früh über den - sagen wir mal - recht oberflächlichen Umgang mit seinem Handy berichtet", Krautzucker war wieder am Zug.

243

„Ja, Basti und sein Handy sind keine innigen Freunde. Er lässt es dauernd irgendwo in unserer Wohnung liegen. Seine Pin Nummer hatte er auch immer wieder vergessen. Sie glauben ja nicht, wie oft er nach seiner Pin gesucht hat. So haben wir seit einiger Zeit für sein und auch für mein Handy dieselbe Pin-Nummer zum Entsperren. So kann ich ihm immer wieder schnell auf die Sprünge helfen, wenn er sein Handy doch tatsächlich mal nutzen will. Also er ist das ganze Gegenteil eines handysüchtigen jungen Mannes. Aber, Herr Krautzucker, warum fragen Sie mich das alles, mit dem Handy und so? Ich verstehe es nicht", Kerstin Weber war nicht nur nervös, nein auch äußerst irritiert.

„Sie werden es gleich verstehen", antwortete Krautzucker vielsagend, während Veronica Weber angespannt von einer Pobacke auf die andere rutschte.

„Unsere Techniker haben nicht nur die letzten abgegangenen und eingegangenen Anrufe, sondern auch, noch viel interessanter, Teile der Nachrichten des halb zerstörten Handys von Robert Lenzig restaurieren können. Nebenbei bemerkt, Lenzigs Mörder hätte das Handy besser so entsorgt, dass man es nicht mehr findet."

Krautzucker bemerkte sofort, dass Kerstin Weber rote Flecken am Hals bekam, ein untrügliches Zeichen ihrer Aufregung. Außerdem zuckten ihre Augen unruhig. Krautzucker fuhr ruhig fort: „So stießen wir auf zwei sehr aufschlussreiche SMS Nachrichten."

In diesem Augenblick sprang Frau Webers Hund, der die ganze Zeit ruhig zu ihren Füßen gelegen hatte, auf und rannte laut bellend zur Haustür. Prompt schellte es. Veronica Weber öffnete die Tür und ließ Sebastian Bommert herein. Der Hund bellte noch immer. Es dauerte eine Weile, bis sein Frauchen ihn beruhigt hatte. Krautzucker und Winkler schauten sich an und Winkler sagte nur kurz: „Ist klar, Chef. Ich hab verstanden." Bommert stutzte, als er die Polizisten schon wieder sah. In seine Gedanken vertieft hatte er Krautzuckers BMW vor der Tür nicht bemerkt. An Veronica gewandt fragte er: „Frau Weber, was wollen die Kriminalbeamten schon wieder hier?" „Ich weiß es auch nicht. Sie unterhalten sich mit Kerstin und stellen so komische Fragen", antwortete sie. Als Krautzucker Sebastians fragenden Blick sah, rief er ihm zu: „Herr Bommert, Sie kommen genau zum richtigen Zeitpunkt. Setzen Sie sich doch bitte zu uns."

„Ich verstehe nicht. Wieso komme ich zum richtigen Zeitpunkt? Sie haben mich doch schon heute früh ausgequetscht."

„Das werden Sie gleich hören. Kommen Sie, suchen Sie sich eine Sitzgelegenheit."

Sebastian und Kerstin wechselten ein paar Blicke. Obwohl sie sich bemühte, kühl und gelassen zu wirken, bemerkte Krautzucker in Kerstins Augen ein unstetes Flackern.

„Wo waren wir stehen geblieben", nahm Krautzucker das Gespräch wieder auf, „ach j,a die Nachrichten oder SMS auf Lenzigs Handy. Die letzten beiden SMS sind sehr interessant. Winkler, bitte lesen Sie uns die Nachrichten einmal vor." Winkler blätterte durch seinen Notizblock und las dann: „1. SMS ging von Lenzig an das Handy von Herrn Bommert. Text: Wenn Du heute Abend nicht zu der abgemachten Uhrzeit zum bekannten Treffpunkt kommst, lasse ich Dich auffliegen. Die 2. SMS kam von Herrn Bommerts Handy und lautete: Planän-

245

derung, Treffpunkt 22:30 Uhr, Parkplatz hinter dem Reiterhof. Beide Nachrichten stammen von dem Freitag, an dem Lenzig erschossen wurde."

„Danke, Winkler. So, Herr Bommert, Kollege Winkler hat Sie heute Vormittag danach gefragt. Sie wollten beide Nachrichten nicht kennen. Weder wollten Sie die eingegangene SMS gelesen haben, noch wollten sie die SMS an Lenzig verfasst und verschickt haben. Bleiben Sie dabei?"

„Ja sicher. Noch einmal, ich kenne beide SMS nicht. Ich habe auf dem Weg vom Präsidium hierher noch kurz in unserer Wohnung mein Handy geholt und sofort die Nachrichten überprüft. Es gab nur eine WhatsApp - Nachricht von meiner Freundin, mit der sie mir mitteilte, dass sie nach der Heimfahrt von Bochum noch kurz bei ihrer Mutter bleiben wolle. Ich solle doch auch kommen, falls ich schon aus Dortmund zurück sei. Das ist im übrigen auch der Grund, warum ich jetzt hier bin. Ansonsten gibt es keine Nachrichten auf meinem Handy." Er hielt den Polizisten sein Handy hin: „Sie können ja nachsehen."

„Jetzt nicht mehr, Herr Bommert", mischte sich Winkler ein, „solch belastende Nachrichten löscht man natürlich. Aber glauben Sie uns, erstens ist die Rekonstruktion der Daten von Lenzigs Handy eindeutig und zweitens könnten unsere Techniker die von ihrem Handy gelöschten Nachrichten auch wieder sichtbar machen."

„Ich habe keine Nachrichten gelöscht. Glauben sie mir, ich kenne weder die eine noch die andere SMS", Bommert klang verzweifelt.

„Lassen wir das mal so stehen", übernahm Krautzucker wieder.

„Wenn wir Ihnen gar keinen Glauben geschenkt hätten, hätten Sie heut früh nicht so ohne Weiteres aus dem PP spazieren können." An Kerstin Weber gewandt: „Jetzt kommen Sie ins Spiel. Wie Sie beide unabhängig voneinander uns geschildert haben, konnten auch Sie das Handy ihres Freundes einsehen, wenn er es mal wieder in Ihrer gemeinsamen Wohnung irgendwo hatte rumliegen lassen, oder?"

„Ja schon, Herr Hauptkommissar. Warum fragen Sie mich das?"

Kerstins Hals war nun komplett mit roten Flecken übersät.

„Sie haben die SMS von Lenzig gelesen. Und Sie waren es auch, die den Treffpunkt und die Uhrzeit diktiert haben."

„Wie kommen Sie da drauf? Nein, das war ich nicht."

„Fräulein Weber, Sie lebten die gesamte Zeit, seit sich Lenzig und Ihr Freund zufällig auf dem Reiterhof wiedergesehen hatten, in der Angst, dass dieser schäbige Drogendealer versuchen würde, Ihren Sebastian wieder in die Sucht zu treiben, um ihn für seine perversen Spielchen erneut gefügig zu machen. Nach dem ersten Aufeinandertreffen auf dem Hof hatte Lenzig ja schon einige Male versucht, wieder Kontakt zu Ihrem Freund aufzunehmen. Bisher war Ihr Sebastian allerdings standhaft geblieben. Aber als Sie die erpresserische SMS zu lesen bekamen, hat Sie Angst, ja Panik befallen. Sie haben daraufhin ohne das Wissen Ihres Freundes das Heft des Handelns an sich gerissen. Sie wollten unbedingt verhindern, dass Ihr Freund wieder in die Fänge von Lenzig gerät. Alle Mittel waren Ihnen dabei recht. ."

„Das ist doch totaler Quatsch, Herr Krautzucker", Veronika Weber konnte nicht mehr an sich halten.

„Bitte, Frau Weber, allerletzte Verwarnung", man merkte Krautzucker an, dass er sich jetzt nicht mehr stoppen lassen wollte: „Fräulein Weber, Sie haben auf Lenzigs Drohung mit dem Handy Ihres Freundes geantwortet. Und weil Sie nicht wussten, wo dieser bekannte Treffpunkt war und welche Uhrzeit Lenzig vorgeschlagen hatte, haben Sie diese Planänderung vorgenommen und ihn zum Waldparkplatz bestellt. Beide SMS haben Sie dann wohlweislich gelöscht, so dass Ihr Freund nicht doch noch Wind von der Sache bekommen konnte."

„Was Sie sich da zusammen spinnen, Herr Krautzucker", Kerstin Weber konnte das Zittern in ihrer Stimme nicht mehr verbergen.

„Sie haben Ihren Freund mit seinem Auto zum Training gefahren", Krautzucker ließ sich nicht aus der Ruhe bringen. „Dann sind Sie möglicherweise noch kurz zu Ihren Freundinnen gefahren. Bis 22:30 Uhr war ja noch genügend Zeit. Unter irgendeinem Vorwand haben Sie sich dann dort früh verabschiedet. Sie sind dann in ihr Elternhaus geschlichen und haben das Jagdgewehr Ihres Vaters heimlich an sich genommen."

An Sebastian Bommert gewandt: „Und deshalb haben wir Sie heute früh gehen lassen. Der Hund hätte Alarm geschlagen, Frau Weber geweckt, wenn Sie sich die Waffe hätten nehmen wollen."

Winkler nickte zustimmend.

„Zurück zu Ihnen, Fräulein Weber", Krautzucker wandte sich wieder Kerstin zu: „Sie sind dann zu diesem Parkplatz beim Reiterhof gefahren, haben Lenzig getroffen und ihn erschossen. Dann haben Sie die Leiche mit dem Kuga auf dem Ebberg gebracht und dort in den Kugelfang gebunden. Den Kuga haben

Sie dann wieder zurückgefahren und sind mit dem Smart Ihres Freundes zurück zu Ihrem Elternhaus, um die Waffe zurückzulegen. In Ihrer Aufregung haben Sie nur vergessen, die restliche Munition aus der Waffe zu entfernen und in die entsprechende Schublade zurückzulegen. Kerstin Weber, Sie haben Lenzig umgebracht!"

„Herr Krautzucker, das ist nicht Ihr Ernst", Veronica Weber schaute entsetzt in die Runde.

„Wenn ich scherze, sehe ich anders aus, Frau Weber", Krautzucker schaute dabei nur Kerstin Weber in die Augen.

„Nein, Sie irren sich, Herr Hautpkommissar", flüsterte Kerstin.

Sebastian Bommert war fassungslos. Zu Kerstin Weber gewandt fuhr Winkler ungerührt fort: „Es steht Ihnen frei, zu schweigen. Eine geständige Mitarbeit kann sich allerdings auf das zu erwartende Strafmaß positiv auswirken. Ich mache Sie weiterhin darauf aufmerksam, dass wir sie eines Schmauchtestes unterziehen werden. Beim Abfeuern einer Waffe entstehen klitzekleine Verbrennungen auf der Haut. Diese Verbrennungen lassen sich noch lange nachweisen. Außerdem möchte ich wetten, dass die Fremd DNA in Lenzigs Auto mit Ihrer DNA übereinstimmt. Diese Indizien sprechen eine deutliche Sprache. Leugnen ist also aussichtslos."

Die Mutter flehte ihre Tochter an: „Bitte, Kerstin, sag, dass das alles nicht wahr ist!"

Es trat ein Augenblick knisternder Stille ein. Dann hauchte Kerstin Weber kaum hörbar: „Ja, es ist richtig. Ich habe Lenzig erschossen."

Sie sackte in sich zusammen. Ihr Freund war entsetzt: „Aber warum, Kerstin?"

„Ich hatte so eine Angst um Dich, Basti. Ich hatte Angst, dass Du von diesem Dreckschwein wieder verführt wirst." An die Kriminalpolizisten gerichtet: „Ich wollte ihn nicht umbringen. Ich wollte nur mit ihm reden. Das müssen Sie mir glauben."

Winkler reagierte als Erster: „Und warum haben Sie dann das Jagdgewehr mitgenommen? Ihr Tun lässt auf ein planvolles Handeln schließen."

„Nein, nein. Ich habe das Gewehr nur zu meiner Verteidigung, zu meinem Schutz mitgenommen. Ich hatte schreckliche Angst vor diesem Lenzig."

„Ja, okay", nahm Krautzucker den Faden wieder auf: „Und was wollten Sie mit ihm bereden?"

„Naja, ich wollte ihm klar machen, dass Basti nichts aber auch gar nichts mehr mit ihm zu tun haben wollte. Ich habe ihn gebeten, ja geradezu angefleht, sich aus unserem Leben endlich rauszuhalten."

„Und wie hat er reagiert?"

„Er hat mich so ganz komisch ausgelacht. Er wirkte irgendwie nicht ganz bei Sinnen. Er hat damit gedroht, diese widerlichen Videos in den verschiedensten Netzwerken einzustellen, zum Beispiel auf den Websides des Volleyballvereins und der Dortmunder Uni. Er drohte auch damit, diese Videos an die Webside meines Vaters zu senden. Mit Lenzig war einfach nicht zu reden. Ich war verzweifelt", sie machte eine kurze Pause, als wollte sie sich noch einmal sammeln: „Und dann weiß ich gar nicht mehr, was passiert ist. Es ging alles so schnell und ohne meine Kontrolle. Ich hab nur noch den Knall gehört und er ist da gelegen, tot."

„Fräulein Weber, als Sie die Waffe heimlich aus Ihrem Elternhaus geholt haben, hatten Sie da nicht schon tatsächlich vor, Robert Lenzig für immer zu beseitigen?"

„Das ist eine infame unzulässige Frage, Herr Krautzucker", Veronica Weber war außer sich. Aber Krautzucker, wie immer in solchen Situationen, reagierte völlig cool: „Ich weiß, Frau Weber. Aber ich stelle die Frage trotzdem. Also Kerstin, sagen Sie, war es so? War das Ihr Plan?"

„Nein niemals! Ich wollte ihn wirklich nur davon abbringen, Basti weiter zu belästigen. Aber mit ihm war ja gar nicht sachlich zu reden. Wie schon gesagt, er wirkte wie von Sinnen."

„Ja, das glaube ich Ihnen sogar. Wir wissen von unserem Pathologen, dass er zum Zeitpunkt der Ermordung unter starkem Kokaineinfluss stand", und an Winkler gewandt: „Bestellen Sie bitte einen Streifenwagen."

Okay, Chef", Winkler ging in den Nebenraum und rief die Polizeiwache in Schwerte an.

„Wieso einen Streifenwagen? Etwa für mich, Herr Krautzucker", Kerstin Weber wirkte einerseits völlig aufgelöst aber andererseits auch irgendwie erleichtert. Krautzucker kannte dieses Phänomen. Die Entdeckung der Straftat wirkte auf viele nicht hartgesottene Täter oftmals wie ein Erleichterung. Die Angst der Entdeckung fiel wie eine Last von Ihnen ab.

„Wir werden Sie mitnehmen müssen. Sie sind vorläufig festgenommen wegen des dringenden Verdachts, Robert Lenzig erschossen zu haben. Im Übrigen lege ich Ihnen nahe, sich einen Rechtsbeistand zu nehmen. Noch eins, eine Frage habe ich noch. Warum haben Sie Lenzig zu diesem Kugelfang gebracht und seine Leiche dort festgebunden? Welche Bedeutung hatte

251

das?"

„Wenn ich es mir Recht überlege, weiß ich es auch nicht mehr so genau. Basti hatte mir mal erzählt, dass er den Lenzig zu Beginn ihrer beider Beziehung an diesem Ort einige Male getroffen hatte. Vielleicht wollte ich ihn zum Ort seiner Missetaten zurückbringen. Als ich das getan habe, war ich wie in Trance. Wenn ich jetzt überlege, was der reale Grund war, ich weiß es nicht mehr. Ist das wichtig?"

„Nein wichtig ist es nicht. Nur es hätte ja auch einen konkreten Grund dafür gegeben haben können", Krautzucker stand auf und deutete zur Haustür. Der Hund Oskar kündigte auf die ihm eigene Art das Kommen der Polizeistreife an. Prompt erklang die Hausglocke. Zwei Uniformierte standen vor der Tür. Winkler wies sie ein und bat dann Kerstin Weber, mit den Kollegen mitzugehen. Sebastian Bommert saß völlig apathisch in einer Ecke des Wintergartens. Veronica Weber war konsterniert: „Herr Krautzucker, warum hat sie das getan?" Darauf wusste der Hauptkommissar auch keine plausible Antwort. Ihm war so vieles, was Menschen taten, rätselhaft. Mit anzusehen, wie fassungslos Frau Weber ob des Tuns ihrer Tochter war, tat ihm in der Seele weh. Nicht zum ersten Mal fragte er sich, wie bitter es für Angehörige von Mördern sein musste, wenn ihnen bewusst wurde, zu welchen Taten ein Mensch, den man zu kennen geglaubt hatte, fähig gewesen ist. Das Mitgefühl der Öffentlichkeit war den Hinterbliebenen der Opfer vorbehalten. Für die Familien eines Mörders oder wie hier einer Mörderin gab es kein Verständnis. Sie blieben allein mit ihrer Ratlosigkeit und vor allem mit ihrer Scham.

„Was geschieht jetzt mit meiner Tochter", Veronica Weber riss Krautzucker aus seinen trüben Gedanken.

„Nun im Präsidium wird ihr zur Beweissicherung zunächst eine DNA Probe entnommen, Fingerabdrücke werden gefertigt und sie wird auf Schmauchspuren untersucht. Da zu dieser Uhrzeit kein Haftrichter mehr Dienst tut, muss sie über Nacht im Polizeigewahrsam verbleiben. Morgen wird dann im Rahmen einer Haftprüfung der zuständige Haftrichter prüfen, ob sie in Untersuchungshaft kommt."

„Und wie sehen Sie ihre Perspektive?"

„Nach der momentanen Beweis- und Indizienlage und nicht auch zuletzt aufgrund des Geständnisses wird Ihre Tochter die Untersuchungshaft antreten müssen. Bei der Höhe der zu erwartenden Strafe besteht juristisch der Tatbestand der Fluchtgefahr. Wie ich vorhin schon Ihrer Tochter empfohlen habe, sollten Sie Ihrer Tochter einen guten Anwalt, am besten einen Strafverteidiger, besorgen. Vielleicht schafft dieser, Ihre Tochter gegen eine angemessene Kaution bis zu ihrer Verhandlung auf freien Fuß zu bekommen."

Frau Weber begleitete die beiden Kriminalbeamten zur Haustür.

„Frau Weber, ich hoffe für Sie, die Hiobsbotschaften haben nun ein Ende. Was die letzten Tage über Sie hereingebrochen ist, kann man ja nicht als normal bezeichnen. Ein kluger Mann hat mal zu mir gesagt, das Leben wird vorwärts gelebt. Frau Weber, ich wünsche Ihnen viel Kraft", Krautzucker bemerkte, dass sie versuchte, ihre Tränen zu unterdrücken. Sie bekam kein Wort heraus.

Bevor die beiden Ermittler in Krautzuckers alten BMW stiegen, rief Krautzucker noch die Staatsanwältin an und meldete ihr die erhoffte Verhaftung. Frau von Biberg drückte ihren Respekt und ihre Zufriedenheit aus: „Herr Krautzucker, so wie Sie heute Vormittag nach der Vernehmung von diesem Bommert drauf waren, hatte ich große Zuversicht, dass Sie beide heute den Täter, also hier die Täterin, überführen und mir präsentieren werden. Wenn Sie nichts dagegen haben, komme ich Morgen früh gleich zu Ihnen und wir können gemeinsam die anstehende Haftprüfung vorbereiten."

„Frau von Biberg, so werden wir es machen. Wir wünschen Ihnen einen schönen Abend."

„Ihnen auch, meine Herren. Bis Morgen."

Im Auto zurück zum PP hingen beideBeamten ihren Gedanken nach. Sie sprachen kaum ein Wort miteinander. Winkler war am Vormittag noch so sicher gewesen, in Bommert den Täter zu kennen. Aber mal wieder hatte die jahrelange Erfahrung seines Chefs ihm aufgezeigt, noch viel lernen zu müssen. Er war willens, das zu tun. Dem gegenüber dachte Krautzucker mehr an die Personen, die Kerstin Weber nun zurücklässt. Er fragte sich, ob Sebastian Bommert stabil genug ist, diesen Schicksalsschlag unbeschadet zu überstehen. Der Weg zurück in die Drogen war für ihn bestimmt nicht weit. Ja und dann Veronica Weber. Was sie in den letzten zwei Wochen durch machen musste. Erst fand sie in kurzen Abständen die Leichen von zwei guten Bekannten. Dann musste sie erfahren, dass ihr Ehemann sie schon über längere Zeit ausgerechnet mit ihrer eigenen Schwester hintergangen hatte. Die Wahrheit über Robert Lenzig war gewiss auch schockierend. Und nun musste sie noch erfahren, dass ihre geliebte Tochter vermeintlich eine Mörderin ist. Zudem empfand Krautzucker ein gewisses Mitleid und ein Verständnis mit der Beschuldigten. Sie und ihr Freund waren bei Robert Lenzig genau genommen unverschuldet in die Fänge eines Psychopathen geraten. Dem gab es irgendwie kein Entrinnen. Die Katastrophe war unausweichlich. Ein Profiler hatte ihm einmal in einem zurückliegenden Fall die Gefährlichkeit solcher Psychopathen geschildert. Danach bezeichnete dieser Experte solche Typen als Raubtiere. Solche Raubtiere besitzen eine dissoziale Persönlichkeit. Sie sind nur mit sich selbst beschäftigt. Sie verfolgen ihr Ziel rücksichtslos. Dabei ist ihnen jedes Mittel recht. Ob sie dabei jemandem Schaden zufügen, ist ihnen völlig egal. Sie sind gewissenlos, grausam und mitleidlos. Krautzucker beschloss, diesen Aspekt zugunsten der Beschuldigten in den strafrechtlichen Abschlussbericht auf jeden Fall einfließen zu lassen. Vielleicht half es ihr bei der Strafzumessung.

Im PP erkundigten sich die beiden beim Wachhabenden vom Dienst, ob ihre Tatverdächtige ordnungsgemäß in den Gewahrsam verbracht worden war. Der Wachhabende erklärte, dass sie nach erkennungsdienstlicher Behandlung, nach Schmauchspurtest und nach einer DNA Probe weggeschlossen worden sei. Ziemlich geschafft, aber zufrieden verabschiedeten sich beide in den wohlverdienten Feierabend. Normalerweise hätte Krautzucker jetzt noch bei seiner Freundin Mathilda vorbeigeschaut. Aber irgendwie war er zu leer, um mit ihr noch ein Schwätzchen zu halten. Das musste warten

Donnerstag, 06.06.2019

Beide Kommissare trafen fast zeitgleich im Büro ein. Winkler startete sofort ihren super Kaffeeautomaten. Als sich gerade der typische Wohlgeruch ihres Kaffees über das große Büro legte, öffnete sich ihre Bürotür und die Staatsanwältin stand im Türrahmen.

„Ich hoffe, ich bin nicht zu früh. Hm, das duftet ja verführerisch", lächelte sie ihre Ermittler an. Krautzucker war kurz vor einer Schnappatmung, so toll sah sie schon wieder aus. Schwarzglänzende Pumps, eine schwarze engsitzende Stoffhose, eine hellblaue Bluse, ein dunkelblau gemustertes Halstuch, ihre braunen Haare zu einem Zopf gezähmt, das Makeup sehr zurückhaltend. Alles passte perfekt zusammen.

„Frau von Biberg, schon so früh auf den Beinen? Nach dem Motto, der frühe Vogel fängt den Wurm", Winkler fand als Erster seine Worte und lächelte sie an.

„Oder der frühe Vogel ist zu faul zum Schlafen, lieber Herr Winkler", die Staatsanwältin lächelte zurück, „und wenn ich jetzt noch von Ihnen eine Tasse von diesem köstlich duftenden Kaffee abstauben kann, beginnt der Tag optimal".

Sie schaute Krautzucker mit einem Augenaufschlag fragend an, dass ihm heiß und kalt gleichzeitig wurde.

„Aber klar doch", stotterte er.

Nachdem alle drei die Tassen duftenden Kaffees vor sich stehen hatten, ließ sich die Staatsanwältin umfassend von der gestrigen Vernehmung und dem Geständnis berichten. Mitten in die Berichterstattung hinein klingelte Krautzuckers

Telefon. Im Display sah er, dass jemand von der Kriminaltechnik anrief. Er meldete sich und am anderen Ende der Leitung war Winfried Kellner, der Leiter der Abteilung, höchst persönlich.

„Hallo Winni, so früh am Morgen. Was gibt es?"

„Ja, Krauti, meine Leute waren gestern für Euch noch tätig. Da ich nicht wusste, wann Du heute aufgaloppierst, habe ich Dir auch schon eine Mail geschickt."

„Winni, meinen PC habe ich noch gar nicht hoch gefahren, da wir eine Besprechung mit der Staatsanwaltschaft haben. Was gibt es denn so Wichtiges? Was haben Deine Leute gestern noch ermittelt", Krautzucker war ganz gespannt. Selten kam Kellner mit Lapalien rüber.

„Krauti, ich vermute, Frau von Biberg ist bei Euch und Ihr sprecht über die gestern eingelieferte Beschuldigte in Sachen Robert Lenzig, oder?"

„Ja, so ist es. Und?"

„Es wird Euch freuen. Also sowohl der Schmauchspurentest wie auch der DNA Abgleich mit der Fremd DNA im Ford Kuga von Lenzig sind positiv. Mit anderen Worten, Eure Beschuldigte hat vor Kurzem geschossen und sie hat hinter dem Lenkrad des Ford gesessen, mit dem Lenzig zu diesem Kugelfang verbracht worden ist. Und diese Ermittlungsergebnisse findest Du für Eure Akten in Deinem Mailfach. Zufrieden?"

„Und ob, Winni. Gute Arbeit. Vielen Dank und bis bald."

„Bis bald, Krauti", Kellner legte auf. Krautzucker schaute in vier erwartungsvolle Augen. Nachdem er seine beiden Kaffeerundenpartner über die Ergebnisse der Kriminaltechnik unterichtet hatte, bemerkte Frau von Biberg nur trocken: „Da habe ich ja beim Haftprüfungstermin leichtes Spiel."

Die Haftprüfung lief so recht nach dem Geschmack der Staatsanwaltschaft und der Mordkommission. Ein Anwalt war von Veronica Weber beauftragt worden, sich um die Belange ihrer Tochter zu kümmern, sie juristisch zu vertreten. Er hatte nach kurzer Beratung seiner Mandantin geraten, sich vor dem Richter geständig einzulassen. Sie sollte ihr Geständnis vom Vortag vollumfänglich bestätigen. Dies veranlasste den Richter, dem Anwalt für seine Mandantin gegen eine angemessene Kaution Haftverschonung bis zur Verhandlung in Aussicht zu stellen. Dies sollte bei der nächsten Haftprüfung erfolgen. Die Staatsanwältin war über diesen reibungslosen Verlauf so erfreut, dass sie ihre beiden Superermittler – wie sie es ausdrückte – nach Dienst zu einem kleinen Feierabendbier in die Pinte auf der Hohen Straße einlud. Krautzucker und Winkler waren ob dieser überraschenden Einladung nicht nur sehr verblüfft sondern auch hocherfreut, hatten doch beide die gleiche Idee gehabt. Als Zeitpunkt wurde 16 Uhr vereinbart.

Während Winkler regelrecht stolz auf die Einladung der Staatsanwältin war, bekam Krautzucker bei dem Gedanken, mit Frau von Biberg außerhalb des Dienstes bei einem Bier noch zusammen sein zu können, ein ganz flaues Gefühl im Bauch. Da noch ein wenig Zeit war, rief Krautzucker pflichtbewusst Herrn Polizeirat Becker an und informierte ihn über den erfolgreichen Abschluss der Ermittlungen in beiden Mordfällen. Becker zeigte sich sehr zufrieden und drückte nur seine Verwunderung darüber aus, dass am selben Tag ein Mörder noch zum Mordopfer geworden war, und das ohne einen kausalen Zusammenhang. Er meinte nur, dass es in ihrem Job immer wieder Überraschungen oder unerwartete Handlungen gab. Kurz vor 16 Uhr schlossen Krautzucker und Winkler ihr gemeinsames Büro ab und schritten beschwingt zur Pinte. Als sie das Lokal betraten, stand die Staatsanwältin bereits am Tresen und hatte ein Pils vor sich stehen. Beim Anblick der beiden Ermittler legte sie ein so betörendes Lächeln auf, dass es nicht nur Krautzucker sondern auch sogar Winkler warm ums Herz wurde. Die beiden nahmen sie am Tresen in die Mitte. Auch sie bestellten sich jeweils auch ein Pils. Als alle drei ihr Getränk vor sich stehen hatten, hob Frau von Biberg ihr Glas und brachte einen Toast auf den raschen Fahndungserfolg aus: „Meine Herren, Ihre Ermittlungsarbeit und die schnelle Aufklärung der zwei Morde hat mich mal wieder beeindruckt. Vielen Dank dafür!"

Die drei prosteten sich mit einem breiten Grinsen zu. Krautzucker schaute sich in der Pinte um und stellte fest, dass etliche Kollegen auch ein Feierabendbier zu sich nahmen. Vor allem bemerkte er voller Stolz, dass der ein oder andere Kollege beeindruckt bemerkt hatte, dass er und Winkler zusammen mit der allseits beliebten Staatsanwältin zusammen Bier tranken. Wie sein Blick so schweifte, sah er in der Eingangstür auf einmal Frau Dr. Unwohl stehen. Er kannte sie. Sie war Richterin am Landgericht Dortmund. Er hatte einige Male in Mordprozessen als sachverständiger Zeuge in ihren Verhandlungen aussagen müssen. Sie trug ihr dunkelblondes mittellanges Haar heute offen. Er musste feststellen, dass sie eine äußerst attraktive Person war. Im Gerichtssaal hatte er sie ja immer nur in ihrer Schwarzen Robe mit streng zurückgekämmten Haaren hinter dem hohen Richtertisch sehen können. Wie er sie so musterte, bemerkte er, dass sie offensichtlich nach jemandem Ausschau hielt. Wie sie in seine Richtung schaute, schien ihr suchender Blick Erfolg zu haben. Strahlend kam sie auf ihn zu. Etwas irritiert dachte er, was sie wohl von ihm wollte. Aber bemerkte schnell seinen Irrtum. Sie ging auf die Staatsanwältin zu, die sie in diesem Augenblick auch bemerkte. Beide strahlten sich an.

„Hallo Liebes, da bist Du ja", freute sich die Richterin. Beide umarmten sich und küssten sich herzlich und intensiv rechts und links auf ihre Wangen. Krautzucker blieb das Herz stehen. Er hatte bisher ja nichts Privates von der Staatsanwältin gewusst. Aber dass sie diese Frau liebte, irritierte ihn vollends. Frau von Biberg drehte sich zu den Herren um und stellte die Richterin als ihre Schwester vor. Dabei bemerkte sie Krautzuckers verdatterten Gesichtsausdruck. „Herr Krautzucker, Sie haben doch nicht etwa gedacht, wir beide...", sie deutete mit ihrem rechten Zeigefinger zuerst auf Frau Dr. Unwohl und dann auf sich.

„Doch", gurgelte Krautzucker. Frau von Biberg fing schallend an zu lachen. Bei Krautzucker kehrten die Lebensgeister zurück. Wie sie so herzerfrischend lachte. Er dachte nur, dass sie ohne Zweifel eine Schönheit war. Doch an nichts gewöhnt man sich so schnell wie an die Schönheit. Aber dieses wunderbare Lachen, daran gewöhnt man sich nie, das bleibt immer ein Quell des Entzückens. Ihr Lachen war so ansteckend, es tat Krautzucker richtig gut. Er hatte für einen Moment das Gefühl, dass alles, was ihn eigentlich belastet und bedrückt, einfach so verschwand, wie Septembermorgennebel in der aufgehenden

Sonne.

„Herr Krautzucker, wir hatten doch auch schon das Vergnügen, oder", die Richterin holte ihn aus seinen Träumen und Phantasien in die Realität zurück.

„Ja klar, Frau Dr. Unwohl. Ich durfte schon mehrmals in Ihren Sitzungen als Zeuge aussagen."

„Meine ich doch", sie nickte zufrieden. Dann an ihre Schwester gewandt: „Hier ist der Haustürschlüssel. Ich hoffe, dass Du nicht zuviel Arbeit mit unserem Haus hast, während wir auf Ibiza schwitzen."

„Passt schon. Wie lange bleibt Ihr?"

„Zwei Wochen, Schwesterherz, leider nur zwei Wochen. Und in dieser Zeit müssen wir bestimmt das eine und andere in unserer Finca basteln und reparieren."

In die Runde: „Ich wünsche noch einen schönen Abend und eine nette Siegesfeier." Als Krautzucker und Winkler sie fragend anschauten, ergänzte sie noch: „Meine Schwester hat mir den Grund des kleinen Umtrunks verraten. Also tschüss."

Die beiden Schwestern küssten sich noch einmal und dann war die Richterin auch schon wieder verschwunden.

„Frau von Biberg, ich wusste ja gar nicht, dass Sie und Frau Dr. Unwohl Schwestern sind," schaute Krautzucker sie fragend an.

„Ja sie ist meine zwei Jahre ältere Schwester. Und bevor Sie fragen. Mit ihrem Hausnamen hat es eine besondere Bewandtnis. Ihr Ehemann und auch meine Schwester wollten auf gar keinen Fall nach ihrer Vermählung einen Doppelnamen tragen, wie das heutzutage so Mode geworden ist. Sie konnten sich nicht einigen, welchen Namen sie nehmen sollten. Da haben sie eine Münze entscheiden lassen. Ja und meine Schwester hat halt verloren. Sie war zwar ein wenig traurig, wollte allerdings auch eine faire Verliererin sein. Obwohl, heute ist dieser Name bei einigen Strafverteidigern gefürchtet, wie ich weiß. Es heißt, ihr Name sei in ihren Verhandlungen und Urteilen Programm."

„Ich verstehe", murmelte Krautzucker. Alle drei hingen ein wenig ihren Gedanken nach. Mordermittlungen verursachen immer wieder eine gewisse Anspannung. Diese Anspannung ließ nun langsam nach. Nach drei weiteren leckeren Pils erhellte sich Krautzuckers Mine. Er wandte sich an seinen kongenialen Mitstreiter: „Lieber Winkler, wir beide arbeiten jetzt schon eine Weile sehr erfolgreich zusammen. Das ist jedenfalls meine Meinung. Da denke ich, es ist an der Zeit, dass wir das förmliche Sie durch ein vertrautes Du ersetzen sollten…"

„Halt", fuhr Frau von Biberg dazwischen. Die beiden Männer schauten sie verdutzt an. „Das war das richtige Stichwort", fuhr sie fort, „nach der Etikette habe ich als die Ranghöchste von uns dreien – sagen wir mal – das Recht, auch das Du anzubieten. Also ich heiße mit Vornamen Rita."

Die Jungs wussten gar nicht, was sie sagen sollten. „Ihr schaut so erstaunt. Lehnt Ihr etwa mein Angebot ab?"

„Nein, natürlich nicht", klang es wie aus einem Munde. Krautzucker fing sich als Erster: „Ich heiße Willi. Aber den Namen kannten nur meine Eltern. Ich höre, wie Ihr ja wisst, auf Krauti und würde mich freuen, wenn Ihr mich auch so ansprecht."

Winkler war irgendwie total ergriffen. Diese beiden dienstlichen Vorbilder boten ihm das Du an. Auf ihre fragenden Blicke antwortete er: „Ich heiße eigentlich Harald mit Vornamen. Aber all meine Freunde nennen mich Harry."

Rita von Biberg hatte kurzerhand drei Sektgläser bestellt. So stießen sie stilvoll mit Sekt auf ihre neue Verbundenheit an.

Zwei Pils weiter warf Krautzucker all seine Hemmungen zugunsten seiner Neugierde über Bord: „Rita, verzeihe mir bitte diese Frage. Warst Du noch nicht in der Situation, wie Deine Schwester überlegen zu müssen, ob Du Deinen schönen Namen gegen einen anderen Namen eintauschen musst?"

„Nein, lieber Krauti, war ich noch nicht. Mich hat das Motto „besser Keinen als den Falschen" geprägt. Und darüber hinaus ist es nicht so, dass das, was wir uns wünschen, nicht unbedingt das ist, was uns gut tut?"

„Wie wahr. Das habe ich an eigenem Leibe erfahren."

Rita von Biberg schaute ihn fragend an.

„Ich hatte so einen Fehlgriff, bin jetzt aber schon längere Zeit glücklich geschieden."

Winkler schaute ob der tiefgreifenden Gedanken verunsichert in die Runde: „Bisher bin ich mit meiner Freundin glücklich und zufrieden. Aber Eure Worte geben mir jetzt zu denken."

Dieser Gedankenaustausch endete in einem schallenden Gelächter. Die anderen Gäste des Lokals drehten sich schon nach ihnen um. Als der Wirt dann fragte, ob es noch etwas sein dürfte, verneinten sie. Nach kurzer Diskussion über die Art der Bezahlung setzte sich die Staatsanwältin durch und duldete mit dem Argument, dass sie schließlich eingeladen hatte, keine Widerrede.

Da alle drei nicht mehr fahrtüchtig waren, ließ sich Rita von Biberg ein Taxi bestellen und bot den beiden Männern an, sie mitzunehmen. Die beiden beschlossen allerdings, an diesem lauen Frühsommerabend ihre Heimwege zu Fuß zurück zulegen, wobei Krautzucker mit Abstand den kürzeren Weg hatte. Als Krautzucker auf dem kurzen Heimweg gerade überlegte, ob er bei seiner alten Freundin Mathilda vorbei schauen sollte, klingelte sein Handy. Es war Rita von Biberg.

„Hallo Krauti", begann sie.

„Was kann ich für Dich noch tun, Rita", wie vertraut sich das anhörte.

„Ich habe noch zwei Fragen an Dich, die ich nicht im Beisein von Harry Winkler stellen wollte."

„Da bin ich aber gespannt", Krauti war hellwach.

„Bitte nicht böse sein. Hast Du eigentlich neben Deiner Schimanski–Gedächtnisjacke auch noch sowas wie einen Anzug und eine Krawatte zum Anziehen?"

„Erlaube mal, diese Jacke ist ein Replikat einer originalen Feldjacke der US Streitkräfte. Das Original wurde – so glaube ich – in 1966 bei der Army eingeführt. Sie trug die Bezeichnung M 65. Aber selbstverständlich habe ich auch noch was Feineres im Kleiderschrank hängen. Darunter ist auch ein Anzug und eine Krawatte. Warum fragst Du das?"

„So komme ich zur zweiten Frage. Morgen Abend findet in der Spielbank Hohensyburg eine Veranstaltung statt, die ein Galadiner und den Besuch der Spielbank beinhaltet. Ich würde gerne diese Veranstaltung besuchen. Aber nicht alleine. Du musst wissen, mich plagt eine gewisse Spielsucht. Und daher bräuchte ich einen Aufpasser, einen verlässlichen Begleiter."

„Wie und da denkst Du an mich?"

„Würde ich Dich sonst anrufen, lieber Krauti?" Diese Stimme machte ihn total benommen. Oder war es der ungewohnt viele Alkohol? Er musste aufpassen, dass er nicht

264

in einer Hecke landete. Er überlegte: „Also normalerweise bin ich nicht für so ein Schickimickiessen. Und der Spielbank kann ich so recht auch nichts abgewinnen. Dort bin ich schon eine halbe Ewigkeit nicht mehr gewesen."

„Du würdest mir einen riesigen Gefallen tun. Begleite mich einfach und genieße den Abend. Vielleicht tun Dir andere Tapeten auch mal ganz gut. Mein kluger Vater hat einmal zu mir gesagt, nur wer die Gegenwart genießt, hat in der Zukunft eine wundervolle Vergangenheit. Was ist nun?"

Eigentlich fühlte sich Krautzucker geschmeichelt. Geschmeichelt, dass diese tolle Frau ausgerechnet ihn als Begleiter wünschte: „Wenn ich es mir so überlege. Warum nicht? Also gut, ich komme gerne als Dein Aufpasser mit."

„Das freut mich." Er konnte sie durch sein Handy förmlich strahlen sehen.

„Dann werde ich Dich um 18 Uhr vor Deiner Wohnung aufgabeln und mitnehmen. Schicke mir einfach Deine Anschrift auf mein Handy. Und jetzt wünsche ich Dir noch einen ruhigen Restabend. Schlaf gut."

„Schlaf Du auch gut, Rita."

Er musste erst einmal stehen bleiben, bevor er seinen Heimweg fortsetzen konnte.

Er war doch in den letzten Jahren nach seiner Scheidung ein fast glücklicher Mensch gewesen. Das Leben hatte es gar nicht schlecht mit ihm gemeint. Er war zufrieden, wie es war. Aber jetzt, an diesem Abend im Juni um 19 Uhr auf der Kreuzstraße, an diesem Abend war er nicht nur ziemlich zufrieden. Der alte Krauti war glücklich!

Danke…

… an meine Ehefrau Annette

… an meine Töchter Katharina und Kristina, an meinen

Schwiegersohn Marco

… an Nadine K. Wulf, selbst Autorin

Eure Anregungen, Eure Meinungen, Euro Korrekturen waren
für mich sehr hilfreich

Ohne Eure Unterstützung hätte ich diese Geschichte vielleicht
niemals geschrieben

… an alle, die diese Geschichte lesen